나는 호주의 행복한 버스드라이버

나는 호주의 행복한 버스 드라이버

김 일 연 지음

리즈앤 북
ries & book

Australia

"

길 위에서 길을 묻자.
돌아갈 길이 없다면
고민할 시간에 한 걸음이라도 더 내딛고,
넘어서기 위한 노력을 하자!

"

프롤로그

　화려한 직업이라고 할 수는 없지만, 호주에서 시작한 버스 운전은 내 인생의 가장 소중한 직업이 되었다. 사실 버스 운전을 시작한 초기에는 한국의 지인들에게 뭐 하러 호주까지 가서 버스 운전을 하며 고생하느냐고 타박도 많이 받았다. 하지만 10년이라는 세월이 지난 지금, 한국의 지인들에게는 어이 없는 소리로 들릴지 몰라도, '버스 운전'이라는 직업을 선택한 건 내 인생에서 처음으로 후회하지 않은 결정이었다고 당당히 말할 수 있다.

　돌이켜보면, 국민연금 4천만 원이 전부였던 내가 아무 연고도 없는 낯선 땅에서 가족과 함께 새로운 삶을 시작할 수 있었다는 건 어쩌면 기적과도 같은 일이었다. 버스 운전사로서의 경험은 나 스스로를 변화시켰을 뿐만 아니라, 덮어두고 있었던 감정의 눈을 뜨게 해주었다. 가족과 함께하는 시간의 소중함과 특정한 연고도 없는 사람들과의 소통이 주는 행복 같은 것들 말이다.

이전의 나는 세상의 기준이 나의 기준인 양 세상에 맞추며 살아왔다. 그러나 지금의 나는 가족과 함께하는 자유를 누리기 위해 육체노동의 삶을 흔쾌히 받아들였으며, 그 노동의 대가로 당당한 나의 삶을 살아가고 있다. 생존을 위하여 세상이 원하는 모습으로 살아야 한다는 부담감을 '인생'이라는 용어로 설명할 수도 있겠지만, 나는 세상의 기준에 맞추어야 한다는 것에 끊임없이 회의를 느꼈고 그런 모습에서 벗어나고 싶었다. 고민 끝에 나는 결국 호주로의 이민이라는 선택지를 골랐지만, 타국으로의 이민이 모든 것을 일시에 해결해 줄 수는 없는 노릇이다.

어느 누가 평탄하기만 한 삶을 살까. 멀리서야 평지처럼 보여도 가까이 가면 급격한 경사도 있고, 가끔은 도저히 건널 수 없을 것만 같은 계곡도 만난다. 이 어려운 시간들을 지탱해 주는 것이 바로 함께하는 가족의 사랑과 용기임을 이제는 안다. 한국을 떠나 타향에 살면서 나는 고국에서는 느껴보지 못했던 '가족과 함께'라는 시간을 만끽하며 내 삶에 감사하고 있다.

우리가 원하든 원하지 않든 세상은 빠르게 변화하고 있다. 대부분의 사람들은 그 변화의 기류를 타지 못해 혼자만 도태될까 불안해 한다. 물론 틀린 말은 아닐 것이다. 하지만 우리가 잊지 말아야 할 것이 있다. 세상의 변화만을 따라가다 보면 간혹 자신을 잃어버릴 수도 있다는 것을! 게다가 이 상실은 자신만의 문제로 끝나는 것이 아니라 가족 모두에게 영향을 미친다. 제아무리 불가피한 일이라 할지라도 스스로의 삶이 무너지기 시작한다면 무슨 의미가 있겠는가.

스스로가 무너지고 있다는 것을 인지하는 순간, 세상은 삶의 장이 아니라 숨이 막힐 것 같은 두려움의 대상이 될 뿐이다. 세상은 개인적인 나를 존중해 주지 않는다. 나의 인지 여부와 상관없이 세상은 강물처럼 흐르는 것을 멈추지 않는다. 나라는 존재를 인정하고 존중해 주는 이는 오직 나 자신과 가족뿐이라는 것을 깨달은 순간, 나는 나의 길을 결정하였다.

대학 혹은 직장 선배들의 모습을 보며 나는 미래의 나를 그려보았고, 스스로에게 물었다. 끝이 예상되는 내일을 계속 살아가야 하는가? 회의적 질문 속에서도 나는 직장을 그만두지 못했다. 당장 조직 밖의 세상으로 나가 내가 할 수 있는 일을 찾을 수 있을지도 의문이었다. 이런 생각을 한 이가 비단 나 혼자만은 아닐 것이다. 아마도 대다수의 사람들이 나와 비슷한 생각을 했을 것이고, 앞으로도 끊임없이 할 것이다. 그러나 언제나 그렇듯, 두려움은 항상 희망을 가린다. 희망을 보며 자신의 길을 걸어가야 하는데, 항상 두려움이라는 놈이 희망을 가리고 있으니 용기 있는 결정을 내리기가 쉽지 않은 것이다.

이카루스의 '날개'를 기억하자. 용기 있는 자만이 삶의 자유를 누릴 수 있다. 스스로를 지키기 위해 내가 해야 할 일은, 대기업에 취직하거나 초고속 승진을 하는 것이 아니다. 우리가 통념적으로 당연하게 받아들이고 있는 것들로는 스스로를 지켜내지 못한다. 외부로부터의 존중이 아니라 내면으로부터의 존중이 실현되고, 타인 이전에 가족 안에서 나의 존재가 실현되어야만 진정한 '나'를 지킬 수 있다.

지금 나는 동네의 한 작은 이탈리안 카페에서 커피를 즐기며 글을 쓰고 있다. 이

카페는 내가 호주에 온 이래, 일이 없는 주말이면 거의 거르지 않고 온 나만의 장소이다. 주말에는 3시간 무료 주차를 할 수 있는 덕에 나는 이 시간들을 '3시간의 자유' 라 부르고, 딸들은 이 카페를 '아빠의 사무실' 이라고 부른다. 커피를 마시며 책을 읽거나 글을 쓰고, 지나가는 사람들의 밝은 모습들을 멍하니 구경도 하고, 길거리 음악인들의 연주에 귀를 기울이기도 하면서 나는 나를 위한 자유의 시간을 누린다. 이 소중한 순간들은, 세상의 변화에 편승하기보다 세상의 변화 속에서 나 자신을 지키는 시간이기도 하다.

일주일에 비록 3시간 혹은 6시간밖에 되지 않는 짧은 시간이지만, 10년이라는 시간은 나도 모르는 사이에 나 자신을 변화시켰다. 타인의 시선을 의식하고 남들과 비교하며 살았던 지난날의 흔들리는 삶이 있었던 탓일까. 나는 이곳에서 단순함을 배우게 되었다. 단순함을 배운 이후 많은 것들이 변하기 시작했다. 단순함이란 삶을 있는 그대로 받아들이는 것으로 시작한다.

과거의 모든 문제들을 되돌아보면, 간단한 문제에 복잡한 마음이 투영되어 얽히고 설키며 과장되고 편견과 아집으로 기울어져 있었음을 깨닫게 된다. 물론 단순함은 결코 쉽게 얻어지는 것이 아니었다. 필요한 것은 시간이었다. 단순함이란 비움이었고, 비운다는 행위가 다시 채움으로 순환되기까지 10년이라는 세월이 흘렀다.

내가 '단순함'을 이야기하면 한국의 친구들은 대뜸 "너는 호주에 살고 있으니 그런 소리가 나오지. 한국은 하루하루가 달라, 얼마나 힘이 드는데."라며 배부른 소리는 하지도 말라고 한다. 과연 한국에서는 단순하게 산다는 게 그리도 불가능한 일일까. 나는 그렇지 않다고 생각한다. 그것은 살고 있는 나라의 문제도 아니고, 직업이나 연봉의 문제도 아니다. 오직 나 자신과 가족들이 함께 단순한 삶을 실천하고자 한다면 얼마든지 가능한 일이다.

물론 나도 한국에 있을 때는 지금처럼 단순한 행복을 누리지 못하였다. 매 순간 힘들어하며 새로운 삶을 꿈꾸었지만, 결국은 변화에 대한 두려움으로 언제나 순간의 물질적인 안정을 선택하며 살았다. 물질적인 안정이 모두가 꿈꾸는 행복의 기준이 될 수 없다는 것을 알면서도, 우리는 〈물질적 풍요=행복〉이라는 어리석은 공식에서 자유로워지지 못한다. 핑계가 아닌 인정으로 변화를 시도하고, 가족과 함께하는 삶을 우선으로 한다면 '행복'은 결코 멀리 보이는 무지개가 아니다.

어리석었던 내 지난 시간들을 생각하며 여러분들에게 꼭 전하고 싶은 이야기가 있다면, 그것은 바로 '절대 되돌릴 수 없는 행복의 순간은 가족과의 시간들'이라는 점이다. 이 부분을 간과한다면 여러분은 삶에 치명적인 후회를 남길 수도 있다.

이렇게 이야기를 하다 보니, 단순한 삶이 사는 곳(국가)의 영향을 받을 수도 있겠다는 생각은 든다. 하지만 나의 경험에 비추어볼 때, 직업과는 아무런 상관이 없다고 자신한다. 나도 호주의 은행으로부터 제의를 받아 근무할 기회가 있었지만, 나는 버스 운전사의 길을 택하였다. 만약 내가 다시 은행에서 근무한다면, 한국에서의 생활과 무엇이 달라질까 싶은 회의가 들었기 때문이다. 호주의 금융기관 근무 환경 또한 한국과 별반 다르지 않다. 언제나 실적 스트레스를 받아야 하고, 한국보다 한술 더 떠 호주의 경우는 계약직이 보편화되어 있어 직업의 안전성마저 떨어진다.

반면에 버스 운전사의 경우는, 육체적으로 조금 더 힘들 수 있지만 대부분이 정규직이며, 극히 일부만이 비정규직으로 근무한다. 사고 없는 안전운행과 정시간 출근이 지켜지는 상황이라면 해고의 위험은 거의 없다고 보아도 무방하다. 고용기간 또한 건강상에 문제가 없다면 65세 이상이라도 충분히 일할 수 있는데, 일반적으로 대부분의 운전사들은 국가연금 수령 시기인 66세 전후로 은퇴를 한다. 호주에서 버스 운전사들의 삶의 만족도는 매우 높은 편으로, 은행 등의 사무직에 종사하던 Ausie(호주 백인)들이 버스 운전사로 전환하는 것을 종종 볼 수가 있다.

버스 운전사들의 반복되는 일상은 그들의 생활 및 사고방식에 영향을 주어 단순한 삶으로 이끈다. 물론 매일 반복되는 생활의 패턴이 지루하고 따분한 면도 있지만, 이는 매일의 바쁜 일상과 '빨리빨리!'에 적응된 한국인들만의 생각일 수도 있다. 나 또한 아직도 지루한 일상이라는 생각에서 완전히 벗어나지는 못한 것 같다. 그래서 '호주는 지루한 천국, 한국은 재미있는 지옥'이라고 표현하는 것이 아닐까.

그렇다면 단순한 삶에 접근할 수 있는 가장 중요한 이유는 무엇일까? 짧지 않은 호주에서의 생활을 통하여 나는 '남을 의식하지 않는 나(Self)'에 그 답이 있다고 결론을 내려본다. 이것이 바로 한국과는 극명하게 다른 문화라고 할 수 있다. 호주에서 직업이라는 정의는 남에게 보여주는 것이 아니라 자아를 실현할 수 있는 과정에 존재하며, 자아의 실현이란 사회적 위치를 높이는 것이 아니라 나와 가족 간의 '관계의 완성'을 의미한다.

최근에는 한국에서도 자아를 찾아 새로운 삶을 선택하는 모습을 꽤 볼 수 있게 되었다. 삶을 바라보는 시각을 달리한 그들의 용기에 박수를 보낸다. 위를 향한 끊임없는 투쟁과 변화의 세상 속에서 자신을 포기하기보다, 자연과 시간의 흐름 속에서 자신을 지키며 살아가는 그들의 모습에서 나는 삶의 동행자로서 간접적인 행복을 느낀다.

|차례|

1장

2장

1장

호주에서 11년이라는 세월을 보낸 이제서야 나는 한국에서의 내 삶을 뒤돌아본다.

이는 한국에서의 삶을 후회로 회상한다는 뜻이 아니다.

오히려 내가 되짚어본 한국에서의 삶과 현재 호주에서의 일상은,

훗날 내가 어떠한 모습으로 살아야 할지를 가늠케 하는 소중한 잣대가 될 것이다.

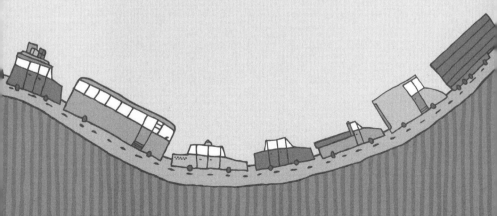

어떻게 살아야 하는가

5.18 광주민주화의거를 인지하고 83학번으로 대학에 입학한 나는, 대학생활 중 거의 하루도 빠짐없이 최루탄 냄새를 맡았던 것 같다. 비단 대학생뿐만이 아니라, 당시는 대한민국의 민주화를 위해 많은 분들이 힘을 모았다. 온몸을 던진 그들의 투쟁과 희생이 현재 대한민국의 민주적 토대를 만든 것도 사실이다. 하지만 지금 되새겨보면, 그 또한 매우 불완전한 민주화운동이었음을 인정하지 않을 수 없다.

군부독재 타도와 대통령 직선제를 달성해 내면 대한민국의 민주화를 이룰 수 있다고 생각한 것이 당시 민주화운동에 참여했던 다수의 생각이었다. 하지만 그것은 너무도 안일한 생각이었다. 독재의 이면에 뿌리박힌 일제의 잔재와 그것을 이어받은 보수라는 존재를 너무 가벼이 치부했던 것이 아닌가 싶다. 기업가나 자본가의 모습을 하고 있는 그들이 바로 친일 기득권 세력이 아니었던가. 당시 민주화를 부르짖던 일원으로서 나 또한 아쉬움을 떨쳐버릴 수 없고, 20여 년이 지난 지금 한국의 젊은이들에게 미안한 마음 또한 감출 길이 없다.

　민주화운동에 참여하였던 그 많던 학우들은 다 어디로 갔을까? 나 또한 예외는 아니었다. 졸업반이 되자 민주화라는 개념은 취업이라는 벽에 가리어졌다. 사회적 정의, 공정보다는 사회 진출 후 치열한 경쟁과 그 경쟁에서 살아남기 위한 적자생존을 그 이념으로 대체하였다. 시위로 인한 구속 전력이 있는 학우들은 고시공부에 매달렸고, 간혹 공장에 위장취업하여 노동현장에서 민주화운동을 지속하던 학우들도 대부분은 현실의 벽에 손을 들고 말았다. 결국 자본주의의 힘에 눌려 사상적 개념을 포기하고 자본주의, 정확히 말하자면 한국적 자본주의에 철저하게 동화된 것이다. 법조계나 정치계 입문으로 화려한 변신을 이룬 자들도 있었고, 취업하고 결혼하여 평범한 삶을 선택한 부류도 있었다. 물론 현실과 타협하지 않은 일부 학우들이 어렵게 삶을 지탱해 나가고 있다는 소식을 접하긴 했지만, 사회생활 속에서는 거의 재회하지 못했다.

　대학을 졸업한 지 25년이 지난 지금, 우리는 더욱 악화된 상황을 우리의 아이들에게 물려주고 있다. 강산이 세 번 가까이 변하는 동안, 비록 국가의 외형은 성장하였을지 몰라도 그 안의 불균형 요인들은 더욱 증가하였다. 정의와 공정을 이야기한다는 것 자체가 사치가 되어버린 지금에 와서 후회를 한들 무엇을 바꿀 수 있을까. 자녀의 교육과 취업, 자신의 노후 문제를 걱정하는 우리는 다음 세대에게 우리보다 더 치열한 생존의 경쟁 환경을 물려주었을 뿐이다. 불공정과 불균형이라는 극한의 모습을 보이는 사회에서 노년으로 가는 길목에 서 있는 우리들이 과연 무엇을 할 수 있을까.

그럼에도 불구하고 나는 아직 희망을 버리지 못한다. 당장의 현실을 바꿀 수는 없지만, 다음 세대를 위하여 우리가 해야 할 일이 있다. 그것은 바로 우리가 변하는 일이다. 삶에 대한 가치의 변화도 필요하고, 정치적인 소신 또한 분명해야 한다. 가치에 대한 우리의 변화는 우리 아이들에게 끝없는 경쟁의 세상이 아니라 더 넓은 세상을 보여줄 것이며, 분명한 정치적 소신은 정치를 변화시키고 사회의 가치관을 변화시킬 수 있는 직접적인 참여 방법이기 때문이다. 우리가 변하지 않는다면 현재 우리의 모습이 다음 세대인 우리 아이들의 모습이 될 뿐이다.

배웠던 지식들은 철저하게 금전으로 계산되고, 생존을 위해서는 개인의 삶을 철저히 포기해야 하고, 기존의 사회질서에 철저하게 동화하여 '왜?' 라는 질문은 터부시되는 사회. 유

교적 봉건사회, 일제에 의해 주입된 식민사관, 봇물처럼 밀려
드는 서구의 문화들이 질서 없이 융합된 사회. '민주'라는 단
어를 지향하면서도 온 사회에 퍼져 있는 서열 중심의 문화와
자본가에 의하여 강요되는 복종 의식은, 개인의 삶을 존중하
기보다 조직 내의 일원으로 살아가기를 강요한다. 우리가 살
았던 이런 사회에서 계속 우리 아이들을 살게 할 수는 없지
않은가.

대한민국은 내가 태어난 곳이고, 소중한 어머니가 계신
곳이며, 사랑하는 아내와 두 딸을 얻은 곳이다. 나는 살아
남아야 한다는 의지와 탈 없는 평범한 직장생활이 어머니와
가족을 위한 삶이라는 생각으로 남들과 다를 바 없는 직장
생활을 하였다.

거의 매일 이어지는 야근과 술자리는 당시 30대 초반이었
음에도 불구하고 몸에 이상신호를 보내 왔고, 업무 외에는
'피곤하다'며 아무것도 하지 않았다. 이런 무력감은 비단 나
만의 문제는 아니었을 것이다. 하지만 어느 순간, 나는 내 삶
이 끝이 보이지 않는 긴 터널 속에 들어와 있음을 깨달았고,
그 자각은 나에게 현재의 삶에서 벗어나라고 요구하기 시작

했다. 물론 이는 가장으로서의 책임을 회피하라는 뜻이 아니었다. 그저 가족을 부양해야 한다는 가장으로서의 책임을 다하기 위해 직장생활을 해야 한다는 관념에 의문을 던지게 되었던 것이다.

나의 첫 직장은 지금은 역사 속으로 사라진 한국상업은행이었다. 졸업 전에 특채로 입행한 나는 은행원으로서 사회에 첫발을 내딛게 되었다. 1989년 11월부터 1달여 간의 교육기간을 이수하고, 과천 지점에 발령 받아 외환업무를 담당하며 무리 없이 적응해 남들과 같은 평범한 직장생활을 하고 있었다. 그렇게 6개월쯤 지났을 때, 당시 대부(대출)계 담당 과장이었던 대학 선배님이 퇴근하고 한잔 하자고 했다.

"내가 선배로서 환영회 해주는 거야!"

업무를 마치고 약속 장소로 가자, 선배님 앞의 소줏병은 거의 바닥을 보이고 있었다. 선배님이 주는 축하주 몇 잔을 받아 마시며 이런저런 이야기를 나누다 취기가 돌자 문득 선배님은 나를 빤히 바라보며 물었다.

"너는 은행에 왜 들어왔니? 다른 곳은 갈 실력이 안 됐어?"

나는 깜짝 놀라, 아직 한국에서는 금융기관이 안정적이라고 생각하였고 앞으로의 발전 가능성을 고려하여 입행했다고 말씀드렸다. 매우 진부적이고 일반적인 내 답변을 듣고 있던 선배님은 말을 이었다.

"너의 대학, 아니 우리 대학이나 입행 성적을 얘기하는 게 아니야. 너의 용기를 말하는 거야! 너도 시간이 지나면 알게 될 거야. 은행이라는 곳이 편한 만큼 너를 약한 사람으로 만들 게야. 지금이라도 늦지 않았으니 너의 능력을 살리고 미래가 있는 직장을 다시 알아봐!"

선배님은 일반적으로 사람들이 인정하는 것보다 네 스스로가 좋아하는 것 혹은 좋아할 수 있는 일을 알아보라고 했다. 그곳에서 네 스스로 문제를 해결해 나가며, 스스로의 능력을 키워 나가라고. 은행에서는 그저 울타리 안에서 움직이면 월급을 주지만, 그 월급은 너를 점점 약하고 가축적인 인간으로 만들 것이라고 했다.

거의 30년이 다 된 일이지만, 나는 가끔 그날의 일이 어제처럼 떠오른다. 나 또한 그날의 선배님처럼 후배들에게 같은 이야기를 들려주고 싶으니까. 대한민국의 외형은 성장하였을지 몰라도 사회적 멘탈의 구조는 변한 것이 별로 없다. 오히려 그때보다 노동의 조건은 더 악화되었고 안정적이지도 않다. 또한 컴퓨터 기술의 발달로 인하여 절대적인 노동의 수요가 점점 줄어들고 있다. 이런 추세를 감안하여 이제 우리는 통상의 관념적 기준을 벗어나 새로운 기준을 생각해 볼 때가 된 듯싶다.

물론 술자리에서 선배님의 이야기를 듣던 당시의 나는 그 말뜻을 이해하지도 못했고, 이해하고자 노력도 안 했다. 당시에도 금융권 입사는 경쟁률이 치열했고, 대우도 대기업보다 좋았다. 남들이 모두 부러워하는 직장에 들어온 6개월차 새내기가 이해할 수 있는 말이 아니었다. 스스로에 대한 자부심과 함께 자만심도 커져 가는 시기였으니까.

나는 은행이라는 직장에 재빠르게 적응해 갔다. 당시 한국상업은행은 금융권 최초로 부문별 전문요원제를 시행했는데, 나는 '자금관리 전문요원'으로 선발되어 은행으로부터 집중적인 연수와 경력 관리를 제공받았다. 이후 과천 지점을 떠나 본사 자금부에서 자금 관련 업무를 집중적으로 수행하게 되었다. 당시에는 ALM(Asset and Liability Management), 즉 '자산·부채 종합관리'라고 하는 새로운 분야가 금융권에 소개되고 있는 시기였는데, 나는 이 부분에서 금리 변화에 따른 은행의 자산부채의 구조와 위험성을 예측하는 업무를 담당하였다.

나의 금융 관련 지식들은 거의 이 당시에 축적된 것들이라고 해도 과언이 아니다. 또한 당시 매우 미세한 변화를 발생시키는 지렛대 효과를 배움으로써, 항상 작은 것들에 관심을 갖고 그들이 발생시킬 수 있는 상황들을 미리 예상하고 준비하는 습관이 형성되었다. 지금 내가 살아가는 데 매우 큰 영향을 끼치고 있는 부분이기도 하다.

당시 나는 금리의 변화에 따른 자산·부채 종합관리를 담당하며 일본의 금융시장 관련 정보를 자연스럽게 접하게 되었고, 때론 일본의 금융시장 관련 책자를 직접 번역하기도 했기 때문에 한국 금융시장의 미래를 간접적으로 예상할 수 있었다. 당시 일본은 부동산 버블의 정점에 있어서 한국의 금융시장은 일본을 매우 주의 깊게 관찰하고 있었다. 그때 한국의 금융시장의 미래와 관련하여 처음으로 의구심을 갖게 되었다. 현재 한국의 금융시장 및 부동산시장의 상황이 당시의 일본과 거의 일치하고 있다.

이쯤에서 나는 한 가지 사실을 이야기하고 싶다. 시장의 정보가 개인의 선택을 왜곡할 수도 있다는 점이다. 시장은 현실보다 긍정적인 측면을 강조한다. 자본가, 즉 금융기관 등은 개인의 이익보다 그들의 이익을 우선하기 위하여 정보를 가공한다. 따라서 개인이 시장의 정보를 볼 때는 좀 더 네거티브한 기준으로 바라보아야 한다.

중대한 실수

그것은 내 삶에 있어 최악의 결정이기도 했지만, 한편으로는 최선으로 가는 결정이기도 하였다. 최악의 결정 뒤 약 10년간 나는 혹독한 시련을 경험하게 되었는데, 그것은 또 다른 운명의 서막과 같은 것이었다. 새로운 운명의 시작은, 냉정한 이성적 판단보다는 극히 감성적이고 욕심이 앞선 결정으로부터 시작되는 것이 아닌가 싶다.

같은 자금부에 근무하던 대학 선배가 신설 은행인 H은행으로 스카우트되어 이직하였다. 어느 날 그 선배로부터 술 한 잔 같이 하자고 해서 약속장소로 나갔더니, H은행으로 이직할 의사가 없느냐고 물었다. 당시 H은행은 공개 모집이 아니라 개인별 추천 제도로 필요 인원을 선발하고 있었다. 선배는 급여 조건이나 승진 조건 따위를 설명하면서 나를 설득하기 시작하였다. 당시 기존 은행의 2배 수준이었던 두둑한 연봉에도 끌렸지만, 사실 기존 은행은 당시 인사 적채가 시작되는 상황이어서 결국 이직을 결정하게 되었다. 바로 이 결정이 현재 내가 호주에 살고 있는 첫 단추를 제공한 사건이었다. 물론 이직 당시에는 인지하지 못하였으나, 전직으로 인하여 전 직장과 새로운 직장을 비교할 수 있는 기회가 되었고, 내부적으로 '기업문화'의 중요성을 깨달을 수 있었던 결정적 계기가 되었다.

금전적인 기준과 기업의 외형은 결코 직장생활의 안정을 담보하는 기준이 될 수 없으며, 또한 개인의 삶을 보장해 주지도 않는다. 한국의 많은 젊은이들이 이러한 이유로 공무원 시험을 준비하는 것이 아닐까 싶다. 그들의 선택을 충분히 이해하고, 현 상황에서는 당연한 흐름일 수도 있다. 하지만 실력 있는 젊은 후배들이 선택하고 있는 안정은 개인의 능력을 약화시키는 것임을 밝히지 않을 수 있다. 우선은 안정적인 개인의 삶이 중요하겠지만, 이는 분명 스스로 선택하고 도전하고 책임 지는 능동적인 삶의 모습과는 거리가 멀다.

기존 조직은 어느 조직이나 매우 느리고 타성에 젖어 있다는 단점은 있으나, 잘 짜여 있는 구조와 자신의 향후 경로를 예측할 수 있다. 반면 신설 조직은 오로지 외형의 확장에만 관심이 있기에 연봉 수준은 높으나 미래의 경로를 예측하기 힘들고, 과도한 업무로 인한 스트레스와 실적으로 개인이 소모품으로 전락할 수 있다. 물론 그때의 나는 앞으로 발생할 문제들에 대한 예측과 선배들의 만류에도 불구하고 이직을 했다. 돌이켜보면 이 또한 운명이 아닌가 싶다.

새로운 직장인 H은행을 이해하는 데는 그다지 오래 걸리지 않았다. 이것은 아닌데, 스스로의 욕심과 잘못된 판단 때문에 아내는 물론 가족 모두가 힘들어하는 상황을 겪게 되었다. 늦은 시간까지의 과도한 업무와 실적 유치의 부담에 따른 스트레스, 그리고 거의 매일 반복되는 상사들과의 회식은 스스로를 파괴하는 과정이었다. 시간이 갈수록 미래에 대한 불안감과 가족에 대한 미안함, 특히 아내에 대한 미안함은 나를 압박하기 시작했다. 하지만 당장 어떠한 결정도 할 수 없는 상태였기에 나의 처절한 직장생활은 계속될 수밖에 없었다.

1998년 한국은 IMF 금융위기를 맞는다. 당시 12월에 대통령으로 당선된 김대중 대통령은 결국 모라토리움을 선언하셨다. 은행에 책임자로 근무하고 있었음에도 불구하고, 대통령 선거 이전까지 우리들은 경제 상황에 대한 정보를 접할 수 없었기에 모든 직원들은 물론 고객들 또한 패닉에 빠졌다. 당시 여론은 대통령 선거 때문이었는지 정보가 통제되어 있었고,

본사 차원에서도 어떠한 경고도 접할 수 없었다. 12월 모라토리움 이전까지 기존의 대출 증강 운동은 지속되었고, 나 또한 사업가들을 찾아다니며 대출을 권하는 업무를 지속하고 있었다. IMF 이전 전지점에 대출 증강 운동이 시행되고 있었다.

당시 나는 중장비 대여업을 하고 있는 사장님을 찾아가 대출을 권유했다. 현재는 대출이 필요 없다는 대답에 "그러시면 마이너스통장이라도 개설을 해두시고 나중 필요하실 때 자금을 사용하시지요."라고 설득하여, 결국 사장님께서는 한도 2억의 마이너스통장을 개설하셨다. 그런데 사람 마음이라고 하는 것이 카드든 대출이든 사용 가능 한도가 있으면 사용하게 된다. 결국 그것이 화근이 되고 말았다.

조금씩 조금씩 자금을 활용하시던 사장님은 1998년 IMF에 직면하게 되었고, 건설 경기가 바닥을 치자 자금의 순환이 어려워 대출은 연체상태로 접어들고, 금리는 20%를 넘어 24%를 육박하기에 이르렀다. 결국 본사에서는 저당물건의 압류를 이행하라는 지시가 떨어졌다.

'비올 때 우산 빼앗는다' 는 말이 있다. 우리가 통상적으로 금융기관을 설명할 때 인용하는 표현이다. 내 기억으로는, 3개월 연체 시 모든 채권서류를 본사 여신관리부 채권회수팀으로 이관하라는 공문이 전지점으로 전달되고, 이때 고객들의 상황은 전혀 고려되지 않는다. 중장비 대여업을 하시던 사장님의 채권서류 또한 본사 이관을 하달받은 것이다.

"이봐, 김대리, 3개월만 버텨주면 안 되겠나? 3개월이면 중장비 처분하고, 여기저기 흩어졌던 자금이 모아지면 다 처리할 수 있어. 부탁이네."

"예, 사장님! 본사에 전화를 하여 최선을 다해 보겠습니다."

나는 본사 채권 담당팀에 전화하여 사정해 보았으나 돌아오는 답변은 절망적이었다. 모든 것은 규정에 의거하여 처리할 수밖에 없으며, 현 경제 상황을 예측할 수 없으므로 절대불가하다는 것이었다. 결국 나는 사장님께 설명을 드리고 마지막으로 술 한잔을 하게 되었다.

"김대리! 당시에는 돈이 필요 없었는데 자네가 증강 운동이다 뭐다 해서 이렇게 아파트 근저당까지 설정하고… 이후로 자금이 꼬였어."

"예, 잘 알고 있습니다. 뭐라 드릴 말씀이 없습니다."

"그래, 경매 처분하고 다시 시작해야지. 하지만 이후엔 절대 은행을 신뢰하지 않을 걸세. 자네 은행원들 또한 마찬가지야!"

"저도 은행을 그만두어야 할 것 같아요. 이런 식으로 은행원 생활을 계속하기에는 저의 마음이 허락하지를 않습니다. 당장은 아니지만, 은행을 사직하는 순간 다시 한 번 찾아뵙겠습니다. 사장님, 꼭 재기하셔서 허심탄회한 술 한잔 다시 했으면 좋겠습니다."

그렇게 우리는 밤 새며 술을 마셨고, 그분의 눈물을 확인한 후에야 헤어졌다. 이 경험은 나에게 매우 큰 충격이었다. 돈 앞에 보호될 자 없으며, 나 또한 조직으로부터 보호받을 수 없다는 것을 깨달았기 때문이다. 스스로 조직으로부터 방어하며 살아가야 한다는 것은 나에게 생각지도 못한 복병으로 다가왔으며, 결국 내가 은행 퇴직을 결정하고 망망대해로 나가는 결정적인 계기가 되었다.

삶이란 순간 순간의 선택이지만, 그 선택들로 인하여 우리는 어느 한 방향으로 나아간다. 모든 것을 다 얻을 수는 없다. 다만 내 삶에서 보다 중요한 무언가를 우리는 선택할 수 있다. 물론 그 끝을 보면서도 어찌할 수 없다고 체념하며, 마음속 의지와 상관없어 보이는 길을 선택할 수도 있다. 하지만 나는 10년 전 대학 선배님의 말씀을 기억하며, 지금이라도 다시 새로운 삶을 시작해 보기로 마음먹었다. 화려하지는 않아도 내가 선택하고 스스로 책임을 지는, 가족과 함께할 수 있는 삶을 향하여 출발한 것이다.

퇴직과 관련하여 한 가지 H은행에 분개한 것은, 당시 퇴직자들이 갖고 있던 H은행 신용카드를 일괄 사용 정지시켰다는 사실이다. 식사 후 카드로 계산하려는데 사용 정지 카드라고 거부되는 순간, 엄청난 배신감과 함께 세상이 참 무섭구나 싶었다. 하지만 덕분에 나는 곧 나의 선택이 옳았음을 절감했다. 이러한 조직에 내 삶을 의지했었다는 사실이 정말로 끔찍해졌기 때문이다. 나의 항해는 이렇게 은행이라는 거대한 조직을 떠나는 순간 시작되었다.

한국상업은행 첫 지점에서 술잔을 기울이며 선배님의 충고를 들은 지 어느새 10년이라는 시간이 흘러 있었다. 세월이 흘러 깨닫게 되었지만, 그때 내가 온실을 박차고 나온 것이 또 다른 기회가 된 것은 분명했으나, 그 방법이 문제였다. '길 위에서 길을 묻는다'는 말이 있다. 나의 잘못된 처리로 인해 가족들은 엄청난 경제적 고통 및 심리적 고통을 겪어야 했고, 나 또한 '시간의 단절'이 얼마나 혹독한 좌절과 고통을 주는지 뼈저리게 느껴야 했다.

준비 없이 세상 속으로 나왔을 때 부딪친 사회의 냉담, 그리고 가장으로서의 책임을 팽개쳤다는 자괴감 등은 정말로 상상을 초월한 것이었다. 이후 후배들을 볼 때마다 나는 조언 아닌 조언으로 침이 말랐다.

"시간을 단절하지 마라. 쉐프가 되고 싶으면 직장생활을 하며 준비해라! 실패를 가정할 필요는 없지만, 실패를 극복할 수 있는 여지는 준비되어 있어야 해. 이건 경험으로 얻은 진실 이니까 명심해. 본인을 위해서라기보다 가족을 위해서 명심해! 사랑하는 아내와 아이들이 우리를 보며 힘들어할 수도 있으 니까."

이는 비단 이직을 생각하는 직장 초년병에게만 해당되는 이야기가 아니라, 정년을 앞두고 있는 나와 같은 동세대인들 에게도 적용될 수 있을 것이다. 한국의 정년은 선진 외국에 비 하여 짧고, 그나마 자의로 유지하기도 힘들다. 갑작스런 졸퇴 마저도 거부하기보다는 받아들여야 하는 상황인 것이다. 준 비 없는 퇴직, 말만으로도 얼마나 끔찍한가? 물론 준비라는 것이 꼭 금전적인 것만을 의미하지는 않는다. 준비란 각자가 처한 상황을 받아들이고, 그 상황 하에서 벌어질 수 있는 일 들을 대비하는 것이다. 이러한 상황으로 알 수 있는 것은, 우 리가 의지하였던 조직이라는 사회가 세상 속에서 얼마나 우리를 약하고 의존형 인간으로 만들었는가 하는 점이다. 불행하게도, 이러한 상황은 대한민국만의 특별한 상황일 수도 있다.

은행을 사직한 이후의 이야기는 굳이 하지 않겠다. 그 시절의 다른 이들처럼 나 또한 수많은 좌절과 고통을 맛보아야 했고, 나를 지켜내는 과정은 무참하리만큼 처절했다. 무엇을 해도 뜻대로 되지 않아 오히려 욕심이 앞설 때는 솔직히 과거의 시간이 그리울 때도 있었다. 차라리 과거로 다시 돌아가고 싶다고 후회한 적도 있었다. 하지만 되돌릴 수 없는 세월을 이미 경험한 나는, 산 위에서 구르기 시작한 돌이 어느 지점에서는 멈추듯 그날이 오기를 기도하며 기다렸다. 그렇게 나는 5년이라는 혹독한 시간의 터널을 통과해야 했다.

이민을 결정하게 된 동기

2005년 10월, 업무적인 일로 호주 출장을 가게 되었다. 포트 린콜른(Port Lincoln)이라는 목적지에 가기 위해서는 남호주의 수도인 애들레이드(Adelaide)를 경유해야 했다. 당시만 하더라도 시드니, 멜버른, 브리스번 등의 대도시가 호주를 대표하는 곳이었고, 애들레이드는 한국인들에게는 잘 알려지지 않은 매우 조용한 도시였다. 깨끗하고 잘 정비된 전형적인 영국 스타일의 도시로, 인구 120만 명의 소도시라 그런지 사람들은 순진하고 친절하다. 애들레이드는 호주 최초로 계획된 도시이기도 해서 모든 도로는 City로 집중되어 있다.

당시만 하더라도 교통편을 잘 이해하지 못했던 나는 지도상으로 목적지를 확인하고 항구도시인 포트 린콜른으로 가기 위해 버스에 몸을 실었다. 태어나 처음으로 장장 12시간을 버스에서 보내며 나는 "아, 정말 땅이 넓긴 넓구나." 싶었다. 12시간을 버스에서 보낸 나는 기진맥진하여 항구에 조그마한 숙소(Inn)를 잡은 후 맥주 한잔하면서 호주 바닷가의 저녁노을을 감상했다. 정말 환상 그 자체였다.

바 안의 사람들은 모두가 코카시안들이었고, 동양인은 아마도 나 혼자였던 것 같다. 누군가 나에게 다가오더니 어느 나라에서 왔냐고 물었다. 나는 한국(South Korea)에서 왔으며 출장 중이라 했더니, 그는 88올림픽과 2002년 월드컵을 언급하며 아는 체를 했다. 그는 좋은 나라에서 왔다며 맥주 한잔을 시켜주는 것이 아닌가? 통성명을 한 것도 아니고, 맥주 한잔 마시는 시간 정도에 짧은 대화를 나눈 것이 전부였지만, 긴 버스 여행의 피로가 한꺼번에 풀리는 듯했다. 출장이든 여행이든 언제나 사람들과의 만남은 흥미롭고 멋진 추억이 된다.

스스로가 이 넓은 세계의 일원이 되어 생각을 나누며, 공유하거나 차이를 느낀다는 것 자체가 기존의 관념에서의 탈출이며 새로운 도전을 위한 준비가 아닐까. 4박 5일의 호주 일정을 마치고 집으로 돌아오니, 아내는 딸 둘을 데리고 호주 단기유학(1년)을 다녀오는 게 좋을 것 같다고 이야기하였다. 당시 큰아이가 12살, 작은아이는 9살이었다. 비록 단기지만 더 늦기 전에 외국에서의 생활을 경험시켜주고 싶다고 했다. 나는 동의하였다. 정확히 말하자면 동의할 수밖에 없었던 상황이었다. 비록 내가 많이 힘이 드는 상황이긴 했지만, 아이들의 기회까지 막을 수는 없었다.

"어디가 좋을까?"

"호주 애들레이드가 좋을 것 같아. 가 보니 아주 조용하고 깨끗한 데다 사람들도 노인들이 많아 오히려 아주 친절하고 좋더라."

아내는 곧바로 절차를 알아보더니, 다음해 2월 두 딸을 데리고 호주로 떠났다. 왜소한 아내와 어린 두 딸이 출국장으로 들어서며 시야에서 사라질 때 스스로에게 다가온 그 무력감과 원망은, 살아오며 처음 느끼는 자괴감이었다. 충분한 준비도 없이, 단지 '더 늦기 전에'라는 생각으로 결정한 것이었기에 더욱더 그들의 뒷모습이 슬프게 다가왔다. 그렇게 나는 말로만 듣던 '기러기'가 되었다.

아내는 한 번 결정을 하면 지체하는 경우가 거의 없다. 지금까지도 내게는 유일무이 엄격함의 대상이기도 하다. 사실 아내의 그런 부분이 절망과 포기의 순간 언제나 내게 힘이 되었고, 아내 덕분에 나는 순간 순간의 힘듦을 극복할 수 있었다. 세월이 흐른 지금에서야 두 딸의 엄마로서 고민했던 그 마음이 얼마나 힘들었을까 생각해 본다. 아내가 아이들에게 주려한 기회는 금전이 아니라 시간이었다. 더 늦기 전에 딸들에게 그 기회를 주기 위하여 실행한 용기의 결정이었다. 아내의 이러한 결정이 두 딸뿐만이 아니라, 나에게도 결국 새로운 길을 열어준 셈이다.

하루는 호주의 아내로부터 전화가 왔다. 아내는 이민 브로커에게 물어보니 이민 자격이 되는 것 같다며 한번 시도해 보자고 했다. 만약 이민이 가능하다면, 현재 우리 가족이 한국에서 처한 상황보다는 호주에서 새로운 삶을 시작하는 게 낫지 않겠냐는 것이 아내의 생각이었다. 나는 순간적으로 멍한 상태에서 잠시 아무 말도 하지 못하였다. 마흔이 넘도록 살던 나라를 떠난다는 것이 두려웠다. 뿐만 아니라 아들의 입장에서 어머니가 계신 곳을 떠나 타국에서 살아야 한다는 것 또한 쉽게 선택할 수 없는 문제였다.

하지만 완강하게 이민 절차를 주장하는 아내의 의지를 꺾을 수가 없었다. 특히 중장기적으로 유학을 보낼 형편이 아니었기에 '이민을 통하여 안정적으로 딸들을 교육시키자' 는 아내의 생각이 잘못되었다고 할 수도 없었다. 아내는 이민 브로커에게 계약금을 지불하고 필요 서류 등을 나에게 요청하였고, 나는 즉시 모든 서류를 준비하여 브로커에게 제출하였다.

당시 내가 진행하려던 이민의 종류는 소위 '기술이민' 이었다. 호주는 자국 내의 부족 직업군에 속한 직업 인력을 국외로부터 받아들여 이민을 허가한다. 당연히 해당 직업에 관한 증거 서류가 필요하고, 영어시험(IELTS)과 통과 성적을 제출하여야 한다. 그리하여 호주에는 '외국인 노동자' 라는 일시적인 고용관계가 없다. 필요한 인력이 있다면, 부족 직업군이라는 리스트에 추가함으로써 이민을 통해 인력을 수급한다.

기술이민의 첫 번째 절차는, 해당국(한국)에서 해당 기술과 관련된 증거 서류를 발급받고 이를 영문으로 작성하여 호주의 기술심사 기관에 제출하는 것이다(이를 '기술심사' 라고 한다).

기술심사에 약 2개월 정도가 소요될 것이라는 브로커의 말을 믿고 나는 일단 기다린 후, 2개월이 지나 확인을 하였더니 브로커는 연락이 없다는 말만 되풀이했다. 기술심사 기관의 홈페이지를 통해 통상적으로는 한 달 보름 혹은 2개월 정도면 기술심사 결과가 나온다는 것을 확인한 나는, 직감적으로 무엇인가 잘못되었음을 느꼈다. 나는 호주로 직접 가서 그 과정을 확인하여 보기로 하였다. 신청자와 브로커 사이에 생기는 커뮤니케이션 문제는, 브로커가 해당 이민 절차에 대한 전문적인 지식이 부족한 경우 발생한다.

나는 이민이라는 절차를 이행하기로 하였고, 일단 결정된 이상 가족의 중대한 문제를 격지에 있는 아내에게만 맡겨 놓을 수 없었다. 호주로 건너온 나는 브로커 사무실로 찾아가 우리 가족과 관련된 서류를 보자고 했고, 신청서 등등을 확인한 결과 엄청난 충격에 빠졌다. 여권번호 오류, 주민등록번호 입력 오류, 영문자의 오류 등 서류 자체가 엉망이었다. 나는 "가족 일생일대의 중대사를 당신에게 위임할 수 없다!"고 선언하고 모든 서류를 회수하였다. 그 한국인 브로커는 내게 계속되는 사과와 함께 자기가 다시 진행하겠다고 했지만, 나는 더 이상 그에게 일을 맡길 수 없었다.

이런 상황은 비단 나에게만 벌어진 일이 아니다. 이민 신청자와 브로커들 사이에서 비일비재하게 발생하는 일로, 최악의 경우에는 이민 자체가 취소되어 가족 모두가 패닉에 빠지는 경우도 있다. 모든 이민 절차를 이민 브로커에게 맡기면, 이민 절차의 진행 과정 및 문제점을 직접적으로 확인할 수 없다. 이민성에서는 모든 절차를 브로커에게 전달하므로, 브로커들의 업무 태만 혹은 능력 부족은 이민 자체를 무산시킬 수도 있다. 나중에 다시 거론하겠지만, 이러한 상황 또한 이민 절차를 직접 수행하여야 하는 중요한 이유 중 하나다.

여러분들이 해외이민을 추진하고자 한다면, 본인이 할 수 있는 모든 일들이 선행되어야 한다는 점을 명심하기 바란다. 물론 스스로 해결하는 것이 가장 바람직하지만, 부득이 브로커를 통하여 추진한다 하더라도 기본적인 이민 절차를 숙지함으로써 간과할 수 있는 오류를 방지할 필요가 있다.

이후, 나는 이민 절차를 직접 수행하였다. 인터넷 검색을 통하여 모든 서류를 구비하여 작성하고, 기술심사를 수행하기 위한 자료 수집 등 모든 과정을 스스로 진행하였다. 결국 2개월 후 기술심사가 통과되고, 이민 서류 본건을 작성하여 이민성에 제출하였다. 기술심사의 경우 심사기관의 질문에 대하여 충분한 근거로 답변하여야 하는데, 전문용어로 설명해야 하기 때문에 심사기관과 브로커 혹은 신청자 사이에 여러 문제점이 발생할 수 있다. 때문에 진행 과정에서 이민 신청자가 직접적으로 개입하고 설명을 주도하는 것이 바람직하다.

호주는 기술이민자에게 당연히 영어시험을 요구한다. 이는 해당 기술을 보유한 이민자가 입국 시 호주사회에서 적응할 수 있는 최소한의 영어 실력을 확인하는 제도라고 할 수 있다. 당시 IELTS의 기준이 5.0이었는데, 나는 6.0으로 통과한 다음 본건 제출 후 8개월 만에 GRANT가 되어 영주권을 획득할 수 있었다.

　이민이 모든 이들에게 두려운 것임에는 틀림없다. 하지만 자신과 가족을 위하여 새로운 삶을 추구하고자 한다면 두려움에만 머물러서는 안 된다. 준비와 계획을 통하여 충분히 '이민'이라는 카테고리에 접근할 수 있다. 이민은 시간의 단절을 회피하는 것이 아니라 '한국에서의 삶의 연장선'일 뿐이라고 나는 해석하고 싶다. 그렇기 때문에 더욱 준비와 계획을 강조하는 것이다.

　나는 우리의 젊은이들이 새로운 도약과 세계와의 경쟁을 위한 아름다운 도전을 선택하기 바란다. 현실을 부정하고 불평만 할 것이 아니라, 원치 않는 현실을 새로운 세계로 전환할 수 있다면 그것이야말로 또 다른 삶의 기회가 아닌가? 성공을 위한 1%의 삶을 추구하는 사람이라면, 그리고 그러한 경쟁력을 갖춘 사람이라면 도전은 아무런 의미가 없을 수도 있다. 그러나 투쟁하듯 인생을 살아야 한다면, 자신의 삶 안에서 가족을 발견하기가 쉽지 않다면, 자신과 가족을 위한 도전은 분명히 의미가 있다. 세계의 젊은이들이 그러하듯 한국의 젊은 후배들 또한 국가라는 벽을 허물고 세계를 무대로 그 시야를 넓히기 바란다. 이민은 단순히 다른 국가로 삶의 터전을 옮기는 것이 아니다. 나는 이민을 '삶의 세계화'라고 이해하고 싶다.

2005년 10월, 이민 신청을 한 후 약 10개월 만에 호주정부로부터 이민이 확정되었다는 이메일을 받았다. 허가 통보를 받는 순간, 이제 한국을 완전히 떠나 호주로 가는 거라고 생각하자 오히려 혼란스러웠다. 아내 또한 침묵으로 이민이라는 현실을 받아들였다. 딸들은 호주에서 살 수 있다는 생각에 환호하였지만, 그들을 바라보는 나는 그리 좋지만은 않았다. 어머니를 뒤로하고 떠나야 한다는 강박감은 상상을 초월하는 고통이었고, 한참이 지나서야 어머니께 호주로 이민 간다는 사실을 말씀드렸다.

"내가 너를 위해서 살았듯이, 이제는 네가 네 딸들을 위해 살아야 할 때다. 가거라, 가서 열심히 살아라!"

어머니의 말씀에 쏟아지는 눈물이 앞을 가렸지만, 사실 나로서는 선택의 여지가 존재하지 않았다.

은행을 사직하고 살아온 8년 남짓한 세월은 나에게도 고통이었지만, 나보다 가족에게 더한 고통을 주었다. 이제는 딸들에게 조금이라도 더 나은 환경에서 공부하도록 도와주고 싶었다. 그것이 아내와 내가 이민을 결정한 가장 중요한 이유이기도 했다. 내가 말하는 좋은 환경이란, 공부와 그에 연관된 직업이 삶의 전부가 아닌 그저 과정에 불과하다는 사회적 인식이 있는 곳을 의미한다.

이민은 분명 내 삶에서 가장 중대한 선택이었다. 선택에는 대가가 필요하다. 40년 넘게 살아온 한국에서의 모든 삶을 떠나, 언어와 문화가 다른, 완전히 새로운 세계에 대한 두려움을 어떻게 극복할 것인가? 나는 스스로에게 최면을 거는 수밖에 없었다. 그것이 내가 할 수 있는 유일한 일이었다.

"나는 할 수 있다! 사랑하는 가족을 위해서라면 못할 일이 무엇이겠는가!"

나의 두려움을 없애줄 수 있는 건 가족에 대한 사랑과 신에 대한 믿음뿐이었다.

이민을 간다며 친구들, 선후배들과 술 한잔을 나누었던 시간으로부터 10년이라는 세월이 흘렀다. 당시 나는 완전히 새로운 변화의 세계로, 다른 이들은 각자 그들의 직장과 조직에서 마지막 불꽃을 향하여 걸어가는 출발점이었다.

나는 10년이라는 세월 동안 스스로의 삶을 통하여 새로운 집을 지어 나갔다. 모든 자제는 나와 가족이 함께하는 삶으로부터 조달되었다. 조직에의 의존이 아니라, 가족과 함께 만들어간 것이다. 무모할 수도 있었지만 나는 도전을 했고, 너무 성급히 결론을 낼 수는 없지만 현재의 과정에 몹시 만족하고 있다.

살아가며 우리 자신
을 구속하는 것 중 하
나는, 동일하고 공정
하지 않는 기준이다.
편견이라는 이름의
이 기준은 내외적으
로 많은 충돌을 야
기한다. 외적으로
는 모든 관계 안
에서 갈등을 유발시키고, 내적으로는
지속적이지 못한 가치관에 혼란을 일으킬 수 있다. 그
럼에도 불구하고 우리가 편견으로부터 자유로워질 수
없는 이유는 무엇일까?

우리는 항상 경쟁에서 승리하는 모습과 그 과정만
을 배워왔다. 그러나 우리가 진정으로 배워야 할 것은
현명하게 패배를 인정하고 받아들이는 과정과 방법이
다. 승리와 패배는 동전의 양면과 같고, 삶의 전 과정에

펼쳐진 기회이기 때문이다. 사회적 편견 또한 마찬가지이다. 우리는 편견을 거부할 수 없지만, 우리의 노력으로 그 크기를 줄일 수 있다는 사실도 깨달아야 한다.

세상은 한 개인이 원하는대로 바뀌어가는 것이 아니라, 우리가 원하는대로 바뀌어갈 것임을 나는 굳게 믿는다.

나는, 우리는 대한민국 국민이다.

호주에서의 새로운 삶

우리 가족은 애들레이드(Adelaide 남호주 주의 주도)에서 새로운 삶을 시작하였다. 2년 전 내가 호주로 출장을 왔을 당시 경유하였던 바로 그곳에서 나의 새로운 삶이 시작된 것이다. 모든 순간은 인연으로 연결이 되었고, 그 인연이 필연이 되는 순간 큰 용기와 결단이 필요했다.

사실 인연은 내가 만들었지만, 지나칠 수도 있는 인연을 필연으로 만든 건 아내의 용기와 결단 덕이었다. 무엇보다 호주에서의 삶의 시작은 현실이었다. 집도 구해야 했고, 딸들의 학교도 정하여야 했고, 모든 집안의 살림살이도 새로이 장만하여야 했다. 모든 것이 처음인 상황, 아무것도 존재하지 않는 곳에서 새로이 갖추어 나아가야 하는 현실… 그것이 바로 이민이었다.

우연히 알게 된 한국인 유학생 가족의 집에 약 2주 동안 거주하며 집을 알아보았다. 호주는 전세의 개념이 존재하지 않고, 월세나 자가 소유 둘 중 하나여서 액수를 설정하는 일부터가 쉽지 않았다. 그래도 운이 매우 좋았는지, 우리는 이곳에서 제일 평판이 좋은 Glenunga International High School 바로 앞에 월세를 구할 수 있었다. 지역적으로도 매우 환경이 좋고, 시티까지도 차로 20여 분 정도의 거리였다. 집주인은 미국에서 호주로 이민을 온 노부부로, 한국에 대하여 매우 호감을 갖고 있었다. 나중에 알게 된 사실이지만, 데이비드(David)는 경제활동 시 한국을 여러 번 방문한 경험도 있다고 하였다. 한국인들은 실내에서 신발을 벗고 생활하기 때문에 집을 깨끗이 사용한다는 일반적인 생각을 갖고 계신 분이다.

우리 내외는 여전히 그 집에서 거주하고 있는데, 그동안 정도 많이 들었고 이웃들과의 관계도 아주 좋아서 아직까지는 다른 곳으로 이사할 생각이 없다. 다만, 이곳에서 고등학교를 졸업한 두 딸이 멜버른 대학으로 진학하면서 현재는 멜버른(Melbourne)에 거주하는 터라 좀 쓸쓸하기는 하다. 딸들은 대학에서 도보로 15분 거리에 위치한 기숙식 아파트(Accommodation Apartment)에 살고 있는데, 대학생들이 주로 거주하는 공간이라 안전과 편리에는 문제가 없는 편이다.

현실의 시작은 막막함, 그 자체였다. 한국에서 가져온 건 국민연금 해약금 4천여만 원뿐이었다. 물론 한국에 있는 부동산은 처분하지 않았으나, 4천여만 원은 호주에서 우리 가족이 정착하기 위한 전재산이었다. 무엇을 하며 살아야 할지 참으로 막막했다. 그러나 이것이 눈앞의 현실이었다. 아이들 학교를 등록하고, 영주권자로서 Centrelink(사회보장등록, 거주자등록 등)를 완료하였지만 밀려오는 두려움은 감출 수 없었다. 아마 모든 초기 이민자들이 느낀 감정일 것이다. 물론 금전적으로 여유가 많아 투자이민을 오는 사람들은 예외겠지만, 실은 이민생활 10여 년 동안 내가 살고 있는 곳으로 투자이민 온 경우는 단 1건밖에 못 봤다.

　사실 한국에서 '있는' 자로 사는 사람들이 이민이라는 도전을 할 필요는 없을 것이다. 금수저 By 금수저가 아니겠는가? 도전은 흙수저의 전유물인가? 하지만 그렇게 스스로를 비하할 필요는 없다. 금수저는 금수저 나름대로 부족한 것이 있을 테고, 게다가 그들은 삶에 있어 도전이 왜 필요한지를 모르는 불쌍한 사람들이기도 하다. 하지만 우리에게는 생존을 위함이든 변화를 위함이든 '도전'이라는 것이 있지 않은가? 절대 포기하지 않고 행복을 꿈꾸는 이들이 바로 미래를 사는 사람들이다.

　이곳의 해변에는 나무다리가 만들어져 있다. Jetty라고 한다. 사람들은 그곳에서 게를 잡거나 낚시를 하곤 한다. 게잡이 철은 11월에서 1월까지인데, 나는 1월 초에 초기 입국을 하였기에 당시 내가 할 수 있는 일은 그것뿐이었다. 나는 게를 잡으러 가서 줄 담배를 태우며, 아는 이 하나 없는 이곳에서 어떻게 살아가야 할지 고민했다. 그때만큼 정신적 고통을 느껴 본 적이 없었던 같다.

　현재 살고 있는 집을 계약한 후, 나는 한 달여 동안 Jetty에서 게잡이와 낚시로 시간을 보냈다. 딱히 무엇가 할 일도 없었고 할 수도 없는 상황이었기에, Jetty에서의 시간은 나에게 두려움이기도 했지만 그것을 다시 용기로 바꾸는 소중한 시간이기도 했다. 당시 나는 매일 30~50마리 정도의 게를 잡아와 우리의 저녁 메뉴는 거의 게 요리였다. 그때 질려버렸는지 그때 이후 나는 게잡이를 간 적이 없다. 아무튼 나는 두려움을 용기와 도전으로 바꾸어 모든 것을 던져 보기로 하였다. 살아남아야 했기 때문이다. 더 이상 뒤를 돌아볼 여유도 없었다. 그저 아내와 두 딸을 위하여 앞으로 나아가야 한다는 생각뿐이었다.

가족의 힘은 위대하다. 나는 그들을 위하여 무엇인가를 선택하여야 했고, 그들은 나에게 용기와 희망을 주는 삶의 전부였기 때문이다. 당시 나는 Jetty에서 '내 삶의 의미는 가족의 의미를 완성하는 것'이라고 스스로 다짐했었고, 이후 나는 이민이라는 혼란으로부터 벗어날 수 있었다.

이러한 혼란은 이민 초기 입국자들이 공통적으로 겪게 되는 과정이라고 생각한다. 사막에 홀로 남겨진 기분이라고나 할까? 어느 것 하나 확실한 것이 없고, 문화적으로도 언어적으로도 다른 환경에서 출발하여야 한다는 두려움은 상상 그 이상이다. 더욱이 가족과 함께하는 상황이라면 순간적으로 이민 자체를 후회할 수도 있다. 나는 그런 후회를 해본 적은 없으나, 공통적으로 느끼는 두려움에서 예외일 수는 없었다. 다만 내가 강조하고 싶은 것은, 외국이든 한국이든 두려움 극복의 출발은 '가족'에 있다는 점이다. 출발과 과정, 그리고 결론까지 모두 가족이라는 사랑의 단위 안에 있다는 것을 어떠한 순간에도 잊지 않기 바란다.

방향을 설정하다

한 달여를 해변에서 게를 잡으며 막막함을 떨쳐버릴 수 없었던 그때, 우연치 않게 바로 옆집에 사는 데이비드(David)를 만났다. 데이비드는 이곳 경찰공무원이다. 인사를 나누고 집에 초대를 받아 커피 한잔을 마시며 이야기를 나누었다. 그는 무엇보다 호주에 온 것을 환영하면서 좋은 이웃으로 지내기를 바란다고 했다. 그러면서 호주에서는 무엇을 하며 살지 물었다. 잠시 나는 할 말을 잃고 어떻게 대답하여야 할지 망설였다. 그러나 순간, 나는 솔직해져야 한다고 다짐했다.

"데이비드, 솔직히 나는 이곳에서 할 수 있는 것이 없어요. 현재로서는 말입니다. 두렵습니다. 하지만 아직 제가 건강하니, 무엇이라도 할 수 있습니다. 하지만 아직 영어가 많이 부족합니다. 그래서 영어 공부를 먼저 할까 생각중입니다."

"영어는 그 정도면 충분합니다. 우선 기술을 배워보세요. 호주는 직업학교제도(Tertiary Education System)가 잘되어 있으니까요. 영어는 필요하면 나중에 더 배워도 됩니다. 아니, 영어는 일하며 늘 수 있으니 너무 두려워하지 말아요."

데이비드의 말에 들으며 무엇인가 내 머리를 스치는 것이
있었다.

"예, 잘 알겠습니다. 궁금한 것이 있으면 앞으로 여쭤봐도
되겠습니까?"

데이비드는 당연한 일이 아니냐며 언제든 오라고 했다. 안
갯속 같던 내 마음에 한 줄기 빛이 보이는 순간이었다. 나는
이후 직업전문학교의 모집 요강을 확인하기 위해 지역 신문
과 인터넷에서 관련 정보를 수집했다. 내가 모르는 미지의 영
역에서 살아가기 위해서는 한국인 교포가 아닌 현지인의 조언
을 최우선으로 받아들이기로 했다. 이는 매우 유효한 결정으
로, 이후 내가 실질적이고 매우 효과적으로 호주사회 속으로
진입하는 데 결정적 도움을 주었다.

이민을 계획하고자 하는 분들에게 당부하고 싶은 부분이
기도 하다. 이민 초기에는 언어에 대한 두려움으로 거의 모든
분들이 한국인들과 접촉하기를 원한다. 언어가 통하는 그들
로부터 안정적인 기분과 정보를 취하기 위해서다. 당연히 나
도 그 기분을 이해한다. 그러나 한국인들끼리의 만남은 도움
이 되기보다는 새로운 사회로의 진입을 늦출 뿐이다. 마음속

의 두려움 또한 결코 떨쳐버릴 수 없다.

주변의 예를 들면, 거의 동시에 몇 가족이 애들레이드로 이민을 온 경우가 있었다. 어떤 이는 사업비자, 어떤 이는 기술이민, 그리고 유학비자 등등 각기 다른 비자로 입국한 이들은 각자의 집에서 돌아가며 파티를 하는 등 함께 어울리며 시간을 보냈다. 잔디가 깔린 마당에서 별빛 아래 와인을 마시며 미래를 이야기한다는 게 낭만적인 느낌도 들었을 테고, 한국에서 쉽게 접할 수 없는 모습에 잠시 들뜨기도 했을 것이다. 그러나 1년이라는 세월을 그렇게 보낸 그들에게 남은 것은 여전히 가시지 않은 두려움뿐이었다. 함께 떠들어대던 계획 따위는 존재하지 않았다. 그들이 얻은 소위 '정보'라고 하는 것들은, 누가 어디서 무엇을 하는지에 대한 남들 이야기뿐이었다. 그들의 관계 또한 악화되어 나중에는 결국 서로를 비난하는 사이로까지 벌어지고 말았다.

이 사실은 그중 한 가족과 우연한 기회에 알게 되고 같이 저녁식사를 하는 과정에서 들은 이야기였다. 이야기 끝에 그는 나에게 말했다.

"1년이라는 시간을 허송세월하였습니다. 이제는 어찌해야 할지 모르겠어요. 조언을 부탁드립니다."

나의 대답은 간단하고 단호하였다.

"무엇이든 일을 시작하세요! 단, 한국인과 같이하는 일은 추천하지 않습니다. 한국인들과 같이하는 청소 같은 것보다, 조금은 더 힘이 들고 언어적으로 불편하더라도 현지인들과 함께 할 수 있는 일들을 골라 해보세요."

호주의 현지인들은 아시아에서 온 이민자들이 언어적으로 많이 부족하다는 사실을 이미 잘 알고 있다. 하지만 아시안들이 매우 성실하고 책임감이 강하다는 사실 또한 잘 알고 있으므로, 노동시장에서 아시안들에 대한 차별을 크게 느낄 수 없다. 물론 이러한 선택에도 당연히 용기가 필요하다.

THEBARTON SENIOR COLLEGE는 호주의 고등학교 졸업생들이 기술을 습득하기 위하여 입학하는 기술 전문학교로서, 초기 이민자들 또한 입학이 허락되어 같이 수업을 받을 수 있다. 세계 각국으로부터 온 이민자들 대부분은 젊은이들이지만, 나로서는 꼭 넘어야 하는 필수적인 과정이었다. 입학 조건은 없으며, 스스로의 선택과 의지가 있다면 누구나 입학하여 공부할 수 있다. 대분의 초기 이민자들은 '할인혜택(Concession)'이라는 생활보호대상자로 분류되기 때문에 학비 또한 거의 무료로 공부할 수 있다. 당시 나는 마흔세 살이었다. 결코 적은 나이라고 할 수는 없었지만, 초기 입국한 지 2개월 만인 3월 초에 입학하였으므로 그나마 시간적인 갭은 최대한 줄인 출발이었다.

나는 여러 과정 중 건축 일반과정(General Constructio)에 등록하였다. 건축 일반과정 내에는 다시 조적(벽돌), 미장, 페인트, 목공 등의 과정으로 세분되지만, 나는 그중 조적(벽돌)을 선택하여 6개월간의 과정을 이수하였다. 조적 과정에만 약 10여 명의 학생들이 있었으나, 대부분은 호주의 고등학교를 갓 졸업한 친구들이어서 처음에는 아들뻘의 아이들과 수업을 함께하는 과정이 매우 어색하였다. 더구나 언어적으로도 매우 부족한 상태라 긴장도 많이 했다. 하지만 곧 스스로 익숙해졌고, 그들로부터 언어로 인한 어떠한 차별적 행동도 경험하지 못했다.

영어라는 언어 자체가 존칭의 언어가 아니라 수평적 언어인 데다 모두가 같은 상황이었기에 오히려 시간이 지남에 따라 친구로서의 관계가 형성되었다. 이들 중 마이클이라는 친구가 지금도 생각이 난다. 당시 그 친구는 아마도 스물넷 정도였던 것 같다. 고등학교 졸업 후 대형 슈퍼마켓(COLES)에서 비정규직(Casual)으로 일하다가 기술학교에 입학한 친구였다. 그 친구와 나는 쉬는 시간 곧잘 대화를 나누고는 하였다.

하루는 점심을 먹고 쉬다가 나는 그에게 한국의 전통 스포츠 하나를 가르쳐줄 테니 한 번 해보겠냐고 물었다. 나는 그에게 씨름판을 제안한 것이었다. 씨름하는 방법을 가르쳐주자 그는 신기하게 생각하면서도 질 수 없다는 표정으로 내 제안을 받아들였다. 몇몇 학생들이 지켜보는 가운데 우리는 교정의 잔디에서 씨름을 시작했다.

첫 판은 나의 승리였다. 당시만 해도 힘께나 쓴다고 자부했고, 마이클이야 생전 처음 하는 경기이니 나는 쉽게 이길 줄 알았는데, 호주 젊은이의 힘은 정말 대단해서 그를 쓰러트리는 데는 애 좀 먹었다. 둘째 판, 그는 감을 잡았다는 듯이 결의에 찬 표정으로 다가와 온 힘을 다해 나를 번쩍 들고 내리꽂는 것이 아닌가? 내리꽂힌 나는 통증을 느낄 정도로 완패를 당하였고, 우리는 숨이 차서 헉헉거리며 잠시 쉬기로 하였다. 두 판의 씨름이 진행되는 동안, 교정의 학생들이 우리를 둘러싸고 있었다. 아마도 한국의 씨름 경기를 처음으로 보는 이도 많았을 것이다.

세 번째 마지막 판, 우리는 상대방의 허리띠를 단단히 잡고 경기를 시작하였다. 이 판으로 승리가 걸려 있는지라 우리는 서로의 눈치를 보면서 신중한 자세로 서로를 경계하였다. 3월, 한낮의 기온이 30~40도인 날씨에 우리는 비오듯 땀을 흘렸다. 나는 순간 안다리를 걸어 넘어트리려고 했지만 버티려는 그의 힘은 정말 대단하였다. 오히려 내가 밀릴 수도 있겠다 싶은 순간, 그는 결국 더 이상 버티지 못하고 쓰러졌다. 나는 3전 2승으로 승리를 거머쥐었다.

이것이 내가 처음으로 호주사회에 진입한 모습이다. 그와 나는 그날 이후 정말 가까운 친구 사이로 발전하였고, 다른 학생들과 선생님들도 나를 알아보고 인사를 건네왔다. 지금 생각해 보면, 그것은 단순히 씨름이라는 한국의 전통 경기였다기보다, 낯선 한국인과 호주 젊은이 그리고 경기를 구경하는 학생과 선생님들을 연결하여 주는 일종의 이벤트였다. 의도하지 않았지만, 이 사건은 이민자인 내가 그저 수동적인 자세로 생활하지 않고 호주의 현지인들에게 먼저 적극적으로 다가가는 모습으로 비추어졌고, 보이는 것 이상의 많은 결과를 낳았다.

공부도 마찬가지였다. 스스로 적극적이 되지 않으면 안 되었다. 당연한 이야기지만, 모든 강의는 현지인을 기준으로 하기 때문에 속도도 빠르고 전문용어가 들어가니 처음 한 달간은 거의 알아들을 수가 없었다. 질문을 받아도 질문 자체를 이해하지 못하니 답변을 할 수 있을 리 만무했다.

하지만 나는 물러서지 않았다. 이해하지 못하고 답변을 못 해도 항상 진지하고 적극적으로 대응했다. 교제의 전문용어는 일일이 사전을 찾아 기록해 두었고, 과정을 따라가기 위해서는 예습과 복습을 철저히 하는 방법밖에는 없었다. 다행히 시간이 지남에 따라 조금씩 이해할 수 있게 되자, '포기하지 않는다면 따라갈 수 있을 것'이라는 믿음이 생기기 시작하였다. 또한 나의 이러한 자세는 선생님과 동기들 사이에서 '저 친구는 언어적으로는 조금 부족할지 모르지만 과정을 따라

올 수 있겠다'는 믿음을 준 듯 어떠한 비웃음이나 차별도 느
낄 수 없었다.

사실 대학을 졸업한 지 16년이나 지난 시점에서의 영어 공
부는 꽤나 힘이 들었다. 물론 그동안 영어를 사용할 수밖에
없는 시절도 있었지만, 현지인들 사이에서 강의를 들으며 생
소한 과정을 따라간다는 것은 무척 힘이 들었다. 그러나 약
3개월 정도 지나자 50% 정도를 알아듣게 되었고, 이해가 안
되는 부분도 물을 수 있게 되었다. 집으로 돌아와 수업에서
들은 상황을 다시 생각해서 해석해 보고, 표현을 재현하는 등
의 방법으로 나는 조금씩 호주라는 나라 안으로 들어가고 있
었다.

스스로 영어라는 언어를 깨우쳐 갔던 당시의 방법이 나만
의 '실전 영어'로 발전하게 된다. 한국에서 배웠던 영어 학습
법이 당장 현실적으로 생존해야 하는 내게는 전혀 도움이 되
지 않는다는 사실을 깨달은 후, 나는 나만의 영어 학습법을
만든 것이다. 나는 세상의 어떤 배움도 전하여 오는 방법 그
대로 따라야 할 이유는 없다고 본다. 때로는 그 방법에 의문
을 던지고 과감하게 새로운 방법을 찾는 것도 필요하다. 그
과정 자체가 분명 새로운 세계로의 도전이 될 테니 말이다. 영

어라는 언어의 세계에서 아직도 방황하고 있는 분들을 위하여 4부에서 나만의 영어 학습법을 소개하고자 한다.

6개월 후 나는 전문학교를 무사히 졸업할 수 있었다. 이제는 건축 현장으로 나가야 할 때였다. 호주라는 나라의 근본을 느끼게 된 순간이기도 했다. 기술학교를 졸업하기만 하면

견습공 (Apprentice) 제도란?

통상적으로 호주는 고등학생들의 대학 진학률이 높지 않다. 고등학교를 졸업하거나 혹은 고등학교 3학년부터 전문기술학원에서 사회생활을 시작하는 경우가 보편적이다. 아마도 사회생활을 하면서 대학 교육의 필요성을 느끼게 되면 언제든지 대학 교육을 받을 수 있기 때문일 것이다.

학생들은 6개월에서 길게는 2년 정도의 전문기술 교육기관에서 수업을 받는다. 그 과정은 매우 다양하여 건축 분야는 물론 요리, 미용, 컴퓨터, 소매과정 등 일상생활의 거의 모든 분야가 포함되어 있다. Certificate 1부터 Certificate 4까지의 과정이 있는데, 4의 과정이 가장 높은 수준이다. 직업에 따라서 요구하는 수준이 상이하긴 하지만, 통상적으로 Certificate 3부터 취업이 가능하다고 보면 된다. 단지 이러한 과정들은 대학 교육과는 달리 실전(Field)에서 즉시 상용화할 수 있는 기술 교육이므로, 졸업 후 대부분이 서비스업 혹은 건축과 토목 과정에 취업한다. 이들 과정 중 특히 건축과 토목 분야는 Apprentice(견습공) 과정을 정부에서 운영하는데, 초보기술자를 전문기술자로 양성하는 과정이라 할 수 있다.

일자리를 구하는 것은 그리 어렵지 않다. 호주는 자체적으로 인구가 빠른 속도로 증가하는 나라이고, 노동 연령층이 매우 젊은 데다 이민자의 유입 또한 매우 활발하기 때문에 주택 건축을 중심으로 한 일반 건축 및 사회기반 구축을 위한 토목이 매우 활발한 나라이다. 게다가 정부 예산 중 많은 부분이 사회시설의 보수 및 개발에 투입되는 까닭에 노동시장에서의 수요가 많은데, 그 노동력 수요를 뒷받침해 주는 것이 소위 '견습공' 이라는 제도이다. 견습공 (Apprentice) 과정이 호주 노동시장의 기반을 구축하고 있는 셈이다.

전문기술자(Master)들은 언제나 견습공들을 필요로 한다. 이미 설명한 바와 같이, 건축 관련 분야의 경우 노동자의 공급이 부족하기 때문이다. 더구나 전문기술자들은 고용한 견습공에게 직접 급여를 지급할 필요가 없다. 급여는 정부에서 지급하기 때문이다. 따라서 고용주는 고용에 따른 부담이 없고, 견습공들은 수습기간 중 다소 급여가 적더라도 안정적으로 기술을 습득할 수 있다.

대부분 고등학교를 졸업하고 산업현장에 들어서는 견습공들은, 기술을 배우기 위해 서두르거나 시간당 급여가 낮다고 불평하지 않는다. 결국 견습기간이 끝나면 시간당 급여는 상승하고, 약 10년 정도 경과한 후에는 전문기술자로서 높은 소득을 올릴 수 있기 때문이다. 때문에 그들은 직업의 종류로 사람을 판단하는 경우가 거의 없다. 좋은 집에 거주한다고, 혹은 좋은 승용차를 몰고 다닌다고 바라보는 눈이 달라지지도 않는다. 모든 삶의 모습은 개인의 선택이기 때문이다.

개인적으로 나는 질문을 던지고 싶다. 호주라는 나라는 이러한 제도를 정착시켰는데, 왜 한국이라는 나라는 안 되는 것일까? 호주의 경우, 경제 활성화를 위하여 Stimulation이라는 용어를 사용한다. 사전적인 의미는 '경제를 자극한다'는 뜻이다. 내가 느끼는 한국과 호주의 경제 운영의 차이는, 예산 편성의 투명성과 그 집행 결과에 대한 피드백이다. 그러한 측면에서 견습공들에 대한 예산 집행은 직접적인 고용의 창출이고, 견습공들 또한 세금을 납부하며 전문기술자로 성장함으로써 순차적 고용 확대를 유도할 수 있다. 예산 편성과 집행에 꼬리표를 달고 다닌다는 점이 한국과 호주의 차이점이 아닐까 싶다.

건설 현장에 서다

6개월의 조적 과정을 마치고, 나는 전문학교 선생님으로부터 전문기술자(Master)를 소개받아 Murray River라는 곳의 개인주택 건설현장에서 일을 하게 되었다. 당시 소개받은 마스터는 나와 동갑내기였다. 그리스 출신 이민 2세대로서 20년차의 기술자였다. 나중에 알게 된 사실이지만, 애들레이드의 이민자 중에는 이탈리아인들과 그리스인들이 높은 비중을 차지한다. 그리스인들의 경우 건축기술자 분야에서 많은 활동을 하고 있으며, 이탈리아인들의 경우 외식사업(Restaurant)에 특화되어 있다. 한 가지 더 재미있는 사실은, 그리스의 에게해 문명과 이탈리아의 로마 문명은 아직도 대립하고 있는 듯, 그들은 서로를 비방하며 좋은 사이는 아닌 것 같았다.

견습공(Apprentice)의 계약 기간은 2년으로, 보통 2년간 견습공의 과정을 마치면 준기술자의 수준으로 건설현장에서 꽤 높은 수준의 시간당 임금을 받을 수 있다. 그러나 첫발의 노동현장은 잔혹한 시간이었다. 우선 신체적인 조건이 서양인들과 다른 나는 체력적으로 엄청난 부담을 느꼈다. 매일 아침 7시경부터 시작되는 일은 오후 4시까지 점심시간 1시간을 제외하고는 쉴틈없이 움직이며 마스터의 지시에 따라야 했다. 태어나서 처음으로 느껴보는 노동의 강도였다.

게다가 영어라는 언어로부터의 엄청난 스트레스도 받았다. 마스터로부터 나는 언어에 대한 어떠한 배려도 받지 못했고, 공사장의 전문용어뿐 아니라 지시 사항을 이해하는 것도 매우 힘들었다. 포기하고 싶은 마음은 굴뚝 같았으나, 만약 지금 포기한다면 이곳에서 무엇을 하든 너무 쉽게 포기하는 과정이 반복될 수도 있다는 생각이 들었다. 그리고 무엇보다도 가족을 생각하면 나는 포기할 수 없었다. 그들은 나만을 바라보고 있지 않은가? 나는 용기를 내어 버티기로 다짐하였다. 마스터에게 솔직해질 필요가 있다고 생각한 나는 용기를 내어 말했다.

"나는 솔직히 당신의 지시를 잘 이해할 수 없다. 언어적으로 부족할 뿐만 아니라, 현장에서 사용되는 용어 또한 잘 모른다. 조금만 기달려 달라. 열심히 배워서 당신의 지시를 잘 이행하도록 하겠다. 최선을 다하여 열심히 일을 하도록 하겠다. 아시안, 특히 우리 한국인들은 어떠한 경우에도 최선을 다한다. 믿어 달라."

뭐 이런 식의 이야기를 했던 것 같다. 당시 그는 나에게 꽤 감동을 한 듯 그저 "You are so great!"라는 말과 함께 모든 지시 사항을 하나 하나 천천히 설명해 주기 시작하였고, 작은 실수가 있어도 이해하며 넘어가 주었다. 다시 한 번 솔직함과 용기가 포기하고 싶은 순간을 넘길 수 있게 해준 것이었다.

초기 견습공은 마스터가 벽돌을 쌓아 올리는 각각의 위치에 벽돌(한국 벽돌의 1.5배 정도의 크기)을 옮겨주는 일을 한다. 보통 하루 2천여 장의 벽돌을 옮기는데, 집게를 이용하여 양손에 각 10장씩 동시에 날라 쌓아두면 마스터가 작업을 시작한다.

또한 시멘트 혼합을 만들어 외수레바퀴에 실은 다음 각각의 위치에 나르는데, 그 무게로 인하여 넘어지는 바람에 초기에는 많은 부상을 입기도 하였다. 하루 일과가 끝나고 나면 안전사고 등의 위험을 예방하기 위하여 공사장 주변을 청소하고, 각종 폐자재를 일정 장소로 옮겨 정리하는 것으로 마무리하였다.

이렇게 나는 이민 후 6개월 만에 호주사회에 진입하게 되었다. 온몸으로 하는 노동 경험이 전혀 없었던 나는 일을 시작하고 2개월간은 안 아픈 곳이 없었다. 그러나 상상을 초월하는 신체적 고통도 가족을 위해 생존하여야 한다는 의식을 꺾지는 못하였다. 하루 8시간 근무하는 조건으로 계약하였으나 거의 대부분의 날들이 근무시간을 초과했고, 8시간 이상의 노동에 대하여는 마스터가 초과 근무 수당을 지급했다. 덕분에 한 달 평균 7백여만 원의 소득을 올릴 수 있었고, 이는 이민 초기 정착을 위한 소중한 밑거름이 되었다. 입국 당시 가지고 있었던 4천여만 원(국민연금 해약금)은 자동차 구입과 월세 계약, 살림살이 장만 등으로 거의 소진되었지만, 6개월 만의 고수입 덕분에 이민으로 인한 큰 경제적 손실은 없었다.

경험을 통해 초기 이민자들에게 내가 하고 싶은 이야기는,

무엇을 할 것인지 너무 깊게 고민하지 말고, 무엇이든 시작하는 것이 중요하다는 점이다. 일하며 어려운 점이 있다면 솔직하게 털어놓고 도움을 청하자. 그들은 충분히 이해해 줄 뿐 아니라 적극적인 도움을 준다. 내가 느꼈던 호주의 노동시장은 그랬다.

나는 단지 언어적 어려움을 이유로 한국인들이 운영하는 청소용역업체 등에서 일을 시작하는 것은 권하고 싶지 않다. 이러한 선택은 오히려 이민 온 사회로의 참여를 늦출 뿐이다. 열악한 근무 여건으로 인하여 일의 시작과 중단을 반복하는 통에 시간의 단절이 발생하여 좌절을 경험할 위험도 높다. 이민을 온 지 이제 만 10년이 넘었는데, 나는 여전히 초기 이민자들이 한국인들 속에서 안주하고 마는 안타까운 모습들을 본다. 호주인과의 근무환경에 언어적으로 어려움이 존재하더라도 지레 겁부터 먹지 않았으면 좋겠다. 우리가 언어적으로 겪는 어려움을 그들은 충분히 이해하며, 매끄러운 언변이 아니라 성실한 모습이 그들과 신뢰를 형성하는 기본이 된다는 점을 잊지 말자. 게다가 현지인들과 함께 일하며 영어를 습득하는 것이 훨씬 빠르고 바른 방법이다. 그 과정이 얼마나 중요한지는 추후 다시 설명하겠다.

쉽지 않은 일이라는 건 처음부터 알았고, 늦은 나이에 공사현장에서 일한다는 게 부상의 위험이 높다는 것 또한 어느 정도 예상하였던 부분이었다. 다만 부상이라는 게 보이게 다치는 일인 줄 알았지, 반복적이고 무리한 사용으로 인한 '망가짐' 이라는 건 몰랐다.

하루 2천여 장의 벽돌을 손으로 운반하고, 장비 규격이 한국의 것들보다 크고 무거운 각종 기자재를 손으로 직접 다루어야 했던 탓에 6개월 만에 나는 양쪽 손목에 심한 통증을 느꼈다. 압박붕대로 양 손목을 감고 일을 계속하였으나 통증은 점점 심해질 뿐이었고, 결국 더 이상 일을 지속할 수 없는 단계에 이르렀다. 이것은 극복의 단계가 아니라 스스로의 몸을 보호하여야 하는 상황이라고 판단한 나는 결국 공사현장을 떠나기로 결정했다. 벽돌공으로 정착하여 내 손으로 직접 우리집을 지어보겠다는 나의 꿈은, 아쉬움을 뒤로 한 채 접을 수밖에 없었다.

솔직히 내 삶에 있어서 육체적으로 가장 힘든 시기이기도 했지만 가장 건강한 시기이기도 했다. 무엇보다도 일을 하며 미래를 구축할 수 있었고, 호주라는 나라에 대한 막연한 두려움에서도 어느 정도 벗어날 수 있었다. 보통 호주인들은 한국에서처럼 하나의 직업을 오랫동안 유지하기보다는 예기치 못한 상황에 대비하여 일하는 중에도 항상 다음 스텝을 준비한다. 시간의 단절은 본인에게나 가족에게 매우 큰 고통을 야기할 수 있기 때문이다.

손목의 고통이 시작될 때부터 나는 다음의 스텝을 계획하고 있었다. 이번에는 본격적으로 영어를 다시 배워야겠다고 생각했다. 공사현장에서 지시를 받고 행하는 과정에서 듣기(Listening)를 향상시키고, 모든 경우의 콩글리시를 사용해 봄으로써 충분한 시행착오를 경험하였기 때문에, 이제는 영어라는 언어를 제대로 정리할 필요가 있었다. 당시 호주로의 기술이민의 조건 중 하나는 IELTS이었고, 5.0 기준에 나는 6.0을 받았으나 시험은 시험일 뿐이었다. 생활 안에서 영어를 사용하는 것은 또 다른 영역임을 공사현장에서 절실히 느꼈기 때문에 나는 체계적으로 정리할 필요를 느꼈다. 그리고 그 체계적인 정리는 호주에서의 삶을 위한 실전 영어가 되어야 했다. 나는 들을 줄 알아야 했고, 말할 줄 알아야 했고, 글을 쓸줄 알아야 했다. 학창시절 한국에서 배웠던 영어 학습법은 잊기로 하였다. 나에게는 충분한 시간이 없었다. 생존을 위하여 일의 현장으로 하루 빨리 다시 나가야 했기 때문이다.

호주에는 초기 이민자들을 위한 여러 영어 교육기관이 있지만, TAFE라고 하는 전문학교의 교육이 가장 체계적이라고 할 수 있다. 나 또한 TAFE의 〈이민자를 위한 영어 과정〉에서 공부하였다. 물론 중요한 것은 어디서 공부하느냐가 아니다. 영어 교육기관에서 수업을 받기 전 실전에서 사용하여 봄으로써 그 두려움을 완화시키고, 본인의 정확한 영어 수준을 점검하는 것이 매우 중요하다.

영어 교육 방식은 한국에서 배웠던 것과는 완전히 다르다. 현지인의 입장에서 이민자가 어떻게 하면 영어를 습득할 수 있는지 연구하고 가르친다. 오랫동안 이민자들을 교육하며 쌓인 노하우를 바탕으로 교육하는데, 처음에는 약간 불편할 수 있지만 내 경험으로는 매우 효과적이었다. 현장에서의 경험과 결합되어 스스로도 그 활용의 속도가 매우 빨라짐을 느낄 수 있었다.

영어 교육의 내용은 호주문화를 기반으로 한 Speaking, Listening, Writing, Reading 등의 모든 과정이 포함된다. 특히 발표 및 토론 형식의 교육은 도움이 많이 되었다. 하지만 가장 중요한 것은 역시 두려움으로부터의 탈출 및 적극적인 사용이다. 모국어도 아닌데 오히려 실수는 당연한 것이다. 그 당연함을 받아들여야 한다. 영어를 사용할 때마다 느끼는 건, 본인이 말하면서도 스스로 틀렸다는 사실을 안다는 점이다.

"아차, 이렇게 표현하는 것이 아닌데, 실수했다!"

이러한 실수를 통하여 다음번에는 같은 실수를 할 확률이 줄어들고, 나아가 적극적인 활용까지도 가능해진다. 그러므로 실수를 두려워해서는 안 된다. 많은 실수와 교정이 영어라는 언어를 습득하는 지름길이라고 나는 믿는다.

6개월의 영어 교육 과정을 무사히 마치고, 나는 공백기간을 최소화하기 위해 취업 준비를 시작했다. 공백이 길어질수록 재정적인 부담만 늘어나기 때문이다. 그러나 무엇보다 문제가 되는 것은 불안감이다. 적지않은 나이에 공백이 길어지면 취업의 가능성만 점점 줄어들기 때문에, 나는 즉시 이력서(Resume)를 작성하여 구인광고를 확인하고 제출하기를 반복했다.

취업은 쉽지 않았다. 물론 그럭저럭 이해하고, 말하고, 글을 쓰는 수준인 내가 즉시 채용될 것이라는 생각은 하지 않았다. 하지만 한 달이 지나고 두 달이 지나자 약간 불안해졌다. 다만 심각하게 받아들이지는 않았다. 그것은 경험 때문이었다. 호주인들이 잘 하는 말이 있다.

"되는 일도 없고, 안 되는 일도 없다. 그저 시간과 노력이 필요할 뿐이다."

나는 이민 초기 한 달여를 보냈던 바닷가로 다시 나갔다. 담배 한 대와 함께 멀리 바다의 석양을 보면서 취업이 아니라 5년 뒤, 10년 뒤를 생각하였다. 딸들을 위하여 이민을 결정한 만큼 그들이 잘 성장하여 이 사회에 잘 정착하기를 바랐다. 딸들이 결혼하고, 내가 할아버지가 되는 모습 등을 상상하면서 불안감 대신에 미래의 모습을 그려보곤 했다. 아무리 그래도 막연히 기다리기만 하는 구직활동은 매우 위험하고 불확실하다는 것을 충분히 경험한 나는, 일단 무엇이라도 시작해야겠다고 생각했다. 아르바이트라도 하면서 동시에 구직활동을 하기로 결론을 내렸다.

나는 조금이나마 경제적으로 도움이 되어야 한다는 생각에 한국인 스시집에서 일을 시작하였다. 물론 한국인들과 일하지 않는 것이 바람직하기는 했지만, 가장으로서 일을 중단한다는 것은 매우 위험한 일이고, 두 아이가 아직 재학중인 상황을 고려하면 당시는 선택의 여지가 없었다.

시급은 9.5호주달러. 재료를 준비하고, 밥을 짓고, 설겆이하고, 청소로 마무리하는 것이 내가 맡은 주방의 업무였다.

노동의 강도는 생각보다 힘이 들었지만, 아무리 힘들어도 공사장의 조적일만큼이야 하겠는가? 일은 시간이 지남에 따라 익숙해졌고, 위치도 집에서 도보로 15분 정도의 거리에 있었기에 출퇴근의 불편함도 전혀 없었다. 게다가 일시적이라고 생각하고 있었기 때문에 일하는 데 부담도 없었다.

당시 호주 최저임금이 16호주달러 수준이었던 점을 감안하면, 호주 내에서도 한국인들은 엄청난 저임금으로 한국인들을 고용하고 있음을 알 수 있다. 영어에 익숙하지 않은 초기 이민자들과 워킹홀리데이 학생들을 저임금으로 고용하는 것이다. 따라서 나는 가능한 한국인과 같이 일하는 것을 추천하지 않는다. 단순히 저임금이어서가 아니라, 그러한 임금 수준으로는 아무리 사회보장제도의 혜택을 받는다고 하더라도 장기적으로 이민사회에 정착하는 데 매우 불안하기 때문이다. 사실 이민사회에서 모두가 느끼는 것들이지만, 호주인들로부터 받는 상처보다 한국인에게 받는 마음의 상처가 훨씬 크다. 이것이 이민사회 내 한인들의 일면이다.

오너들이 대부분 워킹홀리데이 학생들을 채용하는 것은 시급 9호주달러 수준의 낮은 임금으로 고용할 수 있기 때문이다. 왜 워홀 학생들은 한국인 가게에서 부당한 대우를 받으며 일하는 것일까? 이유는 의외로 간단하다. 호주인들과 일하는 것에 대해 언어적으로 두려움을 느끼거나 외곽 오지에서의 근무(대부분 양고기 가공공장, Fruit Picking 등)에 두려움을 느끼기 때문이다. 내가 주방에서 일할 때에도 여러 명의 워홀들이 일을 하고 있었는데, 나는 그들에게 용기를 내어 호주에서 제대로 된 경험에 도전해 보라고 이야기하곤 했다.

나의 처조카들도 워킹홀리데이로 호주에 왔는데, 여자 조카는 워킹홀리데이로 시작하여 돈을 모은 후 현재 영주권을 취득하기 위하여 요리를 배우고 있으며, 남자 조카는 양고기 가공공장에서 열심히 일하며 돈을 벌고 있다. 양고기 가공공장의 경우, 일은 힘든 대신 시급이 25호주달러 수준으로 한국인 가게의 2배가 넘는다. 호주의 공장은 일단 채용이 확정되면, 내국인과 워킹홀리데이 노동자 사이에 전혀 임금 차별이 존재하지 않는다.

나는 한국의 젊은이들에게 "두려워하지 말고 문을 열고 나가라!"고 이야기하고 싶다. 소위 고생 없는 경험을 경험이라 할 수 있겠는가? 어차피 이제는 세계 안에서 생각하고 움직여야 하는 세상이 아닌가? 이는 비단 젊은이들만의 이야기가 아니다. 우리 기성세대들 또한 생각의 전환이 필요하다. 이는 스스로를 변화시키기보다 우리의 다음세대인 젊은이들에게 도전에 대한 용기를 주기 위함이다. 즉, 한국의 젊은 후배들의 도전과 용기를 위해 우리 기성세대들의 생각을 전환해야 한다.

한국인 스시집 주방에서 일하며 나는 지속적으로 이력서를 제출하였다. 약 200여 군데에 이력서를 제출하였지만 면접의 기회조차도 갖지 못하고 시간만 흘렀다. 3개월쯤 지났을 무렵, 옆집의 데이비드가 버스 운전사 모집 광고를 내게 건네며 지원해 보라고 말했다. 본인이 추천서를 써주겠노라고도 했다. 일반적으로 호주에서 취업을 위해서는 추천인(Reference) 두 명을 요구하는데, 기꺼이 그중 한 명이 되어줄 테니 지원을 해보라는 것이다. 처음으로 경험한 이민자에 대한 관심과 친절이었다. 나는 즉시 이력서를 출력하고 추천인란에 데이비드의 서명을 받은 다음, 데이비드가 소개해 준 또 다른 추천인의 서명을 받은 후 이력서를 제출했다. 사실 그동안 각종 업종에 이력서를 제출하였지만, 버스 운전사라는 직업은 상상도 하지 못했다.

한국에서의 버스 운전을 생각하면 버스 자체가 두려움이었고, 특히 애들레이드는 굴절 버스(버스 두 개가 연결된 버스)를 운영하기 때문에 나로서는 '넘사벽'의 직업이라고 생각하고 있었다. 그러나 일단 이력서를 제출한 이상 버스 운전사라는 새로운 세계에 대한 희망을 떨쳐버릴 수는 없었다. 하지만 이력서를 제출한다고 해서 즉시 연락이 오는 것도 아니고, 언제 연락이 올지도 몰랐다. 어쩌면 이 또한 서류심사에서 탈락하여 연락이 오지 않을 수도 있었기 때문에, 나는 일단 한국인 스시집에서 내색하지 않고 일을 계속하였다.

그렇게 한 달여가 지났다. 바쁜 시간대, 주방에서 한참 일하고 있는 중에 한 통의 전화를 받았다.

"아직 버스 운전에 관심이 있으십니까? 만약 관심이 있다면 우리 회사 설명회에 참석을 하시면 됩니다. 면접 일정은 그 이후 알려드리겠습니다."

"물론입니다. 관심이 있습니다. 그렇게 하도록 하겠습니다."

건설현장에서 일할 때는 기술자를 소개받아 바로 일을 시작했으니, 사실 구직 과정에서 인터뷰 요청을 받은 것은 이번이 처음이었다. 그것도 내가 두려워한 버스 회사로부터 말이다. 다음날 우체통에는 버스 회사에서 발송한 회사 소개 및 기타 일정이 포함된 편지가 도착해 있었다. 버스 회사의 일정에 참석하려면 일단 그날 결근해야 하는데, 인터뷰를 위한 결근을 한국인 주인이 허락할 리 없었다. 나는 인터뷰에 실패하더라도 버스 회사를 선택하기로 결정한 다음 한국인 사장에게 일을 그만두겠다고 통보하고, 버스 회사의 인터뷰 일정에 집중하였다. 순간이 아니라 오랫동안 호주에서 살아야 하는 나는 잠시의 안정보다는 도전을 선택한 것이다.

나는 한국인 사장에게 전혀 미안하다는 감정을 느끼지 않았다. 사람이 쉽게 들어오고 나가는 것이 통상적인 한국인 가게들의 특징이었기 때문이다. 당시 나는 영주권자로서 최저의 임금을 받고 일하는 노동자일 뿐, 그들은 사람이 필요하면 또 다른 직원을 채용하면 그뿐이었다. 그 이후 어떠한 일이 발생하였을까? 한국인 사장은, 다른 사람을 구할 때까지 주방을 책임져 주어야 함에도 불구하고 바로 그만두었다며 나를 '무책임한 인간'이라고 떠들고 다녔다. 그 말이 돌고 돌아 나의 귀에까지 들어왔다. 나는 한국인 사장에게 두 가지를 꼬집어 이야기하며 경고하고, 그와의 관계를 정리하였다. 그는 매우 당황한 기색이었지만, 나에게 아무런 대꾸도 하지 못하였다.

첫째, 최초 당신의 가게에 일하기 전, 나는 8시간 Full Time으로 일하지 못하면 시급을 떠나 경제적으로 도움이 되지 않기 때문에 Part Time은 거부한다고 이야기했고, 당신은 기꺼이 동의했다. 그러나 2개월도 지나기 전에 당신은 나와 상의도 없이 근무시간을 줄이고 그 약속을 변경하지 않았는가?

둘째, 당신은 왜 한국인들이 신용이 부족하다고 한국인들을 비하하는가? 열악한 환경에서 법정 시급의 절반을 받으며 일하는 한국인들 덕분에 당신의 비지니스가 유지되고 있지 않은가? 당신이 한국인들을 비하하고 비판하려면, 호주의 법에 의거하여 최저임금수준인 16호주달러를 지급하는 것이 최소한의 도리가 아닌가?

나는 당신에게 새로운 주방 담당자를 채용할 수 있는 일주일간의 시간을 주었고, 당신이 채용하지 못했을 뿐 아닌가? 당신은 나에게 한국인들을 이야기하지만, 왜 당신 가게에서 일하기를 꺼리는지 당신은 알고 있는가? 만약 다시 한 번 한국인들을 비하하거나 혹은 기타 유사한 내용의 말이 들리는 경우, 나는 다른 대응으로 대처할 테니 각별히 유의하는 게 좋을 것이다.

그 이후에도 주인 부부는 워킹홀리데이 학생들에 대한 부당한 대우 등으로 지역 인터넷 사이트에서 〈주의하여야 할 고용주〉로 등록되어, 인터넷에 직원 채용 공고를 등록하지 못하는 사태가 발생하기도 하였다.

버스 운전사로서의 삶을 시작하다

내가 버스 운전사가 되리라 상상이나 해보았겠는가? 그것도 이역만리 호주라는 낯선 나라에서 말이다. 호주에서 버스 운전사가 되기 위해서는 굴절 버스(버스가 2개 연결된 버스)로 면허증을 취득하여야 한다. 한국으로 설명하자면, 트레일러(대형버스) 자격증이 이에 해당된다. 8년 전 당시만 하더라도, 버스 회사는 원서에서 2배수로 뽑은 다음, 면허시험에서 50%를 탈락시키는 방법으로 버스 운전사를 채용하였다.

호주의 버스 회사의 직원 채용법은 한국과는 완전히 다른 시스템으로 운영되고 있었다. 면접(당시 약 25대 1로 기억한다)을 통과한 15명 정도의 훈련생들은 한 달간의 운전 교육을 받는다. 버스가 2개 연결된 굴절 버스로 교육을 받고, 동시에 안전사고의 대비에 따른 모든 관련 규정들을 교육받는다. 특이한 점은, 아직 정식 직원은 아니어도 모든 훈련생에게 훈련받는 한 달 동안 일급(104호주달러)을 지급한다는 것이다. 이때의 일급은 훈련공의 경우와 마찬가지로, 버스 회사에서 지급하는 것이 아니라 정부에서 지급한다.

호주는 회사가 새로운 일자리 고용을 창출하는 경우 정부가 펀드를 지급하는데, 고용 절차에 필요한 비용을 정부에서 지원해 주는 제도의 일종이라고 할 수 있다. 나는 우여곡절 끝에 시험에 합격하였다. 당시에는 한 달여의 교육기간 중 총 3회의 운전면허 시험의 기회가 주어졌다. 만약 세 번의 기회 모두를 실패하면 즉시 집으로 돌아가야만 했다.

나는 첫 번째와 두 번째 모두 어처구니없는 실수로 운전 실기시험을 실패하고, 마지막 한 번의 기회만을 남겨두었다. 하지만 마지막 세 번째의 면허시험에서도 나는 당황한 나머지 실수를 범하게 되었다. 당시 시험관은 정부교통국 소속으로 실기점수를 평가하여 80점 이상을 받으면 즉시 면허증을 교부해 주었다. 나는 긴장된 마음으로 시험관의 점수 집계를 바라보고 있었다.

"미안합니다. 당신의 점수는 76점이므로 불합격입니다."

나는 실망감으로 어찌할 바를 몰랐다. 그 순간 시험관이 내게 물었다.

"결혼하였습니까?"

"예, 딸이 둘입니다."

"나도 딸이 둘입니다. 당신은 딸들을 잘 키울 의무가 있지요. 당신은 세 번의 기회에서 모두 실패하였지만, 시험에 응하는 당신의 태도가 매우 훌륭하였고, 마지막 점수가 아깝게 실패하였으므로 나의 직권으로 한 번의 기회를 더 주겠습니다."

그의 말이 끝나자 나는 고맙다는 말만 되풀이했다. 그 이상 어떤 다른 말도 생각나지 않았기 때문이다.

며칠 후 나는 예외적인 네 번째 실기시험에 응시하게 되었다. 청심환도 하나 먹고, 스스로 최면을 걸어가며 최선을 다하였다. 만약 이번에도 실패하면 내 길이 아니라고 받아들이기로 했다. 다행히 시험은 무사히 끝났다. 후진 정차에 실패한 것 말고 큰 문제는 없었던 것 같았다. 사실 버스 두 량이 연결된 굴절 버스의 후진은 지금도 잘 못한다. 아무튼 나는 마지막으로 시험관의 점수 집계 상황을 바라보며 결과를 기다렸다.

"합격입니다. 축하합니다!"

나는 지금도 시험관이 내게 축하의 말을 건넨 그 순간을 잊지 못한다. 대학 졸업 전 금융기관에 취업했던 것 이상으로 기뻤다. 이제 가족을 위하여 안정적으로 무언가 할 수 있겠다는 생각에 가슴이 뿌듯했다. 나는 바로 아내에게 전화하였다. 아내는 어떻게 되었냐고 물었다.

"그게, 또 떨어졌어."

잠시 틈을 두고 아내는 못내 아쉬운 목소리로 말했다.

"할 수 없지 뭐, 우리의 길이 아닌가 봐."

"아니야, 합격했어, 농담이야."

아내는 너무너무 기뻐하며 빨리 집으로 오라고 했다. 운전면허 합격 후 나는 가족과 함께 파티를 하며, 호주라는 나라에서의 새로운 삶을 계획하였다.

임시 운전면허를 교부받은 나는 그 다음날부터 근무를 시작하게 되었다. 회사 사무실 코디네이터에게 가서 "합격하였습니다. 다음 단계는 무엇입니까?"라고 물으니, 다음날부터

도로로 나가라고 했다. 합격은 기쁜 일이었으나, 바로 버스를 끌고 도로로 나간다는 사실은 엄청난 두려움과 공포 그 자체였다. 처음 3일간은 버디 운전사(Buddy Driver)와 도로 실전 연수를 한다. 버디 운전사가 운전석 옆에 앉아 도로의 상황 및 운전 중 주의사항 등을 일러주는 것이다. 3일 동안의 연수를 마친 후, 드디어 혼자 버스를 끌고 도로에 진입하게 되었다.

나는 이 순간을 절대 잊을 수 없을 것 같다. 승객들이 내가 운전하는 버스에 오르고 내리는 모습들이 신기하기도 하였고, 내가 과연 호주의 버스 운전사가 맞나 싶었다. 이제 나는 낯선 나라 호주에서 버스 운전사가 되어 승객들의 안전을 책임지고 공공서비스를 제공하는 한 사람이 된 것이다.

당시 Torrens Transit이라는 우리 회사는 애들레이드 정부와의 공공버스 최대 계약체결자로서, 약 180여 개의 노선을 운행 중이었다. 한국처럼 단일노선으로 왕복하는 것이 아니라, 180여 개의 노선을 기준으로 번호를 바꾸어가며, 도시 전체를 운행하는 시스템이다. 보통 하루에 7~8개의 노선을 기준으로 번호를 변경하며 운행한다.

3일간의 버디 운전사와의 실습 후 홀로 도로에 진입하였을 때, 사실 나는 거의 멘붕 상태였다. 운전이야 할 수 있었지만,

도로 지리에 대한 지식이 없는 나로서는 최대의 위기였다. 처음으로 홀로 나선 날, 정말 웃기는 이야기지만, 좌회전과 우회전이 헷갈리는 상황에서 나는 승객에게 물었다.

"저는 새내기 운전사입니다, 이곳에서 우회전을 해야 하나요? 아니면 좌회전입니까?"

상상도 못하겠지만, 이러한 상황은 호주의 새내기 운전사들에게는 흔히 있는 일이다. 게다가 호주 승객들은 이러한 상황에서 운전사들을 편하게 잘 인도해 준다. 그것이 이곳 도로 위의 문화이기도 하다. 나는 어렵게 첫날의 운전을 마치고 집에 돌아왔지만 쉴 수가 없었다. 승객들에게 계속 길을 물어볼 수는 없는 노릇이었기 때문이다. 나는 내 차를 타고 노선별 길을 사전답사(Trace)하기로 하고, 당일 저녁부터 시행하였다. 다음날을 위한 준비였다. 차를 몰고 출발에서 종점까지의 전 과정을 연습했다. 여기서 좌회전, 100M 전방에서 우회전 등, 모든 도로의 이정표를 확인하며 꼼꼼히 체크했다.

통상적으로 업무 스케줄(Roster)은 2주 전에 공고가 된다. 나는 토요일, 일요일 혹은 평일이라 할지라도 차를 이용하여 그 운행노선의 지리를 체크하고 랜드 마크를 표시하는 등, 도로에서 길을 잃지 않기 위하여 노력했다. 스스로 노력할 수밖에 없었다. 때론 코피를 흘려가며 하루하루를 극복하는 상황이 1년여간 지속되었다.

한국에서처럼 사람 혹은 조직 내에서의 갈등을 해결하기 위해서가 아니라, 온전히 나 스스로와의 싸움에서 승리하기 위한 노력이었다. 나는 가족을 위하여 반드시 이 순간들을 극복하여 나가야 한다고 다짐하고 또 다짐했다. 6개월 수습(Probation) 기간이 지나고, 1년여간의 노력 덕분에 다행히도 나는 길을 잃지 않았고, 사고도 없었으며, 호주의 버스 운전사로서 조금씩 적응하여 나갈 수 있었다.

도로 상황과 지리에 관하여서는 어쨌든 내 노력을 통하여 극복할 수 있었지만, 또 다른 문제가 나를 기다리고 있었다. 버스 무전기에서 흘러 나오는 통신 내용들을 좀처럼 알아들을 수 없었던 것이다. 물론 호주에 오자마자 필드에서 일을 하고, 6개월간의 영어 과정도 이수하였지만, '무전기 영어'라는 또 다른 벽에 부딪치게 된 것이다. 호주는 도로 보수공사, 건물의 신축공사, 교통사고 등의 경우 우회하는 경우가 많고, 버스의 고장 혹은 사고 시, 무전기를 통하여 관리자(Controller)에게 상황을 보고하고 지시를 전달받아야 하는데, 엄청난 속도의 영어가 무전기를 통하여 흘러 나올 때면 솔직히 무슨 말인지 거의 알아듣지 못하였다. 이 엄청난 벽을 넘어서야 했다. 피할 길이 전혀 없었다.

나는 운전 중 소형 녹음기를 무전기 옆에 놓고 녹음한 다음, 퇴근 후에 듣고 또 들었다. 일요일이나 쉬는 날을 이용하여 받아쓰기(Dictation)를 하며 말을 구성해 보고, 필요한 경우 암기도 하면서 무전기 목소리에 익숙해지려고 노력했다. 이러한 과정이 약 6개월 넘게 지속되자 가능성이 보이기 시작했다. 운전사들과 본사 관리자들의 대화는 대부분 반복되는 내용이 많고, 그 외의 경우는 일반적인 영어 지식으로 해결하였다. 결국 이 또한 어느 정도 극복한 나는, 호주의 버스 운전사로서 조금씩 그 모습이 만들어지기 시작했다.

이렇게 나는 호주의 버스 운전사가 되었다.

내 삶의 최고의 일이라 할 수는 없겠지만, 적어도 '내 삶의 최고의 직업'임에는 틀림없다. 이는 돈의 문제가 아니다. 나는 이 직업을 통하여 스스로를 다시 찾을 수 있었고, 일정한 근무 스케줄 덕분에 가족과의 삶이 있었으며, 이로 인하여 딸들 그리고 아내와 많은 대화를 나눌 수 있었다. 그 시간들이야말로 '내 인생의 최고의 시간'이었다고 자신있게 말할 수 있다.

무엇보다도 사랑하는 가족과 함께하는 2시간의 저녁식사는 딸들과 가까워질 수 있는 시간, 미래를 이야기할 수 있는 시간, 서로를 이해할 수 있는 시간, 부모와 딸들 간에 애틋하고 사랑이 있었던 시간이었다. 지금은 두 딸이 멜버른에 살고 있고, 아내와 나는 애들레이드에 살고 있어서 1년에 두 번 정도밖에 만날 수 없어 아이들이 그립고 안타깝지만, 그 또한 인생이고 삶이라고 생각한다. 이제 그들 또한 그들의 삶을 계획하고 살아야 하는 나이가 되었으니 말이다. 우리들은 언제나 "사랑한다!"라는 말을 서로에게 아끼지 않는다.

'직업'이란 생존을 위하여 가족의 생계비를 충당하고, 가족과 함께 최소한의 미래를 계획하기 위한 경제활동이 아닌가? 직업 덕분에 좋은 차를 타고, 좋은 집에 살고, 좋은 음식을 먹고, 좋은 옷을 입는 것도 좋을 것이다. 하지만 가족과 함께할 시간이 없거나 극히 부족하다면, 10년, 20년이 지난 후, 가족과의 관계를 되돌릴 수 있을까? 가족과의 시간, 가족 간의 사랑, 부모로서의 헌신, 그리고 자식들이 홀로 서 가는 과정을 지켜보는 그 시간들은 또 얼마나 아름다운가? 이보다 아름다운 삶이 있을까? 적어도 나는 가족을 통하여 나의 삶을 배우고 생각한다. 가족은 내게 있어 길이고, 또한 방향이다.

호주의 버스 운전사

물론 버스 운전사라는 직업은 호주의 많은 직업 중 하나에 불과하다. 다만 호주의 모든 직업을 설명할 수 없으므로, 버스 운전사라는 직업을 간략하게나마 설명함으로써 호주의 근로환경을 이야기하고자 한다. 버스 운전사가 되는 과정은 이미 설명하였으므로, 이제부터는 근로 조건과 버스 운전사로서의 삶의 모습을 이야기하고자 한다.

고용계약과 해고

여러 과정을 통하여 대형 운전면허를 취득한 후 입사가 결정되면, 고용법에 의하여 6개월의 수습기간(Probation) 조건의 가계약을 체결하게 된다. 이 기간 동안 사고 및 운전사로서의 규정 위반 등이 있을 경우에는 회사에 의하여 고용계약이 일방적으로 취소될 수 있다.

수습기간 동안에는 아무리 사소한 실수 및 규정 위반이라 하더라도 매우 조심하여야 한다. 실질적으로 이 기간 동안 계약 취소로 해고되는 운전사들이 비일비재하다. 하지만 6개월의 수습기간을 사고나 기타 문제 없이 잘 근무한다면 본 계약을 체결하게 된다. 본 계약 체결 후에는 본인의 의사에 따라 노동조합에 가입할 수도 있고, 가입하지 않아도 된다. 호주의 노동조합은 회사별 노동조합이 아니라 산업(Industry)별 개방 조합(Open Union)이기 때문에, 버스 운전사의 경우 Transportation Industry Union에 가입하게 된다. 나는 가입의 유무에 별반 차이점을 느낄 수 없어서 가입하지 않았다.

아무튼 일단 회사와 운전사 간 정식계약이 체결되면, 즉시 해고 대신에 해고를 위한 여러 단계의 과정이 존재한다. 인사사고나 안전사고는 즉시 해고의 경우에 해당되지만, 버스에 흠집을 내거나 접촉사고 등의 경우에는 해고가 아닌 경고(Warning)의 과정을 거친다. 1년에 총 3번의 경고가 누적이 되었을 경우 해고를 고려하게 된다.

'해고를 위한 고려'란 경고의 누적이 해고의 요건이 아니라, 근무태도 등 여러 가지 인사기록을 종합하여 결정하는 것을 말한다. 하지만 이 단계로 갔다고 해도 좀처럼 해고되는 경우는 드물다. 가장 중요한 근무태도 요건은, 아무리 사소한 경우라도 관리자(Controller)에게 보고하는 일이다. 숨기거나 거짓말을 할 경우에는 즉시 해고의 경우에 해당되기도 한다. 물론 접촉사고 혹은 버스의 흠집 등은 보험으로 처리되기 때문에 운전사의 부담은 전혀 없다. 수습기간 및 고용계약의 과정은 산업별로 약간의 차이는 있지만 대체적으로 비슷하다.

근무 조건

매우 유연하다(Flexible)고 할 수 있다. 계약의 형태(Position)는 3가지로, Full Time Permanent(주당 최소 38시간 의무시간)와 Part Time Permanent(주당 최소 32시간 의무시간), 그리고 Casual(비정규직) Position이다. 풀 타임(Full Time)과 파트 타임(Part Time)의 경우는 정규직으로, 회사가 정하는 업무 스케줄(Roster)을 의무적으로 이행하여야 한다. 그러나 비정규직(Casual)의 경우는, 정규직 운전사의 결근 혹은 노선에 공백이 발생하였을 경우에만 운전을 대리하는 제도이다.

정규직은 풀 타임이나 파트 타임에 상관없이 시간당 임금이 동일하며, 비정규직의 시간당 임금은 정규직보다 약 15% 정도 더 높다. 이는 비정규직이 별도의 스케줄 없이 일시적(Temporary)으로 회사의 필요 상황에 따라 근무해야 하기 때문이고, 언제든지 회사가 일방적으로 계약을 해지할 수 있기 때문이다. 그리하여 호주에서는 은퇴했거나 은퇴를 앞둔 운전사들이 체력적인 상황을 고려하여 정규직에서 비정규직으로 전환하기도 한다. 한국의 비정규직 제도와는 매우 다른 형태라고 할 수 있다.

정규직의 경우에는 2주 전에 일정이 공고되는데, 한 주의 Roster는 5일 혹은 6일의 개별 근무조(Shift)로 구성되어 있다. 일별 Shfit는 보통 7개 혹은 8개 노선의 조합으로 구성되어 있어서, 운전사들은 미리 각자의 노선을 숙지하고 근무시간 등을 체크할 수 있다. Shift는 Straight Shift와 Broken Shift로 나누어지는데, Straight의 경우는 통상 아침 일찍 근무를 시작하여 오후 2시 혹은 3시경에 마감하고, Broken의 경우는 오전에 3시간 근무 후 3~4시간을 쉬고 오후에 4시간 근무 후 저녁 6시를 전후해서 마감한다. 운전사별로 선호의 차이가 있지만, 나는 Broken을 선호하는 편이다. 중간에 충분히 쉴 수도 있고, 집에서 할일을 할 수도 있고, 체력적으로 부담도 덜 되기 때문이다. 하지만 이는 운전사가 선택할 수 있는 것은 아니고, 회사의 사정에 따라 관리부(Management Part)에서 결정하는 대로 예외 없이 따라야 한다.

179	OLDEN Greg	FT1		319M	315	319W	315	315	340L	
19	JRO Frank	FT1		3126	3126	3126	3119	3119		
20	SODRICH Paul	FT1		3135	3135	3119W	AIL	AIL		
13	HING Phaly	FT1		3129	3129	3129	3129	3129	341L	

119	REEL Gagandeep	FT1		AIL	AIL	AIL	AIL	AIL		3913
152	DELLAPIA Dominic	FT1		3018	3018	3018	3018	3018		3515
1438	BAJRAKTAREVIC Zijad	FT1		3013	3013	3013	3013	3013		3520

1373	GILDING Shirley	FT1		3011	3PM A/L	3008 A/L	3008 A/L	3008 A/L		
1843	JOHNS Gary	FT1		3008	3008	3011	3011	3011		312

177	MENG-Y Leakhena	FT2		3107M 3116	3108F 3/10	3108F 3/10	3108 3/14	3108 3/10F		3571
189	HOLLOW Robert	FT2		3108 3/03	3108 3/03	3108 3/03	3108 3/03	3108 3/03M		
208	MARTENS Harry	FT2		3109	3108	3108 C/L	3109	3000	3412L	
185	DAVENPORT-HANDLEY Di	FT2		3124	3124	3124	3124	3124		
185	MONTZOURIS Dimitrios	FT2		3108 3001	3108 3001	3108 3001	3108 3001	3108 3001	3408 3001	
74	KIM Il Youn	FT2	HOLIDAY RELIEF	3114 3116	3114 3116	3114 3116	3114 3/10	3114 3/10		
14	BRIONES Harry	FT2		3116 3107M	3120 3107	3120 3107	3120 3000	3120 3107	3433L	

SHIFT 3315

SIGN ON	0641	1419
HOURS WORKED	6:15	

SIGN OFF	1133	1852	

04/10/2016 : October Vacation

Sign On 0641

Take a Bus & depart Mile End Depot at 0651 to

Route: 171 - Stc: 1645 - Trip: 01 - Block: 132 -
Sun Ave 22 ....
Run No 15 .... North

Route: 124 - Stc: 1118 - Trip: 02 - Block: 132 -
Hutt Rd 03 ....
Glen Osmond St W3 ....
Unley Rd 17 ....
Paradise Int ....

Route: 430 - Stc: 2069 - Trip: 03 - Block: 132 -
Paradise Int ....
Addison Rd 36 ....
Gilbert Rd E ....
Greenfell ETC to 1307 --
Henley Beach Rd A ....
Henley Beach Rd 28 ....
Military Rd 304 ....
West Lakes Shopping Centre ....

Route: 288 - Stc: 2270 - Trip: 04 - Block: 132 -
West Lakes Shopping Centre C 1011
Valetta Rd 2 1053
Ashley St 12 1059
North Tce 11 1104

Arrive Mile End Depot at 1120

Depot Finish 1123
Sign On 1419

Take a Bus & depart Mile End Depot at 1424 to

Route: 190 - Stc: 1715 - Trip: 05 - Block: 49 -
Glenelg, Colley Tce A 1442
Morphett Rd 2 Y 1456
Radburn Ave 2 1503
Brighton Rd 12 (West) 1516
Wakefield St 1 1533

Route: 230 - Stc: 1751 - Trip: 06 - Block: 49 -
Wakefield St 11 1533
King William St X2 1541
King William Rd 2 1547
Days Rd 18 1608
Arndale Shopping Centre C 1613
Grand Junction Rd 36 1630
Port Adelaide Int 1637

Route: 117 - Stc: 1181 - Trip: 07 - Block: 49 -
Port Adelaide D 1653
West Lakes Shopping Centre A 1706
Tapleys Hill Rd 82 1713
Grange Rd 17 1726
Marion St 7 1732
Louise St B2 1741

Mile End Depot
Route: 141 - Stc: 1277 - Trip: 08 - Block: 49 -
Route 53 ....
Run No 11 ....

Arrive Mile End Depot at 1845

Please Close all Doors, Windows & Hatches, and Report any Defects

Depot Finish 1852

CON

임금 수준

임금 수준을 이야기하기 전에 해두고 싶은 말이 있다. 어느 나라든 '노동자 정규직'이라는 직업을 기준으로 하였을 때, 충분한 수입을 기대하기는 어렵다. 다만 개인적으로는, 가족과 함께할 수 있는 시간이나 삶의 만족도 등을 종합적으로 고려했을 때 더 이상의 임금을 바란다는 것은 욕심이 아닌가 싶다.

호주의 버스 운전사들의 시간당 임금은 도시별로 상이하다. 시드니나 멜버른이 내가 살고 있는 애들레이드보다 시간당 임금이 높다. 이는 그곳에서의 생활비(Living Cost)가 그만큼 더 많이 든다는 것을 의미한다. 따라서 생활비를 고려해 보면 도시별 임금의 차이는 별 의미가 없다.

애들레이드 버스 운전사의 시간당 임금은 한국 화폐가치로 대략 2만7천 원 수준이다. 하루 8시간 기준으로 생각하면 일당은 22만6천 원인데, 거의 매일 초과근무(Overtime)가 발생한다. 고장 난 차량을 대신하여 일과가 끝난 운전사가 그 장소로 이동하여 해당 노선을 운행한다든가, 퇴근길 교통체증으로 업무가 늦게 종료되는 경우도 초과근무로 계산된다. 만약 금전적 이유로 초과근무가 필요하다면 회사 측에 신청을 할 수도 있다. 이처럼 업무시간을 유연하게 조정함으로써 소득의 범위도 달라진다.

　주말은 격주마다 의무적(Compulsory)으로 근무해야 하는데, 토요일은 평일 시간당 임금의 1.5배, 일요일은 2배, 법정공휴일은 2.5배의 할증 임금을 받는다. 이는 호주의 모든 산업에 공통적으로 적용되지는 않으나, 많은 회사에서 적용하는 시스템이다. 주말 및 법정공휴일은 가족과의 여가를 대신하여 일하는 것이므로 그만큼의 할증이 당연하다고 여긴다. 이것이 호주 노동시장의 일반적인 상황이라 할 수 있다.

　또한 집안일 등 개인의 사정으로 업무 수행이 곤란할 경우에는, 돈이 필요한 다른 운전사에게 양도(Transfer)할 수도 있다. 나 또한 전기세나 차량세 등 각종 세금을 납부하여야 할 시기가 오면, 다른 운전사들이 양도하는 주말 근무 혹은 평일의 초과근무(Overtime)를 자처하여 추가소득을 얻는다.

　한국처럼 연봉제에 의한 선택의 여지가 없는 고정급이 아니라, 각자의 상황에 따라 유연성 있게 소득과 근무시간을 조절할 수 있다. 나는 고정급에 의한 연봉제보다 업무의 표준화를 통한 시급제도(Hourly Wage) 시스템을 선호한다. 물론 한국에서는 전혀 경험하지 못하였던 제도였지만, 호주에서 겪어보니

매우 합리적인 제도란 생각이 들었기 때문이다. 물론 이러한
제도가 정착되기 위해서는, 업무의 합리적인 표준화와 그 보
상 수준이 먼저 결정되어야 할 것이다. 하여 한국에서 이 제
도를 전반적으로 도입하기에는 분명 많은 사회적 갈등이 있
을 것이며, 개인적으로도 회의적이다.

휴가 제도

휴가 제도 또한 매우 유연하고 탄력적이다. 연차 휴가의
경우, 한국처럼 '1년에 며칠'이라는 개념이 존재하지 않는다.
평상시 주당 근무시간에 따라 주급의 일정 몫(Portion)만큼 별
도의 연차수당을 회사에서 지급하여 적립(Accumulation)하는데,
이렇게 적립된 금액은 연차 휴가를 사용하면 지급이 된다.

회사에서 정하여진 업무 스케줄(Roster)을 연중 수행할 경우,
1년에 약 3개월의 연차 휴가를 사용할 수 있는 연차수당이
적립된다. 회사에서 직원 배치의 어려움이 없는 한, 운전사들
은 각자의 연차수당 범위 내에서 언제든지 연차 휴가를 신청
하여 사용할 수 있다. 각자의 계획에 따라 한 번에 사용할 수
도 있고, 분리하여 사용할 수도 있다.

우리 회사의 경우, 총 네 개의 버스 차고지가 동서남북에

나누어져 있는데, 내가 일하고 있는 차고지(Mile End Depot)에는 약 20여 개국의 나라에서 온 이민자 운전사들이 근무하고 있다. 그들은 이러한 연차 휴가제를 이용하여 본국으로 귀경하기도 하고, 다른 나라로 여행을 떠나기도 한다. 나 또한 한 달의 연차를 이용하여 맬버른에 있는 딸들을 보러 가거나, 두 달의 연차를 이용하여 한국에 계신 어머님을 찾아뵙곤 한다.

하늘은 화창하고 바람은 시원하다. 폐부 깊이 밀려드는 진한 커피향과 귀를 간지럽히는 바이올린 연주가 평화롭다. 밝은 표정으로 거리를 거니는 이들의 자유는 적어도 한국의 개념과는 다르다. 그저 가족과 함께 걷는 이 순간을 즐기는 그들의 모습에서 나 또한 자유를 느낀다.

조금 이르다고 생각하면서도, 나는 가끔 딸들에게 10년 후 너희들의 모습을 상상하여 보라고 이야기한다. 물론 딸들이 그 말의 의미를 알기까지는 조금 시간이 걸리겠지만, 언제가는 아빠의 말을 기억하리라.

나는 딸들에게 자신의 꿈을 향하여 무엇을 하고, 어떤 길을 가고자 하는지 묻는다. 너무 어려운 길을 가고 있는 것은 아닌지, 아니면 너무 쉽게 생각하고 방만하고 있지는 않는지를 생각해 보라고 한다. 그리고 너무 어렵게 살 필요도 없고, 삶을 너무 쉽게 생각해서도 안 된다고 조언한다. 나는 아이들과 대화를 통하여 경험을 전달하는 것이 우리 부모세대가 할 일이라고 생각한다.

무엇을 하며 어디서 살지, 이제 세계의 경계선은 존재하지 않는다. 이제는 태어났기 때문에 살 수밖에 없는 국가가 아니라, 내가 살고 싶은 곳을 스스로 정하는 새로운 국가 개념이 필요하다. 물론 쉽지 않은 일이다. 오랜 준비와 계획 그리고 두려움을 넘어서야 하기 때문이다.

사회 종속적인 기존의 관념에서 벗어나야 한다. 나는 딸들과의 대화에도 이 주제를 자주 입에 올리는데, 그때마다 정체적 관념에 머무르기보다 세상은 충분히 넓으니 자신의 선택을 존중하고 최선을 다하라고 이야기한다. 다만 대화를 나누다 보면, 아이들보다는 내가 훨씬 틀에 갇혀 있다는 사실을 깨달으며 살아온 시간의 압력을 느낀다. 이것이 바로 어쩔 수 없는 기성세대의 '웃픈' 현실이다.

아직은 바람이 시원하지만 곧 더운 바람이 불어올 것이다. 계절이 가고 오는 순리를 받아들이는 것처럼, 나 또한 앞으로 일어나는 일들을 기꺼이 받아들임으로써 내 삶을 굳건히 지켜 나아갈 것이다.

걸어온 길을 뒤돌아보며

지금까지 대학 졸업 후의 사회생활과 이민에 이르는 과정들을 정리해 보았다. 굳이 나의 이야기를 이렇게 늘어놓은 것은, 내가 걸어온 길이 단순히 나만의 길은 아니라는 생각 때문이다. 이는 나와 같은 시대를 살아온 세대뿐 아니라, 보다 나은 미래를 꿈꾸는 한국의 모든 젊은이들이 걷게 될 길일지도 모른다. 미국적 자본주의를 숭배하는 나라에서 흔히 일어날 수 있는 인간 경시의 사회 풍조, 자본의 논리 안에서 평가받고 그 안에서 살아남아야 한다는 강박감… 한국사회에서 느끼는 고통과 좌절은 아직까지도 진행형이기 때문이다.

우리는 지금, 개인의 가치관은 자본과 조직의 논리 하에 그 소중함을 잃고, 무엇을 위하여 누구를 위하여 존재하는 삶인지 구분할 수 없는 가치의 상실 시대에 살고 있다. 우리는 질문을 던져야 한다. '왜'라고 묻고, '어떻게' 변화할 것인지를 생각하고, '누구'라는 주체를 상기시킬 필요가 있다. 특히 한국의 많은 젊은이들이 가족과 함께하는 저녁을 꿈꾸고 있다. 왜 그들은 '저녁이 있는 삶'을 꿈꾸는 걸까?

이를 단순히 세대 차이로 설명할 수는 없다. 그들은 기성 세대인 그들의 부모의 삶을 보면서 성장하여 온 세대가 아닌 가? 그들은 부모와 더 많은 대화를 희망하였을 것이며, 가족과 함께하는 저녁 시간을 소망하였을 것이다. 그러나 우리 기성세대들은 그들이 원하는 것을 제공하지 못하였다. 회사일이 바쁘다는 핑계로, 부모가 사회 속에서 살아남아야 자녀들의 삶도 존재할 것이라는 극히 이기적인 생각으로 말이다.

그러나 결국 우리에게 남은 것은 무엇인가? 우리 기성세대들은 용기도 부족하였고, 새로운 세계를 향한 도전보다는 기존의 질서 내에서 단지 그들의 삶을 즐기며 살고자 했던 것이 아닌가? 가족을 먼저 생각하다가는 사회에서 도태되고 뒤처질 수 있다는 불안감 때문이었다는 변명은 그야말로 '비겁한 변명'에 불과하다.

사실 이것은 나의 고백이며, 내 모습이었다. 물론 과거의 내 모습을 일반화하려는 것은 아니다. 하지만 확연한 삶의 변화를 느끼고 있는 지금, 솔직히 나는 과거의 내 모습에 반성과 연민을 느낀다. 삶을 비교하고 반성하기 위하여 많은 시간이 필요했다. 은행을 사직하고 16년, 소위 화이트칼라가 아니라 불루칼라로서 일을 시작한 후 13년이라는 세월이 흘렀다. 변화를 통한 새로운 삶을 찾기 위한 시간이었다. 한순간의 반성과 다짐으로 삶을 변화시키는 것은 불가능할지 모른다. 잠시의 변화를 느낄 수는 있겠지만, 결국 같은 자리로 되돌아가게 되기 때문이다.

새로운 삶을 준비하는 기간 동안 나는 가족과 함께하였다. 그들의 바람은, 가족을 등한시한 사회적 성공이 아니라, 가족을 중심으로 한 삶에 대한 진지한 자세였다. 가족들은 노동으로 지친 나에게 언제나 힘이 되어주었고, 가족의 행복은 모두가 함께하는 시간 속에 있었다. 새로운 삶에 대한 결정의 중심은 가족에 있다. 가족 모두, 특히 아이들을 위하여 삶을 새롭게 선택한다는 것은, 희생이 아니라 실은 본인을 위한 '행복의 발견'이라고 나는 생각한다. 이 행복의 기준이 실행을 위한 용기를 준 셈이다.

학업 성적과 일류대 진학, 전문직 혹은 일류기업으로의 취업이 내 아이들의 행복을 보장하여 줄 수 있다고 자신하는가? 과연 절대적인 행복의 기준은 있는 것일까? 오해를 해서는 안 된다. 나는 일류대 따위 필요없다고 말하는 것도 아니고, 전문직이나 일류기업이 나쁘다고 주장하는 것도 아니다.

다만, 내 아이들의 행복 기준점을 일반화시키지는 말자는 것이다.

주위의 전문직 종사자들을 보면, 자녀들에게 소위 명문대라는 간판을 요구하며 자녀들을 통해 사회적 신분을 유지하고 사회적 관계를 구축하려고 한다. 혹은 본인의 일만으로도 시간이 모자라 "자기 갈 길이니 알아서 가겠지, 본인의 삶이니까."라는 식으로 자율에 맡긴다. 이래서야 관계의 의미를 찾기 어렵다. 반면 가족이 있는 삶을 살고 있는 사람들에게는, 삶에 대한 부모자식 간의 관계가 존재함을 알 수 있다.

가족 안에서의 관계는 어디로부터 오는 것일까? 부모자식 간의 관계, 형제자매들 간의 관계는 대화를 통한 서로에 대한 이해와 가족 모두가 동의한 꿈을 만들어가는 모습에서 나오는 것이 아닐까 싶다.

결혼 후 10년이라는 세월이 지나서야 나는 '관계의 소중함'을 깨닫게 되었다. 그 자각은 내게 가족을 믿고, 가족을 위한 새로운 삶을 찾도록 용기를 주었다. 그리고 가족과 함께 그 길을 걸어왔다. 앞으로도 가족과 함께 나아가는 것이 나의 행복의 기준임에는 변함 없을 것이다.

Episode 1

공항버스노선을 운전하고 있을 때였다. 우리 회사에서는 공항에서 City 로 향하는 노선을 운행하고 있는데, 공항에서 탑승하여 City에서 동서남 북 외곽으로 나가는 버스로 연결하여 주는 노선이라고 할 수 있다.

공항에 정차해 있는데 2명의 동양인이 탑승하며 "학생 티켓 2장 주세요 (Two students tickets please)." 하길래, 나는 학생증 혹은 할인용 카드를 보 여 달라는 요구 없이 2장을 판매하며 한국인인가 싶었다. 한국인, 중국인, 일본인들에게는 각각 특유의 발음이 있기 때문에 생각보다 구별하는 게 어렵지 않다. 아니나 다를까, 출발 시간을 체크하며 준비하고 있을 때 뒤 에서 한국어가 들려왔다.

"운전사가 학생증 보여 달라고 안 하는데? 저번에 호주 운전사는 보여 달 라고 했잖아."

"그러니까 일단, 무조건 학생 티켓을 달라고 하면 돼. 아니면 상황 봐서 하든가."

나는 순간 장난기가 발동하였다. 물론 그들은 내가 한국인이라는 것을 상 상도 못하였다. 나는 출발하기 전에 그들을 쳐다보며 "Hey mate, could you come over here(이쪽으로 좀 올래요?)"라고 하였다. 그러자 그들은 자 기들을 가리키는 건지 몰라 주위를 둘러보다 약간 당황하기 시작하였다. 그래서 나는 다시 한 번 "Hey you right mate, could you come over here?" 하고 부르자, 그중 한 명이 "야, 운전사가 우리 부른다." 하며 나 에게 다가왔다.

어리둥절한 그에게 나는 "Could you show me your student card(학생 증 좀 보여주실래요?)"라고 물었고, 그는 완전히 당황하였다. 그는 뒤에 있는 친구를 바라보며, "야 임마, 운전사가 학생증 보여 달라고 하잖아. 어떻게 해야 하는 거야?" 그는 머뭇거리며 지금 학생증이 없다고 말했다. 나는 "OK, What your college or high school(학교 이름이 뭡니까)?" 그러자 두 친구는 거의 패닉에 빠져서 어찌할 줄을 몰랐다.

나는 그를 쳐다보며, 조용히 다시 한 번 물었다. "주민등록증 갖고 있죠? 주민등록증 보여주세요!" 그는 서슴없이 "예, 주민등록증 있습니다."라고 대답하더니 갑자기 말을 멈추고 나를 물끄러미 바라보았다. 그와 나 사이에 아주 오랜 시간처럼 느껴지는 적막이 흘렀다. 잠시 뒤 그는 내게 " 혹시, 한국분이세요?"라고 물어보았고, 나는 "예, 그렇습니다!"라고 대답했다.

"아~ 아저씨~! 왜 그러세요~ 정말! 저희들 엄청 당황했잖아요."

그들은 한국에서 온 위킹홀리데이 학생들이었다. 공항에서 버스를 타고 목적지로 가는 중이라고 하였다.

"대부분의 여기 운전사들은 학생증을 잘 보여 달라고 하지 않지만, 가끔 고약한 운전사들도 있으니 학교 이름 정도는 하나 외우고 다녀요. 그래서 아까처럼 물어보면 어느 학교라고 대답하고, 알았죠?"

그들은 "네, 고맙습니다!"라며 신이 나 인사를 하고 좌석으로 돌아가 앉았다. City에서 거의 모든 사람들이 내리고, 그들도 City에서 하차하며 다시 한 번 고맙다고 인사했다. 내리기 전에 우리는 서로 눈빛을 교환하며 또다시 웃음을 나누었다. 낯선 땅에서 생활하는 우리에게 오늘의 만남이 따스한 추억 하나로 남길 바라면서….

2장

개인의 삶의 문화는 극히 귀속주의적이어서 한국에서 사는 동안 나는 극히 한국적 문화의 테두리에서 사고하고 판단하고 행동하였다. 그런데 호주에서 10년이란 세월을 보낸 지금 나는 새로운 문화를 인식하는 과정에 있다.

가족과 함께할 수 있는 저녁, 퇴근 후 와인 한잔을 할 수 있는 여유, 유연하게 조정할 수 있는 근무시간 등은 사실 내가 한국에서 느꼈던 것과는 많은 차이가 있다.

물론 이러한 차이를 들먹이며 이민을 권장하거나 한국에서의 삶을 평가하려고 하는 것이 아니다. 다만 문화란 다수의 공통적인 생각이 자연스럽게 형성되는 것이므로, 한국에서의 삶이 행복의 기준에서 벗어난 것 같다면, 우리의 생각과 그 기준에 변화가 필요할 수도 있지 않은가.

호주 그리고 호주인

　호주 이민자의 한 사람으로서 호주라는 나라와 호주인들을 표현한다는 것이 객관적일 수는 없다. 다만 버스 운전이라는 일의 특성상 불특정 다수의 호주인들을 매일 접하며 살고 있는 나는 자연스럽게 그들과 나를 비교하게 되었고, 이러한 비교를 통하여 자연스럽게 문화의 차이를 경험하게 되었다. 그러면서 한국인으로 살아갈 수도, 그렇다고 완전한 호주인으로 살아갈 수도 없는 상황에서 정체성의 혼란을 느낀다.

　어렸을 때 이민을 와서 이곳의 교육을 받고 대학생이 된 딸들은 호주의 문화에 근거하여 한국을 바라보고 이해한다. 이 부분은 내가 딸들과 대화를 나누며 느끼는 바다. 딸들은 한국의 문화를 알고 이해하지만, 호주에서의 교육 과정을 통하여 많은 부분이 자연스럽게 호주의 문화에 동화되었다.

　나는 그런 부분을 우려하지는 않지만, 한국 문화를 주제로 적극적인 대화를 유도한다. 딸들이 호주와 한국의 문화 차이로 느끼는 정체성의 혼란 대신, 문화의 다양성에 대한 인식과 수용에 대한 자세를 배웠으면 하고 바라기 때문이다. 호주의 문화를 수용하여 한국 고유 문화의 장점들과 연결함으로써 두 문화를 통합시킬 수도 있지 않겠는가. 차이점이 강조되면 분리가 되지만, 수용이 강조된다면 문화의 결합을 이룰 수 있다고 나는 믿는다.

많은 사람들이 호주가 인종차별이 심하다고 생각하는데, 나는 '그럴 수도 있고, 아닐 수도 있다'는 말로 표현하고 싶다. 호주는 세계에서 다문화 국가(Multicultural Country), 다문화주의를 가장 잘 정착시킨 나라 중 하나이다. 내가 거주하고 있는 애들레이드는 남호주(South Australia) 주의 주도로 약 120만 명의 인구가 거주하고 있는데, 세계 100여 국 이상의 나라에서 온 이민자들로 구성되어 있다. 하지만 나는 어떠한 심각한 인종차별도 공공장소에서 목격한 사실이 없다. 법적으로 인종차별은 범죄로 간주된다. 물론 '표현의 자유'라는 미명 아래 다문화에 대한 거부감 등을 인종차별적 표현으로 내뱉는 발언 등은 접할 수 있으나 심각하지는 않다는 말이다.

버스 운전을 하다 보면, 심각하지는 않아도 여러 경우의 인종차별적 상황을 접하기는 한다. 한 번은 한 백인 남자가 내가 운전하는 버스에 탑승하며 나이 든 중국 여성에게 인종차별적 발언을 했다. 이를 목격한 나는 운전석을 빠져 나와 그에게 "즉시 당신의 발언을 취소하고 그녀에게 사과하시오."라고 요구하였다. 나 또한 아시안으로서 그에게 분개하였기에 사과를 요구한 것이었다. 그는 격하게 반항하며 거부했는데, 다른 백인 승객들이 그에게 다가가더니 "당신은 분명히 하지 말아야 할 표현을 사용하였다. 당신은 그녀에게 사과해야만 한다."고 말하는 것이 아닌가?

내가 이야기하고 싶은 포인트는, 인종차별이 전혀 없다는 것이 아니라, 대부분의 시민들은 다문화에 적응하고 있다는 점이다. 그들은 호주의 다문화가 현재 호주의 근간을 지지하고 있는 하나의 중요한 축이고 힘이라고 생각하고 있다. 호주의 시내를 돌아다니다 보면 곳곳에 붙어 있는 〈Real Australian says "Yes" to Refugees(진정한 호주인들은 난민자들에게 Yes라고 합니다).〉라는 포스터를 발견할 수 있을 것이다.

극히 단어적인 의미의 관점으로 세계 각국의 인종차별을 논하고자 한다면, 한국에서의 인종차별은 세계 최고의 수준이 아닌가 싶다. 이는 한국인으로서 한국인들을 비난하기 위함이 아니라, 이제 한국도 세계를 향하여 빗장을 열고 사람들을 포용하여야 한다는 점을 지적하기 위함이다. 더 이상 단일 민족이라는 민족적 의식에 집착하지 말고, 개방과 세계를 향한 새로운 의식의 시대로 나가야 한다.

호주에서의 인종차별은 갈수록 줄어들고 있다. 모든 이가 호주라는 나라를 구성하고 있는 구성원이라는 공통된 인식 덕분이다. 이것은 교육제도로부터 출발한다. 교육이라는 국가의 서비스는 모든 이들에게 평등하게 제공되고, 어떠한 차별도 존재하지 않는다. 교육을 통하여 어린 학생들에게 자연스럽게 다문화를 받아들이게 할 뿐 아니라, 차별이라는 것이 오히려 호주의 미래에 악폐가 된다는 것을 가르친다. 포용을 먼저 배우는 어린 학생들의 모습에서 나는 밝은 호주의 미래를 본다.

호주의 문화

사실 호주라는 나라는 세계의 금융 중심 국가도 아니고, 최첨단 제품을 생산하는 제조 국가도 아니다. 천연자원과 농가축 및 가공품 수출, 그리고 자급자족이 가능한 나라에 불과하다. 다른 나라들이 바라보는 호주는, 어디를 가든 푸른 잔디와 나무들로 덮인 매우 목가적인 나라라는 인상이 짙은 것 같다.

사실 일부 대도시의 중심부를 제외하면, 대부분의 호주인들은 마당이 딸린 개인주택에서 살고 있다. 총 인구의 4분의 1이 서울과 근교에 몰려 사는 한국과는 아무래도 환경적 차이가 크다. 어쩌면 한국과 호주의 문화 차이는, 이런 삶의 환경과 민주주의를 토대로 한 역사에서 오는 것이 아닐까 싶다. 내가 느꼈던 문화적 차이 중 몇 가지를 이야기해 보고자 한다.

1. 느리다

느린 정도가 아니라 '매우' 느리다. 중간이 존재하지 않는 다. 통상적이고 일상적인 일에서는 답답할 정도로 느리다. 반 면 긴급한(Urgent) 상황, 소위 비상사태에는 모든 전력을 투입 하는 신속함과 그 해결 능력을 보여준다. 도로공사만 해도 그렇다. 한국 같으면 보름 만에 완공할 수 있을 것처럼 보이 는 것을 몇 개월에 걸쳐 공사하고 있는 것을 보면, 버스 운전 사로서 속이 터진다. 공사로 인하여 우회하거나 지체되는 통 에 버스 운행이 지연되기 때문이다.

물론 이것은 전적으로 한국인인 나의 기준이며 판단일 뿐, 정작 호주인들은 불평을 하지 않는다. 모든 공사들은 시행 전 지역자치구(Council)를 통하여 시민 대표자들로부터 공사의 필요성과 타당성, 예산 심의를 검증받은 후 정부에서 진행하 기 때문이다. 따라서 일반 시민들은 아무리 장기적인 공사여 서 불편을 주더라도, 그 공사가 시민의 편의를 위하여 장기적 으로 꼭 필요할 것이라는 사전 인식을 갖고 있다. 또한 공사 장의 인부들은 대부분이 지역별 구청(Council) 소속의 공무원들 이다. 그들은 전혀 공사의 속도에 관심이 없다. 속도보다는 안전사고와 관련된 모든 규정의 절차에 따라 공사를 진행한다. 결국 한국인의 기준으로 볼 때는 그 속도가 무척 느리게 느껴질 수밖에 없다.

견습공으로 나가기 전, 공사장에서 일을 하기 위해 안전교육 이수증(White Card)을 발급받아야 하는 교육 과정이 있었다. 그 안전교육 과정의 일반적 규정은 1900년 초부터 보완(Up Date)되어 오고 있다고 했다. 안전사고가 발생할 때마다 그 원인을 규명하고, 재발 방지를 위한 규정을 신설하여 통합 규정에 포함시키는 것이다. 그 과정이 100년도 넘게 이어져 오고 있는 것이다.

이러한 모습들이 호주를 매우 느린 나라로 느끼게 한다. 사람들이 느린 것이 아니라, 느림의 모습 속에 안전과 안전을 담보하기 위한 규정과 원칙들이 존재한다. 한국의 모습과 대조되는 점이라고도 할 수 있다. 분명 빠름의 미학도 있겠으나 그 대가가 너무 크지 않은가?

안전사고 발생에 대한 명확한 원인 규명도 없이 처리되는 부실공사, 같은 실수를 반복하는 한국의 안전사고와는 달리, 느리지만 하자 없는 완벽한 공사와 철저한 안전사고 규정에 의한 절차를 최우선으로 하는 호주. 한국인인 나로서는 호주의 느린 처리들에 답답해 하면서도, 한국의 빠름과 호주의 느림을 이렇게 평가하고 있다.

2. 안 되는 것도 없고 되는 것도 없다

다른 말로 표현하면, '되는 것은 되고, 안 되는 것은 안 된다' 는 뜻이다. 한국에서는 약간 이상하게 생각될 수도 있겠지만, 이들은 원칙적으로 자기의 삶을 즐기려고 한다.

버스 운전사 동료들과 이야기를 하다 보면, 그들 또한 각자의 삶에 대하여 불만이 있고 힘들어한다. 다만 그들은 할 수 없는 것들에 대한 미련과 그에 따른 자괴감 같은 것이 전혀 없다. 비록 못마땅한 일이 있더라도, 그들은 자신의 삶을 받아들이되 그 안에서 삶을 즐기는 방법을 찾는다. 이런 점이 한국에서의 삶과 다른 점이라고 할까?

사실 한국에서의 내 삶은 '즐긴다' 는 인식이 거의 없었다. 나뿐만이 아니라 평범한 한국의 가장에게 그저 삶이란 '생존을 위한 하루의 연속' 이 아니었을까? 그러면서도 마음속 한편에서는 현실의 삶을 거부하며 새로운 삶을 희망하는 '방랑자' 의 모습을 키우고 있었을 것이다.

반면 호주인들은 철저하게 개인주의에 입각하여 현재의 직업과 삶에 충실하다. 현재의 직업은 그들이 할 수 있는 것의 전부다. 그렇게 현재에 철저하게 집중한다. 그렇다고 그들에게 꿈이 없는 것도 아니다. 그들의 꿈은 매우 체계적이고, 경로(Pathway)를 중요시 여긴다. 하루아침에 무언가 이루어지기를 기대하기보다, 그 꿈을 이루기 위해 철저한 준비와 이행 과정을 강조한다.

만약 그러한 과정을 잘 이행한다면 '안 되는 것도 없다'는 것이 호주인의 생각이다. 이는 서로를 존중하는 개인주의에 입각한 그들의 선택이다. 현재의 삶에 만족할 줄 알고, 그 누구도 서로의 삶을 방해하거나 차별하지 않는다. 사회와 국가에 그 책임을 묻기 전에 스스로의 문제를 인정하고, 현재의 모습은 각자의 선택이었음을 인정한다. 이는 이미 수차례 언급을 하였지만, 공정한 기회와 기본적인 정의가 사회에 뿌리를 두고 있기 때문에 가능한 일이다.

개인의 노력을 방해할 수 있는 것은 아무것도 없다. 물론 어떤 꿈을 이루기 위해서 아주 높은 학업 성적과 결과를 요구하는 경우도 있겠지만, 그 달성의 여부는 극히 개인적인 결과이다. 평등한 기회가 제공되었으니, 모두는 그 개인적 결과를 수용하고 받아들일 의무 또한 존재한다. 모두가 의대나 법대를 갈 수도 있다. 하지만 의대와 법대, 그리고 명문대를 졸업하지 않아도 사회 안에서 개인의 삶을 추구할 수 있는 방법은 얼마든지 존재한다.

공부를 학창시절에만 국한하는 것이 아니라, 보다 폭넓은 지식이 필요하다고 느끼면 언제든지 스스로 결정하여 대학에 갈 수 있도록 평등한 기회가 주어진다. 그리하여 40대 이후 늦깎이 대학생이 되어 새로운 길을 개척하는 이들도 많다. 우리 버스 회사 내에서도 그런 멋있는 사람들이 있었다.

교육제도의 공정성과 차별 없는 기회의 제공은, 사회의 투명성과 정의를 구성하는 매우 중요한 요인이 될 수 있다. 부모의 경제력으로 인하여 교육의 기회를 제공받지 못한다는 것은, 교육이 사회의 수직적 관계를 조장하고 옹호하는 것이 아닌가? 대한민국에서 이러한 불편한 교육의 현실이 존재한다면 이제 바꾸어야 한다. 한 사람 한 사람이 그들의 투표 권리를 적극적이고 미래지향적으로 행사하여, 다음세대에게 보다 공정하고 평등한 사회를 물려주어야 할 것이라고 나는 믿는다.

호주 국민들에게는 아주 중요한 두 가지 의무가 존재하는데, 첫째가 세금 납부의 의무이고, 둘째가 선거 참여의 의무이다. 특히 선거 참여의 의무는 강제성마저 띠는데, 선거에 참여하지 않으면 벌금(Penalty)를 부과한다. 그 이유는 정치 행위가 국민으로부터 나오는 것이라고 믿기 때문이다.

선거의 의무를 통하여 국민은 국민의 행복과 평등, 사회적 정의를 실천할 정치인을 뽑는다. 정치인들은 국민들의 의지를 실천해야 할 의무를 지닌다. 만약 정치인들이 그 의무를 해태 하거나 기망하면, 국민들은 선거를 통하여 경고하고 그 집권 당을 교체한다. 호주의 미래는 정치인들에게 있는 것이 아니라, 국민들의 권리이자 의무인 투표에 있기 때문이다.

한국 젊은이들의 투표율이 매우 저조한 것을 보면서 자신들의 미래를 스스로 제약하고 있는 모습이 안타까웠다. 남 탓만 하며 그저 앉은 자리에서 변화와 기회를 기다리는 것은 어리석은 짓이다. 선거 참여는 대한민국의 국민으로서 우리의 미래에 자신의 의사를 전달하는 매우 중요한 정치적 행위이다. 이러한 중대한 참여의 날을 공휴일로 생각하고 여행을 떠나는 모습이 그저 답답할 뿐이다.

3. 원칙에 충실하다

10년 이상 호주에서 생활한 경험으로 볼 때, 호주인들은 원칙에 매우 충실하다. 규정에 의하여 금지하는 모든 것들에는 그 어떤 예외도 없다. 만약 그 규정을 어기면 그 즉시 법적 처벌의 대상이 된다.

몇 년 전 호주 선거에서 보수정당과 진보정당의 희비가 엇갈린 적이 있었다. 그 출발점은 매우 단순한 규정 위반이었다. 진보당의 내부 각료 중 한 사람이 업무적으로 사용하여야 하는 정부의 신용카드를 개인 용도로 5천 호주달러(한화 약 450만 원)를 사용한 것이 내부감사에 위해 밝혀졌고, 이는 즉시 언론에 공개되었다. 이를 본 국민들은 매우 실망하였고, 얼마 후 차기 정권이 진보에서 보수로 전환되는 결정적인 사유가 되었다. 450만 원이 정권 교체의 비용이 된 것이다.

　　이런 부분은 한국과 비교하기가 매우 어렵다. 비리금액도 금액이지만, 정치인들의 비리에 대하여 대한민국 국민들은 너무 무감각하다. 국민들이 그러한 인식을 갖고 있는 한 부패(Corruption)는 결코 사라질 수 없다. 국민은 참여자인 동시에 감시자로서 그 역할을 다하여야 한다.

　　우리 버스 회사도 거의 모든 경우가 규정으로 명시되어 있어서 규정을 위반하면 '즉시 해고'의 원인이 된다. 최근의 한 가지 사례를 들자면, 운행을 종료한 버스가 차고지에 진입할 시에는 최고 속도를 20KM/H 이하로 제한하는 규정이 있는데, 한 운전사가 35KM/H의 속도로 차고지에 진입하는 것이 속도계에 감지되어 즉시 해고된 경우가 있었다.

물론 사고가 난 것도 아니고, 버스에 어떠한 데미지도 없었지만, 그 행위는 돌이킬 수 없는 '즉시 해고'의 사유였다. 왜일까? 오래전 속도 초과로 인해 큰 피해를 유발한 사고가 실재로 존재하였으며, 이는 즉시 정부교통부에 보고되었고, 정부는 관련 규정을 제정하도록 버스 운행 회사에 지시함으로써 이러한 규정이 생겼기 때문이다. 즉, 이들은 속도 초과 자체를 사고로 간주하고 있는 것이다.

이는 영연방국가(호주, 뉴질랜드, 캐나다)들의 공통점이라 할 수 있다. 규정의 지침과 그 이행의 역사가 100년이 넘는 기간 동안 유지되어 왔으니, 한국의 상황들과 단순 비교하기에는 무리가 있을 것이다. 하지만 개인의 삶이든, 사회든 혹은 국가든 빠른 외형적 변화가 결코 안전을 우선할 수는 없다. 아직 늦지 않았다. 지금부터라도 상식에 근거한 원칙을 수립하고, 그 원칙은 당연히 지켜져야 한다는 사회적 인식이 확산되고 정착되는 대한민국이 되었으면 하는 바람이다.

4. 친절하지만 개인적이다

한 국가의 사람들을 어떠하다고 규정하는 것은 물론 쉬운 일이 아니다. 그저 개인적인 나의 관점에서 보자면, 호주인들은 매우 친절하고 어려운 상황에 처한 사람을 도와주는 데 주저하지 않는다. 이웃으로서도, 길거리에서도 혹은 버스 안에서도 나는 호주인들의 친절함을 느낀다.

만약 여러분들이 이민자로서든, 워킹홀리데이로든, 그저 단순히 호주에 여행을 온 여행자로든, 만약 곤란한 상황에 처했다면 주위의 호주인들에게 도움을 청하라고 이야기해 두고 싶다. 당신의 질문에 답변할 수 있다면, 그들이 도움을 줄 수 있는 상황이라면, 그들은 기꺼이 당신을 도울 것이다.

다시 한 번 말해 두지만, 이들은 이미 '백호주의'라는 인종적 벽을 허문 지 오래되었다. 호주는 세계 각국에서 온 이민자들과 함께 살아가는 국가라는 점을 다문화주의를 통하여 실천하고 있는 나라이다. 물론 호주 정부는 특정 국가로부터 너무 많은 이민자들이 유입되는 것을 경계한다. 종종 그에 관한 기사를 신문에서 보기도 한다. 나 또한 한국인 이민자로서 특정 국가의 이민자들이 폭발적으로 증가하는 것에 대한 우려가 있다. 하지만 그것은 정부가 할 일이다. 전체적인 관점에서 볼 때 호주는 '다문화주의'가 정착되었고, 이는 호주의 미래를 위한 기반이라는 것에 대다수의 사람들이 동의하고 있다.

호주사람들은 이기적일까? 나는 "그렇지 않다"고 대답하고 싶다. 서구문화를 이해할 때, 이기주의(Selfishness)와 개인주의(Individualism)는 분명히 구분할 필요가 있다. 많은 사람들이 이기주의와 개인주의를 혼동하고 있다. 물론 나 자신도 마찬가지였다. 그러나 호주에서의 생활을 통하여 내가 느끼는 서구인들은 '이기적'이라고 할 수는 없다. 그들은 자기의 이익을 위해 남에게 피해 주는 것을 이해하지 못한다. 이를 역으로 생각하면, 타인이 나의 삶을 간섭하는 것에 매우 민감하다는 뜻이다.

"나의 삶은 나의 삶이고, 당신의 삶은 당신의 삶이다."

이것이 그들, 서구인들이 생각하는 '개인주의'이다. 스스로의 삶을 존중하고 소중히 여길 때 타인의 삶 또한 소중히 대할 수 있다는 합리적 사고방식이 그들 문화의 근본이다.

"축하합니다(Congratulations)!"라는 말에 절대 인색하지 않는 그들을 보면서, 나는 스스로를 되돌아보았다. '축하합니다'라는 말에 인색하고, 언제나 타인과 비교하는 것이 일상이었던 한국에서의 모습들을 떠올리며 무척이나 부끄러웠다.

솔직히 말하자면, 내 스스로가 나의 변화를 유도했다고 할 수는 없다. 나의 변화는, 한국과 서구의 문화 사이에서 과거와 현재를 비교하고, 미래를 구축하는 과정에서 생겨났다. 물론 그 사이에 정체성의 혼란을 겪기도 했지만, 그것은 변화의 과정에서 꼭 거쳐야 할 관문과도 같은 것이다.

경쟁의 사회에서, 투쟁의 사회에서 상대방을 존중하고 축하하는 모습이 과거의 나에게 있었던가? 여러분들은 어떠한가? 상대방을 존중하고 인정하는 것은 자신의 삶을 먼저 존중하고 인정하는 데서부터 출발한다. 그러나 끝없는 경쟁과 그 경쟁에서 이겨야 한다는 강박감은, 상대에 대한 존중을 배우기보다는 비교를 통한 자만심 혹은 자괴감만을 키워낸다.

미래의 변화를 대비하지 않는 자만심과 스스로의 삶을 비교 대상으로 전락시키는 자괴감은 이제 떨쳐버려야 한다. 경쟁에서 앞서 있든 뒤처져 있든 이제는 변화가 요구되는 시대이다. 그 변화의 출발은 '나'만이 아니라 가족의 모습을 기반으로 해야 한다. 가족의 모습 안에서 나의 미래를 설정하였다면, 다음의 단계는 용기와 실천이다. 가족의 삶과 그 안에서의 내 삶은, 경쟁에 존재하는 것이 아니라 의지와 믿음에 존재한다. 나는 불완전한 안정 대신, 새로운 안정을 위한 뗏목을 선택함으로써 나를 변화시킬 수 있었다. "생각이 나와 삶을 변화시키는 것이 아니라, 행동이 나와 삶을 변화시킨다!"
는 말을 나는 믿는다.

　불확실성의 시대에 실천 없는 방황을 하기보다는, 작은 것
하나라도 실천하면서 길 위에서 다음의 길을 물어보기 바란
다. 오늘 하루가 행복하면 내일이 행복하다. 오늘이 행복하지
않은데 노후를 걱정하는 것은 무책임한 이기심일 뿐이다. 그
무책임이 사랑하는 가족들을 힘들게 만든다.

　우리 모두는 현재 매우 중요한 위치에 서 있다. 그 사실을
부정할 수는 없다. 세상의 변화 속도를 따라가는 것은 불가
능할지 모른다. 그렇다면 우리는 스스로 변화를 유도하고, 세
상의 변화에 동떨어지지 않을 정도로만 따라간다면 평화를
얻을 수 있지 않을까?

호주의 교육환경

"호주에서 아이들 교육시키기는 어떤가요?"

지인 혹은 친구들로부터 내가 가장 많이 듣는 질문이다. 교육환경을 이야기하기 전에 나는 그들에게 되묻는다.

"만약 호주에서 자녀들을 교육시킨다면, 그들에게 바라는 것이 무엇입니까?"

그들은 조금 당황하고 머뭇거린다. 그들이 바라는 것은 한국에서의 부모 입장과 별반 다르지 않다. 한국에서보다 조금 더 수월하게 대학에 입학하고, 한국에서보다 조금 더 수월하게 취업할 수 있는 환경이라는 것을 이미 알고 나에게 묻는 것이기 때문이다.

부모의 입장에서 충분히 이해가 되는 부분이다. 나 또한 이민을 결정할 때에는 그러한 부문에서 자유롭지 못했던 것이 사실이다. 치열한 경쟁과 입시, 졸업 후에 이어지는 취업전쟁 같은 한국의 환경을 직시할 때, 외국의 교육환경에 관심을 갖는 것은 부모로서 당연한 일이다. 아이들을 위해 유학 혹

은 이민을 고려
하는 것은, 한
국의 교육환경
에 문제가 있다
는 것을 단적으
로 보여주는 예
가 아니고 무엇
인가.

어쨌든 나 또한 이민 전에는 한국의 학부모로서 같은 마음이었으나, 이민 후 생각이 많이 바뀌었다. 가족과 함께 보내는 시간이 많아지자 자연스럽게 딸들과 대화하는 시간이 늘어났고, 화제 또한 다양해져서 공부만이 아니라 딸들의 학교생활 이야기를 통해 내 아이들의 현주소를 이해하기 되었기 때문이다. 내 아이들이 어떤 성적을 받고, 어떤 대학에 들어가고, 어떤 직업을 가질 것인가를 채근하기보다는, 그들이 스스로 어떤 삶을 선택하고 받아들이는지를 지켜봐 주는 것이 부모로서의 역할이 아닌가 싶다.

물론 호주에서도 더 높은 성적을 위하여, 더 좋은 대학에 가기 위하여 아이들을 학원(한국인이 경영하는)에 보내는 한국인

부모가 적지않다. 그러나 우리 가족은 매일 2시간 혹은 그 이상의 시간 동안 저녁식사를 같이하며 폭넓은 대화를 나누었고, 그것으로 학원 교육을 대신하였다. 물론 재정상 학원에 보낼 형편도 아니었지만, 무엇보다 딸들이 학원 교육을 원하지 않았기 때문이었다.

우리는 대화로 모든 것을 함께 나누었다. 당연히 학교 성적과 적성에 대한 이야기도 있었고, 호주에서의 삶과 변화에 대한 이야기도 있었고, 한국에서의 아빠의 삶과 경험담도 있었고, 한국에 있는 딸들의 친구들 모습도 있었다. 모든 것이 주제가 되었다. 특히 나는 딸들과 '행복한 삶'에 대한 이야기를 많이 나누었다.

이런 것이 바로 내가 생각하는 '아이들을 위한 호주의 교육환경'이다. 성적과 대학을 전제로 한 환경을 이야기하기보다, 자녀들이 성장하며 느끼고 경험하는 것들을 부모로서 함께 공유하고, 또한 부모의 경험담과 '어떠한 모습으로 살았으면 좋겠다'는 부모로서의 소망을 솔직하게 이야기하는 것. 그것이 내가 바라보고 경험한 호주의 교육환경이라 할 수 있다.

결국 자녀의 교육환경은 부모 자신의 삶의 변화로부터 시작되는 것이라고 생각한다. 자녀들과 허물없이 대화할 수 있는

열린 자세와 시간의 여부가 우리의 아이들에게 진정한 의미의 교육환경을 만들어주는 것이 아닌가 싶다. 이는 요즘 한국에서 회자되는 '저녁이 있는 삶'으로 요약될 수 있을 것이다.

또 한 가지, 우리가 이곳의 교육환경을 이해하기 위하여 먼저 알아두어야 할 것이 있다. 그것은 호주인들이 사회에 첫발을 내딛을 때의 사회환경이다.

일단 한국과 가장 비교되는 것은, 고교생들의 대학 진학률이 낮다는 점이다. 대학 진학은 전적으로 개인의 의지과 계획에 따른다. 기본적인 의무교육을 마치면 사회는 그들을 수용하고, 그들이 원하면 언제든지 다시 교육의 기회를 준다. 기술을 우대하는 사회이기 때문에 일정 기간이 지나면 고교 졸업자와 대학 졸업자의 소득 수준은 거의 비슷하다.

고교 졸업 후 대학에 진학하지 않고 사회에 진출하여 처음 받는 최저임금은 시간당 약 1만 8천 원이지만, 곧 2만원 혹은 그 이상으로 인상되는 것이 일반적이다. 정규 대학을 선택하기 전 전문학교에서 본인이 원하는 기술을 배울 수도 있고, 전문학교 졸업장을 이용하여 정규 대학 2학년 혹은 3학년으로 편입할 수도 있다. 전문교육기관(Tertiary)이 매우 조직적이고, 제도적으로도 정규 대학과 잘 연계되어 있기 때문이다.

결국 교육환경을 설명하기 위해서는, 그 사회가 개인들에게 제공하는 기회의 균등, 평가의 공정, 개인 삶의 다양성에 대한 존중 등 학교 교육 외적인 부분들도 짚어두어야 할 필요가 있다.

나의 이런 설명이 많은 분들에게 거부감을 주거나 혹은 '넘사벽'으로 느껴질 수도 있을 것이다. 물론 나는 한국과 호주의 비교를 통하여 한국사회에 자괴감을 주려는 것이 아니다. 이제는 한국 또한 기존의 교육 개념에서 벗어나야 한다고 말하고 싶을 뿐이다. 그리고 그것은 우리 부모들부터 시작되어야 한다. 줄을 세우는 사회에서 아이들을 1등으로 만드려는 부모들의 노력이 우리의 아이들을 얼마나 힘들게 하고 좌절시키는지 깨닫고, 아이들의 어깨에 올려놓은 그 짐들을 이제 내려놓아 주어야 한다.

대신에 우리 아이들을 위한 사회적 환경을 만들도록 노력하자. 그들이 최소 의무교육을 마치고 사회에 첫발을 내딛을 때 기본적인 생활을 할 수 있는 법정 최저임금을 상승시키도록 사회적 여론을 형성하고, 그들이 대학의 필요성을 느낄 때 언제든지 대학 교육을 받을 수 있도록 문을 개방하는 '기회의 공정성'에 대하여 관심을 가져야 할 때라고 나는 생각한다. 이는 자녀들을 위하여 부모들이 적극적으로 사회의 변화를 주도하고 목소리를 높여야 한다는 것을 의미한다.

아이들을 경쟁 속에 몰아넣고 '승리'만을 기대하는 보모가 되지는 말자. 밑도 끝도 없는 경쟁은 사회의 계층화를 가속시킬 뿐이고, 아이들은 원하지 않는 경쟁 속에서 너무도 일찍 좌절을 경험하게 된다. 우리의 아이들을 계속 이렇게 슬픈 사회환경에 방치할 수는 없다.

단순히 호주의 교육환경이 부러워 이민을 결정할 수도 있을 것이다. 하지만 교육환경이란 단순한 제도의 문제가 아니라 여러 가지 조건이 부합됨으로써 완성되는 것이다. 이제는 부모들이 생각을 바꾸어야 할 때이다. 부모가 변하면 우리의 아이들이 변할 수 있고, 변한다는 것이 나의 믿음이다.

마지막으로, 요즘 한국에서 사회적인 문제로까지 번지는 '왕따문화'에 대해 이야기해 두고 싶다.

호주에도 '왕따문화'가 있는가?

존재할 수도 있다. 그러나 '왕따문화'는 없다고 보는 것이 일반적이다. 왜냐하면 '왕따(Bully)'를 사회적 관점에서 범죄로 인식하기 때문이다. 물론 친한 그룹끼리 어울리는 것은 당연하지만, 친하지 않다는 이유로 다른 학생들을 배척하거나 괴

롭히는 경우는 거의 없다.

왕따(Bully)로 인한 문제가 접수되었을 경우, 학교 측에서는 먼저 사실 관계를 조사한다. 만약 왕따를 한 사실이 입증되면, 해당 학생은 퇴학 조치가 이루어진다. 앞서도 말했지만, 왕따는 사회적 범죄 행위로 간주하기 때문이다.

보통 전학을 위해서는 전학의 이유를 명기하여야 하는데, 이에 대한 증명서는 이전 학교에서 발급된다. 만약 전학의 사유가 왕따의 가해자인 것이 밝혀지면, 새로운 학교에서는 대부분 해당 학생의 전학을 받아들이지 않는다. 이러한 상황에서 그 누가 왕따를 통하여 다른 학생을 괴롭히겠는가? 학생들 또한 이러한 행동이 명백한 범죄 행위이며, 또한 이러한 행동으로 자신이 사회로부터 배척될 수 있다는 사실을 충분히 인지하고 있다. 따라서 소위 '왕따문화'는 일반적으로 존재하지 않는다고 보는 것이 옳다.

왕따문화에 대한 사회 내에서의 시각 또한 동일하다. 내가 다니는 버스 회사에서도 왕따에 대하여 엄격하게 규정함으로써 철저히 그 폐단을 관리하고 있다. 호주에서 태어난 호주인들을 우리는 오지(Aussie)라는 용어로 부른다. 우리 버스 회사에 근무하는 버스 운전사들은 세계 각국으로부터 온 이민자들과 호주인(Aussie)으로 구성되어 있는데, 모든 근무 조건은 동일하다. 만약 직접적이지는 않아도 어떠한 차별을 느낄 경우, 피해자는 보고서를 작성하여 경영자에게 전달하면 된다. 따돌림이 확인되는 경우, 가해자는 예외 없이 해고의 사유에 해당된다.

왕따(Bully)는 매우 심각한 사회적 패악의 하나다. 사실 왕따문화는 아이들의 문화라고 치부할 수 없다. 분명히 이것은 사회의 문제이며, 기성세대들의 문제이다. 사회에서, 직장에서 일어나고 있는 왕따문화가 우리의 아이들에게 전달된 것임을 우리는 인정하여야 한다. 분명 사회적인 패악인 만큼 단순히 자율의 기능에 의지하기보다 법제화하여 범죄로 분류해야 할 것이다. 상식이 받아들여지지 않는 사회라면, 엄격하고 단호한 법에 의존할 수밖에 없지 않겠는가?

호주의 교육제도

1. 교육제도

호주의 교육제도는 초등(Elementary School) 과정 7년과 고등 (High School) 과정 5년, 총 12년이 의무교육화되어 있다. 한국과 같은 별도의 중학 과정은 없고, 한국의 중학 과정은 고등 과정에 포함되어 있다고 생각하면 된다. High School의 경우 공립 고등학교(정부 운영)와 사립 고등학교로 나누어지는데, 내가 거주하는 애들레이드에도 많은 사립학교가 있다. 각 사립학교는 그 규모 혹은 학부모들의 선호도에 따라 등록금이 다르지만, 평균적으로 연간 2천만 원 정도라고 생각하면 된다.

왜 호주의 학부모들은 자녀들을 사립학교에 보내는 걸까? 사립학교가 학업 성적이 우수하고, 소위 명문대학에 입학할 수 있기 때문일까? 결론부터 말하자면, 대답은 'NO'이다. 공립학교도 명문이 있고, 이러한 명문 공립학교의 상위 1% 학생들의 성적은 사립학교의 학생들과 별반 다르지 않다. 나도 딸들이 이곳 명문학교 중 하나인 GIHS에 다녔기 때문에 그 과정들을 잘 안다. 물론 전체적인 평균점수를 생각하면, 사립학교가 공립학교보다 높은 것은 사실이다.

하지만 호주인들은 높은 평균점수를 기대하고 아이를 사립학교에 보내지는 않는다. 한국인들이 보통 떠올리는 이유와는 좀 다르다. 서구사회 자체가 다양한 개인의 성향을 인정하는 면이 있어서, 그것이 때로는 방종과 지나친 자유로 표현되기도 한다. 도시 외곽의 공립학교에서는 마약(Drug)을 하는 학생들이 종종 발견되어 사회적 문제가 되기도 한다. 그리하여 학부모들은 경제력이 허락되면, 규율이 엄격하고 건전한 가치관과 삶의 다양성을 강조하는 사립학교에 보내는 것이다. 대학 진학이나 취업을 생각한 선택은 아니라는 말이다. 내 주변의 실례로, 동료 중 존(John)이라는 친구의 딸이 애들레이드의 가장 유명한 사립학교인 Saint Peter's Girls를 졸업하였다. 버스 운전사로 일하며 자녀를 사립학교에 보내기는 조금 벅찼을 텐데, 분명 무언가 이유가 있었으리라 싶어 그에게 물은 적이 있다.

"Hi John, 자네 딸 이번에 졸업하지 않았나? 대학은 결정되었나?"

"No, 내 딸은 아직 대학에서 무엇을 공부할지 자신의 계획을 결정하지 못했다네. 딸 말로는 약 2년 정도 사회 경험을 하면서 전공을 선택하겠다고 하더군."

나는 순간, "아!" 하는 감탄사와 함께 깨달았다. 이것이 바로 호주의 교육이며, 호주 학생들의 삶에 대한 자세인 것이다.

2. 대학 진학을 위한 경로(Pathway)

호주의 고등학교에서 대학으로 진학하는 데는 두 가지 경로가 있다. 졸업 후 바로 대학에 진학하거나 전문대학을 경유하여 대학에 편입하는 과정이 그것이다. 하지만 앞에서도 설명했지만, 연령을 떠나서 본인에게 보다 폭넓은 지식이 필요하다고 생각이 들면 언제든지 대학의 문을 노크할 수 있다. 나도 조직 과정 및 전문대학(TAFE)에서 영어 과정 이수 후, 애들레이드 대학 경영대학원으로부터 입학 허가(Admission)를 받은 적이 있다.

비록 그때 버스 회사로의 취업이 결정되어 입학을 거절하였지만, 경영대학원에 입학 허가를 받는 과정이 어렵지는 않았다. 한국의 대학에서 무엇을 전공하였고, 어떤 종류의 직장생활을 하였으며, 경영대학원에 입학하려는 이유가 무엇인지 등을 지원서에 기재한 후, 나는 별다른 어려움 없이 Admission을 취득하였다. 10여 년 이상 호주에서 살며 느끼는 호주 대학의 선별 기준은, 최소한의 자격(성적)이 필요하긴 하지만, 무엇보다 '대학에서 공부하여야 하는 이유와 학생의 의지'를 가장 중요하게 생각한다.

하여 호주 고등학생들의 대학 진학률은 한국의 대학 진학률과 비교할 수 없을 정도로 낮다. 국가와 사회가 다양한 삶의 경로를 청소년들에게 제공하기 때문이다. 다음은 고교 졸업 후 바로 대학에 진학할 경우의 두 가지 경로이다.

1) IB(international Bachelor) : 국제학위

보통 IB 과정을 선택하는 목적은 두 종류로 나뉜다.

첫째, 이 과정을 통하여 취득한 성적으로 호주 외 다른 나라의 대학으로 진학하고자 선택한다. 한국이나 다른 아시아 국가(중국 등)에서 유학 온 학생들이 졸업 후 본국의 대학으로 진학하려는 목적으로 선택하는 경우가 많다. 둘째, 호주 국적을 가진 상위 성적의 학생들이 대학 과정을 선행하려는 목적으로 선택한다.

IB 과정은 대학 수준의 높은 학업 수준과 소논문(Essay) 등

을 요구한다. 11학년(한국의 고등학교 2학년)에 시작하는데, 12학년
이 되기 전에 50% 이상이 중도에 포기한다. 본국으로 돌아가
고자 하는 유학생들의 경우에는, 어렵지만 선택의 여지가 없
음을 알기에 울며 겨자 먹기로 IB 과정을 따라가는 학생들이
많다. 사실 거의 완벽한 원어민(Native) 수준의 영어 실력을 요
구하기 때문에 이 과정에서 유학생이 높은 성적을 얻기는 쉽
지 않다.

이렇게 어려운 과정임에도 불구하고, 문제는 한국의 대학
들이 호주의 IB 과정에 대한 인식이 부족하여 크게 인정해 주
지 않는다는 점이다. 호주에서 유학생 신분으로 IB 과정을 이
수한 지인의 아들이 한국 내 대입에 실패하여 호주의 대학으
로 진학한 것을 보고 놀란 적이 있다.

큰딸의 경우, 이 IB 과정을 졸업하고, 현재는 호주 맬버른
(Melbourne) 대학에서 치의학을 공부하고 있다. 나는 큰딸이 공
부가 힘들어 우는 모습을 수없이 목격하였다. 3학년 1학기의
6개월 동안은 수면 부족에 시달리기까지 하였다. 내신 30%와
한국의 수능 같은 대입능력시험 70%를 합산하여 최종 성적
이 산출되는데, 모든 문제는 주관식으로 출제된다.

특이한 것은, 성적 채점(Marking)의 공정성을 유지하기 위하

여 다른 학교의 선생님들이 돌아가며 채점을 하며, 그 결과가 국제 IB 협회(Association)에서 최종적으로 인증이 되어야 한다는 점이다. 이런 까다로운 과정을 거침에도 불구하고, 한국의 많은 대학들이 IB 과정에 대한 정보가 부족하다는 것은 참으로 아쉽다. 큰딸에 의하면, IB 과정을 공부하기는 힘들었지만, 현재 대학에서 공부하는 데는 큰 도움이 된다고 한다.

2) SACE(South Australia Certificate of Education) : 남호주 수학능력시험

SACE는 남호주(South Australia)의 대입시험이다. 호주는 각 주별로 대입시험제도를 갖추고 있다. 물론 다른 주 소재의 대학에 지원해도(Interstate) 아무런 제재가 없으며, 단지 주별 대입 명칭에 불과하다. IB 과정과는 달리 내신 70%와 수능시험 30%가 합산되어 최종 성적이 산출되는데, 학교시험과 수능시험 모두 주관식으로 출제된다. 내신 비율이 높아서 3학년부터는 내신에 많은 비중을 두고 공부하여야 하는 것이 IB 과정과의 차이점이다. 호주의 학생들 대부분이 각주별 대학 수능시험을 치르고 대학에 입학한다. 작은딸의 경우, SACE를 치르고, 현재 맬버른 대학에서 뇌신경공학(Brain Neuron Engineering)을 공부하고 있다.

내신에 비교적 자신이 있는 학생들, 혹은 IB 과정이 부담스러운 학생들이 선택하는 편이며, 호주 내 대학으로 진학을 계획하고 있는 유학생들이 선택하는 과정이다.

3) 기타 : 사회로 진출

사실 대학 진학률이 높지 않기 때문에 대부분의 고등학생들은 졸업 후 바로 사회로 진출한다. 진출하는 분야도 매우 다양하다. 호주는 제조업 국가가 아닌 관계로, 대부분이 서비스 업종으로 취업한다. 그래도 최저임금이 1만8천원 수준이기 때문에, 열심히 일한다면 부모의 도움 없이도 생활이 가능하다.

일부는 전문기술학교로 진학하여, 목공, 배관, 벽돌(조적), 전기배선 등의 기술을 배우고 사회에 진출하기도 한다. 특히 기술 직종의 경우, 전문대학부터 시작하여 약 10년간 같은 업종에 종사하면 연봉 1억 원을 상회한다고 하니, 굳이 대학에 진학해야 할 필요성을 못 느낄 수도 있다. 이 부분이 한국사회와 비교할 때 큰 차이점이라고 할 수 있다.

물론 앞서 설명한 바와 같이, 추가적인 지식의 필요성을 느낄 때에는 언제든지 대학에서 공부할 수 있는 기회가 존재한다. 이는 사회의 개방성과 기회의 균등, 경험의 평가에 대한 공정성에 기인한다고 볼 수 있다.

　운전을 하다 보면, 가끔 나이가 들어 보이는 사람이 학생 티켓을 요청하는 경우가 있다. 그들에게 학생증 제시를 요구하면, 전문대학(TAFE) 혹은 정규대학에서 공부를 하는 늦깎이 학생인 경우가 많다. 내 주변에도 파트 타임(Part Time)으로 대학에 다니는 동료가 있다. 호주에는 파트 타임 학생(Part Time Student) 제도가 있는데, 일반(Full Time) 학생의 재학기간이 4년이라면, 파트 타임 학생의 재학기간은 7년이다. 이는 직장생활을 하며, 대학 공부를 하는 학생들을 위한 제도이다.

3. 호주의 학자금 융자제도(HECS)

　호주의 대학생 학자금 융자제도를 HECS(Help Eligible Commonwealth Supported)라고 한다. 이는 호주 시민권자인 대학생들에게 제공되는 융자 서비스이다. 이 제도를 소개하는 이유는, 한국에도 이런 제도가 있었으면 좋겠다는 개인적인 생각 때문이다. 한국의 경우, 학자금 융자를 받은 학생들이 졸업 후 대출금 상환에 어려움을 겪고 있고, 상황이 어려운 경우에는 직장생활도 하기 전에 신용불량자가 되는 일이 비일비재하다고 들었다. 이런 상황들을 보면서 학생들의 입장에서 현실적인 융자제도의 개선이 필요하다고 느꼈다.

더구나 언론을 통하여 한국의 국가 재정의 운용 상태와 국민들의 소중한 세금이 헛되게 사용되고 있는 것을 접하며, 무책임하고, 무능하고, 부패한 정부에 분노마저 치밀어올랐다. 미래의 한국을 이끌어갈 대학생들을 신용불량자로 만들면서, 어떻게 한국의 정부는 미래를 이야기하는지 참으로 개탄스럽고 한심할 뿐이다.

간략하게 호주의 대학생 학자금 융자제도를 소개함으로써 나는 한국의 정부에 질문을 던지고자 한다. 대학생들에 대한 융자금 이자율이 저렴하다고는 하지만, 결국 이 또한 금융기관의 수익활동 중 하나가 되는 영리제도가 아닌가? 비영리제도로의 전환이 필요하다.

한국과 달리, 호주의 융자제도의 주관은 금융기관이 아니라 정부이다. 총 융자 한도는 약 1억 5천만 원 정도로, 이는 등록금이 비싼 의대와 수의학과 등의 학생들을 위한 총액 한도이다. 경영학과 등 일반 학과의 등록금은 4년간 약 4천만 원 정도이다. 학생들은 총액 한도 내에서 정부로부터 융자를 받을 수 있다.

등록금이 해결되었다고 해서 학생들이 아르바이트 등의 경제활동을 하지 않는 것은 아니다. 이들은 재학 중 활발하게 아르바이트 활동을 한다. 물론 나의 두 딸 또한 학업에 무리가 가지 않는 수준에서 아르바이트를 하고 있다. 아르바이트로 얻는 소득은 통상 생활비로 쓰인다. 호주의 대학생들은 부모로부터 독립하여 생활하는 경우가 많기 때문이다.

호주의 학자금 융자제도는 호주의 국민소득(2015년 기준) 약 5천만 원을 그 보장금액(Base)으로 한다. 보장금액(Base)이라고 하는 것은, 사회 진출 후 상환의무가 발생하는 연간 소득 수준이다. 이는 정부에서 매년 호주의 경제사정을 감안하여 조정하고 있다.

만약 A라는 대학생이 재학 중 정부로부터 4천만 원의 융자금을 받았다면, 졸업 후 연봉이 보장금액인 5천만 원 미만일 경우에는 상환의무가 없다. 호주의 경우, 1인당 국민소득은 생활을 위하여 보장되어야 한다고 인식하기 때문이다.

그렇다면 만약 의대를 졸업하고 첫 해에 1억 원의 연간 소득을 얻으면 어떻게 되는가? 호주 세무서(Tax Office)의 최종 소득 결정 후, 보장금액 5천만 원을 초과한 증가분(Incremental) 5천만 원에 대하여 일정 비율을 상환금액으로 결정하게 된다.

How much will my repayments be?

2015-2016 repayment rates

2015-2016 Repayment threshold	Repayment % rate
Below $54,126	Nil
$54,126 - 60,292	4.0%
$60,293 - $66,456	4.5%
$66,457 - $69,949	5.0%
$69,950 - $75,190	5.5%
$75,191 - $81,432	6.0%
$81,433 - $85,718	6.5%
$85,719 - $94,331	7.0%
$94,332 - $100,519	7.5%
$100,520 and above	8.0%

<출처>http://studyassist.gov.au/sites/studyassist/payingbackmyloan/loan-repayment/pages/loan-repayment#HowMuchWillMyRepaymentsBe

위에서 보는 바와 같이 54,126호주달러 이하는 상환금액이 발생하지 않고, 100,520호주달러 이상은 최고 8%의 상환금액이 발생한다. 이 모든 융자금의 재원은 정부예산으로 집행된다. 또한 융자금에 대한 이자율은 존재하지 않지만, 융자금의 실질 가치를 유지하기 위하여 매년의 소비자 물가 (CPI, Consumer Price Index) 상승률만큼 원금에 가산한다.

그렇다면 대학을 졸업한 후에도 취업을 미루면서 학자금 상환을 회피하는 자가 있을까? 만약 있다고 하더라도 그 비중은 제도 운영에 영향을 미치지 않을 것이다. 또한 소득의 증가를 희망하지 않는 사람이 어디에 있겠는가? 나는 이 제도야말로 사회의 합리적인 사고와 약속, 그리고 정부정책이 효과적으로 결합하여 이루어진 것이라고 생각한다. 호주의 세무서(Tax Office)는 대학생들의 융자 정보를 관리하고 있으며, 졸업 후 그들이 얻는 소득 또한 세무서에 신고되어 자동적으로 상환금액이 산출되고 납부된다.

대한민국 대학생들의 선배로서 나는 바란다. 우리의 후배들이 좌절과 포기보다는 긍정의 마음으로 학업에 열중하고 사회에 진출할 수 있기를, 부디 배움에 있어 금수저 흙수저를 마음에 담지 않을 수 있는 사회가 되기를!

마지막으로 한국의 정치인들에게 묻고 싶다.

"도대체 당신들의 존재 이유는 무엇인가?"

"

호주의 교육제도는

사람을 평가하고 줄을 세우려는 기관으로서가 아니라,

학생들의 인성과 그들의 미래를 위한

가치 형성에 그 목적이 있다.

교육제도 또한 국민들에게

균등한 기회와 공정성에 기반한

서비스의 하나로 인식되고 있다는 점이

한국과 일본 등 일부 아시아 국가와의

차이점이 아닌가 싶다.

"

15세 학업 중단한 소녀, 호주 최초의 여성 대법원장 되다

호주 대법원 113년 역사상 처음으로 여성 대법원장이 탄생했다. 호주의 〈선데이모닝 헤럴드〉는 지난달 30일(현지시간) 말콤 턴불 총리가 정년 퇴임하는 로버트 프렌치 대법원장의 후임으로 수잔 키펠(62·사진) 연방대법관을 지명했다고 보도했다. 공식 취임은 내년 1월 말이다.

'최초'라는 화려한 기록을 세운 키펠은 남다른 이력으로도 주목을 받고 있다. 턴불 총리가 지명 사실을 발표하면서 "키펠의 스토리는 영감을 준다"고 밝혔을 정도다. 퀸즐랜드 주 케언즈에서 태어난 키펠은, 우리나라 고등학교 1학년에 해당하는 10학년 때인 15살에 학업을 중단했다. 경제적으로 독립적인 삶을 살기 위해서였다. 직업학교에서 비서 교육을 받은 뒤 로펌에서 법률 비서로 일을 시작했다. 공부를 병행해 고등학교 졸업 자격도 얻었다. 법률을 공부한 끝에 1975년엔 퀸즐랜드 주 변호사가 됐다. 이후 캠브리지 대학에서 법학 석사학위도 취득했다. 현지 신문인 〈디 오스트레일리언〉에 따르면, 키펠은 "인생의 이른 시기에 길을 찾고 따라갈 수 있었던 건 행운이었다"며 "매 순간 지지와 격려를 받았다"고 말했다.

본격적으로 법조인으로 활동하면서 키펠은 유리천장을 하

나씩 깨기 시작했다. 1993년엔 여성 최초로 QC(Queen's Counsel, 여왕의 자문변호사)에 선정됐다. 명목상 호주의 국가원수인 여왕의 호칭을 사용해 최고의 변호사에게 수여하는 영예다. 1993년엔 퀸즐랜드 주 대법원 최초의 여성 대법관이, 2007년엔 세 번째로 여성 연방 대법관에 임명됐다.

키펠은 총리 지명을 받은 뒤 발표한 성명에서 "대법원이 출범한 1903년 이래 대법원장을 지낸 저명한 법조인들과 같은 길을 걷게 돼 영광"이라고 밝혔다. 또 "대법원까지 오는 여러 이슈들은 국민의 삶에 많은 영향을 미친다"며 "우리 사회 중요 기관인 대법원의 독립성을 유지하도록 하겠다"고 덧붙였다. 호주 법조계는 신임 대법원장 지명을 환영하고 있다. 호주 변호사위원회의 스튜어트 클락 회장은 "키펠은 이미 선구적인 여성 법조인"이라며 "그의 성공은 법조인을 꿈꾸는 젊은이들에게 영감을 주고 있다"고 밝혔다. 한편 키펠의 대법원장 임명으로 인한 대법관 공석엔 42세의 제임스 에델만 연방 판사가 지명됐다. 턴불 총리는 "1974년생인 에델만은 나머지 대법관들과는 다른 세대지만, 34세에 이미 옥스퍼드대 법학 교수를 지냈다"며 새 대법관의 젊음과 능력을 동시에 강조했다.

〈홍주희 기자 honghong@joongang.co.kr : 중앙일보 2016년 12월 1일자〉

약간 쌀쌀한 것만 빼면 오늘은 정말 완벽하게 아름다운 날이다.

모든 풍경이 수채화처럼 맑다. 밤새 내린 비는 세상의 먼지를 지우고, 아침의 햇살은 세상의 모든 것을 보석처럼 반짝이게 하는구나.

내 마음도 가볍고 감사하다. 모든 것들은 결국 순간이니, 그저 스쳐 지나갈 뿐인 그 순간에 집착하며 살지는 말자. 다만 그 찰나의 순간에도 열정을 다해야 한다는 것만은 명심하자. 시간을 기망한다면 반드시 그 대가를 치르게 된단다. 무엇을 하든, 어떠한 순간이든 열정과 최선은 우리 곁을 지나는 시간과의 대화임을 기억하렴.

보고 싶구나. 이제 20여 일만 있으면 너희들을 만날 수 있다고 생각하니 마음이 들뜬다. 6개월 만이지? 많이들 지쳐 있을 텐데 항상 밝은 모습을 잃지 않는 너희들을 보고 있노라면, 한편으론 가슴이 먹먹해지면서도 아빠는 이 감정을 행복이라고 느낀다. 엄마아빠는 그저 너희들의 존재만으로도 자랑스럽고 마냥 행복하단다.

언제나 이야기했었지. 아빠는 너희들이 항상 꿈꾸며 살아가기를 바란다고. 어떠한 상황에서라도 너희들의 꿈을 놓지 마렴. 직업을 꿈으로 제한하지 말고 삶을 즐기거라. 아빠는 우리 딸들이 멋있게 살았으면 좋겠다. 아빠 또한 꿈을 향해 최선을 다하는 모습을 너희들에게 보여주고 싶구나.

Obedience, 타인에 대한 복종이 아닌 내 자신에게 충실한 사람이 되렴. 자유와 평화와 행복을 꿈꾸는 자라면 스스로에게 먼저 충실하여야 하지 않을까?

사랑한다, 나의 딸들아.

호주의 다문화주의(Multiculturalism)

호주인들 또한 호주의 다문화주의를 매우 자랑스럽게 생각하고 있다. 얼핏 보면, 미국과 영국, 기타 백인(Caucasian) 국가에도 다양한 인종들이 모여 살고 있는데, 왜 그들은 '다문화주의 국가'라는 표현을 쓰지 않는 걸까? 나 또한 이 다문화주의를 이해하는 데 오랜 시간이 걸렸음을 인정할 수밖에 없다.

이민자들은 일정 기간이 지나면 호주의 국적을 취득하는 것이 일반적이다. 물론 영주권 상태로 남아 있을 수도 있다. 다만, 5년마다 영주권을 갱신하여야 하는 불편함을 감수해야 한다. 비록 영주권과 시민권 사이에 큰 차이는 없다고 해도, 호주 국민으로서 권리를 취득한다는 것은, 현실적이고 실질적으로 호주의 다문화주의에 편입되어 어떠한 편견 혹은 차별로부터 자유로워진다는 것을 의미한다.

호주는 종교 선택의 자유가 있으며, 따라서 어떠한 종교를 선택하든지 그 자유을 제한 받지 않는다. 공공장소에서는 어떠한 종교에 대하여도 비하적인 발언이나 차별을 느낄 수 없다. IS가 한창 중동에서 파괴적인 행동과 테러를 감행하고 있을 당시에도, 우리 버스 회사에서는 이슬람교도를 운전사로 채용하기도 했다. 이런 사실이 바로 극단의 다문화주의의 일면을 보여주고 있는 것이 아닌가 싶다.

대학에 들어가든 취업을 하든, 그 어떠한 경우에도 차별을 두지 않는다.
물론 완벽히 그 차별이 존재하지 않는다는 말은 아니다. 완벽한 사회란 존재하지 않는 것이니까. 다만

다수(Majority)가 다문화주의를 인정하고 받아들인다는 사실은, 분명 서구 다른 나라들과의 차이점일 것이다. 사실, 초기 영국에서 도래한 영국인들조차 이민자들이 아닌가? 아무튼 현재 호주는 거의 전세계로부터 온 이민자들로 구성되어 있으며, 호주의 기반을 이루고 있다.

Australian Government

Department of Social Services

https://www.dss.gov.au/our-responsibilities/settlement-and-multicultural-affairs/programs-policy/a-multicultural-australia/national-agenda-for-a-multicultural-australia/what-is-multiculturalism

What is multiculturalism?

In a descriptive sense multicultural is simply a term which describes the cultural and ethnic diversity of contemporary Australia. We are, and will remain, a multicultural society.

As a public policy multiculturalism encompasses government measures designed to respond to that diversity. It plays no part in migrant selection. It is a policy for managing the consequences of cultural diversity in the interests of the individual and society as a whole.

The Commonwealth Government has identified three dimensions of multicultural policy:

- cultural identity: the right of all Australians, within carefully defined limits, to express and share their individual cultural heritage, including their language and religion;
- social justice: the right of all Australians to equality of treatment and opportunity, and the removal of barriers of

race, ethnicity, culture, religion, language, gender or place of birth; and

- economic efficiency: the need to maintain, develop and utilize effectively the skills and talents of all Australians, regardless of background.

These dimensions of multiculturalism are expressed in the eight goals articulated in the National Agenda (see chapter one). They apply equally to all Australians, whether Aboriginal, Anglo-Celtic or non-English speaking background; and whether they were born in Australia or overseas.

There are also limits to Australian multiculturalism. These may be summarized as follows:

- multicultural policies are based upon the premises that all Australians should have an overriding and unifying commitment to Australia, to its interests and future first and foremost;

- multicultural policies require all Australians to accept the basic structures and principles of Australian society - the Constitution and the rule of law, tolerance and equality, Parliamentary democracy, freedom of speech and religion, English as the national language and equality of the sexes; and

- multicultural policies impose obligations as well as conferring rights: the right to express one's own culture and beliefs involves a reciprocal responsibility to accept the right of others to express their views and values.

As a necessary response to the reality of Australia's cultural diversity, multicultural policies aim to realize a better Australia characterized by an enhanced degree of social justice and economic efficiency.

Last updated: 7 November 2014 - 9:04am

다문화주의의 정의 또한 수시로 수정되고 업데이트(Up Date)되고 있다. 그 정의에 오해의 소지가 있다거나 혹은 그 의미를 확대하여야 하는 등 다양성의 인정과 그 수용에 필요하다면 정부는 수정하여 업데이트하고, 문서에 반드시 그 일자와 시간을 표기하게 되어 있다.

인도 이민자와 중국 이민자에 대한 이해

세계 주요 국가들을 보면, 인도인과 중국인들이 가장 큰 이민사회를 형성하고 있음을 알 수 있다. 이는 호주 또한 예외가 아니다. 내가 인도인 및 중국인 이민자들을 따로 설명하고자 하는 이유는, 같은 이민자로서 그리고 직장 동료로서 그들에게 배울 점이 많았기 때문이다. 또한 그들이 어떻게 세계에서 가장 큰 규모의 이민사회를 형성하고 있는지에 대한 이유도 알 수 있었기 때문이다. 더불어 자연스럽게 한국인 이민자들과의 차이점을 발견할 수 있었기 때문이다. 호주 외 다른 국가의 이민사회까지는 알 수 없으나, 호주 내에서 그들의 모습을 보면서 느꼈던 점들을 이야기해 보고자 한다.

1. 인도 이민자

세계에서 가장 큰 이민사회를 형성하고 있는 사람들은 인도인들이다. 호주는 물론이고 미국, 영국, 뉴질랜드 그리고 피지 등의 많은 나라에서 예외 없이 인도인들은 가장 큰 규모의 이민사회를 형성하고 있다. 세계 각국에 이민자로 살고 있는 인도인의 규모가 약 4천만 명에 이른다는 기사를 본 적이 있다. 게다가 이들이 세계 각국에서 벌어들이는 돈은 인도로 다시 송금된다. 그 엄청난 송금액은 인도 경제 발전의 근간이 되었다고 할 수 있다. 그들은 왜 자신이 벌어들인 돈을 인도로 송금하는 것일까?

나는 인도인 동료로부터 인도와 관련된 많은 것들을 들을 수 있었다. 인도는 수천 년을 내려온 카스트제도가 여전히 인도문화의 중심에 있다. 승려계급인 브라만, 무사계급 크샤트리아, 일반 농부나 서민인 바아샤, 그리고 노예인 수드라. 이 중 브라만의 경우는, 인도의 정치 · 경제의 중심에 있기 때문에 이민을 선택하기보다 인도 내에서 그들의 권위를 누리며 생활한다.

다수의 크샤트리아와 일부의 바아샤 계급의 인도인들이 이민을 선택하는데, 이민을 위한 이들의 노력은 처절하다고 한다. 세습되는 계급에, 대학을 졸업하여도 낮은 임금으로 생활하여야 하는 상황에서 이민은 그들에게 매우 유혹적인 최선의 대안이 되고 있는 듯하다. 그들이 이민을 결정하는 데는 아주 중요한 두 가지 요소가 존재한다.

첫째, 인도인들은 한 사람의 이민자를 만들기 위하여 가족 모두가 힘을 합친다. 이민과 관련한 모든 비용을 가족 모두가 부담하는 것이다. 당연히 선호되는 이민국가는 상대적으로 소득 수준이 높은 영국, 호주, 뉴질랜드 및 미국이라고 한다. 그리하여 이민이 결정되면, 그들은 이민국가에서 생존을 위한 엄청난 노력을 한다. 호주에서는 인도인들을 '일벌레(Hard Worker)'라고 부른다. 이들은 돈이 되는 일이라면 종류를 가리지 않는다. 초기 그들의 수입 중 많은 부분은 인도의 가족들에게 송금된다. 그들이 해외에서 가족을 부양하는 것이다.

초기 이민 입국 후 인도인들은 비용을 아끼기 위하여 여러 명이 모여 조그마한 방 하나를 기존의 인도인으로부터 임대하여 같이 생활한다. 이들은 정보를 공유하며, 한 사람 한 사람씩 일자리를 찾고 결국 독립한다. 이러한 인도인 중에는 버스 운전사도 많다. 호주의 택시 운전사는 80% 이상이 인도인인데, 이들의 꿈은 버스 운전사가 되는 것이라고 한다. 아무튼 이렇게 경제적으로 독립한 인도인들은 본국으로 돌아가 부모가 정해 준 배필과 결혼한 후 다시 호주로 돌아온다.

기존의 이민자가 영주권자이므로 당연히 그 배우자는 2년간의 배우자 비자(Visa)를 받은 후 영주권을 취득하게 된다. 이후 이들은 가족이민 혹은 고용비자 등을 통하여 한 사람씩 가족을 불러들인다. 즉, 한 사람의 인도인 이민자로 인하여 여러 명의 인도인들이 순차적으로 이민자의 대열에 합류하는 것이다. 이런 까닭에 호주의 경우 이민쿼터를 줄였음에도 불구하고, 인도인은 현재도 그 숫자가 계속 늘어나고 있다고 한다.

둘째, 인도인들의 뛰어난 영어 실력이다. 그들의 뛰어난 영어 실력은 그들 삶의 옵션(option) 중 하나임에 틀림없다. 동료 인도인 운전사에게 물은 적이 있다.

"인도인들은 어떻게 그리 영어를 잘 구사하는지, 그 방법이 궁금하다."

그의 대답은 의외로 간단했다. 인도인의 언어인 힌두어와 영어는 그 구조가 완전히 다르다고 한다. 하지만 그들도 대입시험에 영어 과목이 있고, 전공과 관계없이 대학을 졸업하기 위해서는 영어를 원어민(Native) 수준으로 구사해야 한다고 한다. 한국처럼 TOEIC 점수를 기준으로 하는 것이 아니라 Speaking, Listening, Reading, Writing 등 모든 영역에서 일정 수준에 이르지 못하면 졸업이 안 된다는 것이다.

게다가 인도인들은 일상생활에서는 힌두어를 사용하지만, 관공서 등 정부기관에서는 영어가 공식 언어이다. 인도인들에게 영어는 대학을 졸업하기 위한 필수 과목인 동시에 생활에 필요한 언어인 셈이다. 학교의 영어 교육 정책과 정부의 제도가 그들을 세계인으로 만들고 있는 것이다.

인도에서도 대입을 위한 영어 사교육이 존재하는지 어떤지 나는 모른다. 하지만 그 비용이 존재하더라도, 그들에게 영어라는 언어를 실용적으로 전환시키는 교육제도와 정부제도가 있다는 점은, 아직도 영어라는 언어를 위하여 천문학적 돈을 들이면서도 실용적으로 활용하지 못하고 있는 한국과 비교된다.

인도인들은 많은 정보를 공유한다. 그들의 정보는 이민의 역사만큼이나 체계적이고 정확하다. 하지만 그 정보를 자유롭게 공유하는 것은 아니다. 그들은 호주의 한국인 교포협회처럼 자신들만의 모임을 가지고 있는데, 가입 여부는 개인의 자유지만 가입한 자와 비가입자 사이에는 엄청난 차이가 존재한다. 비가입자에게는 정보를 공유하지 않으며, 같은 인도인이라도 그 관계는 배타적이다.

가까운 예가 있다. 우리 회사는 인도인 버스 운전사의 비율이 약 40%에 육박하며, 그 비중이 계속 증가하고 있다. 회사에는 공식적으로 모든 직원들을 대상으로 하는 사우회가 있지만, 인도인들에게는 그들만의 사우회가 따로 존재한다. 사우회라고는 하지만, 매우 배타적인 조직이다. 가입자들은 회사 및 사회활동 전반에 관련된 정보를 공유할 뿐만 아니라, 회사 내 가입자의 문제 발생 시 적극적으로 개입하고 보호한다.

또 이런 말도 있다. 인도인이 산 차는 거의 잔고장이 없다, 인도인이 구매하는 부동산 지역은 향후 가치가 상승할 수 있다. 이들의 경제 행위는 인도인 사회에서 오랜 기간 축적되고 있는 정보에 근거한다.

내가 살고 있는 지역에 최근 인도인이 기존의 주택을 허물고 집을 새로 지은 곳이 있다. 내가 알기로는 기존 주택의 매매가가 10억 원에 육박하였던 것 같은데, 어떻게 매매가 가능하였을까? 나중에 알게 된 사실이지만, 인도인 네 가구가 분할 투자하여 매입하고 신축하였다고 한다. 이곳은 현재 주택 가격이 급격하게 상승하고 있는 지역이다.

인도인들은 이러한 방법들을 통해 부동산을 통한 자본 이득을 취하고 있다. 호주 내에서 인도인 이민사회의 경제적 비중이 갈수록 증가하고 있는 이유이기도 하다. Post Emerging Country인 India의 인도인들의 모습이다.

2. 중국 이민자

중국인들의 파워는 세계 어느 곳에서나 실로 엄청나다. 별도의 이야기가 필요없을 만큼 최근 중국인들의 모습은 우리 모두를 충분히 놀라게 하고 있다. 여기에서는 호주사회에서의 몇 가지 중국인 모습을 간략하게 설명하고자 한다.

호주 이민사회에서 중국인은 보통 두 유형으로 나뉜다. 첫째는 막대한 자금을 이용한 투자이민 그룹이며, 둘째는 호주 영주권을 목적으로 하는 유학생 그룹이다.

최근 투자이민의 최소금액이 상향 조정되었음에도 불구하고, 중국인들의 투자이민은 급격하게 증가하고 있다. 이들은 거의 '묻지마' 식으로 부동산을 매입하고 있다. 그들이 선호하는 지역, 특히 명문고등학교가 위치한 주변은 시장가격에 상관없이 주인에게 훨씬 더 높은 가격을 제시함으로써 부동산을 취득한다. 중국의 부동산 버블을 그대로 호주로 옮겨놓고 있는 실정이다. 중국인 소유의 부동산을 더 높은 가격으로 또 다른 중국인들이 구입하는, 일종의 부동산 릴레이라고도 할 수 있다.

또한 알려진 대로 중국인들의 교육열은 상상을 초월하지만, 의외로 자녀에 대한 기대는 간단하다. 의대와 법대를 갈 수 없는 성적이면 일찍부터 장사(Business)를 가르친다. 이런 까닭에 중국인들은 호주의 법조 정치계 및 의료계에서도 파워를 자랑하고, 차이나 타운을 중심으로 한 도소매 유통으로부터도 막대한 부를 축적하고 있다.

이것이 호주 이민사회에서 내가 느끼고 본 중국인들의 대표적인 모습이다.

마지막으로 중국인들의 상도덕과 관련된 한 가지의 예를 들어보고자 한다. 이는 한국인들의 상도덕과는 매우 대비되는 것으로, 왜 그들이 전세계의 '화상(華商)'으로 불리는지를 알 수 있는 부분이다. 이 이야기는 내가 알고 지내는 중국인으로부터 들은 사실이다.

중국인들은 종업원을 고용할 때, 그들 간의 이면 계약을 따로 체결한다. 그 계약 내용은, 법적 최저임금보다 낮은 임금의 고용계약이다. 여기까지는 한국인들의 고용계약과 동일하다. 하지만 지금부터가 전혀 다르다.

그들의 이면 계약이란, 몇 년 이상 근무를 하게 되면 주인은 종업원을 위하여 같은 업종의 가게를 열어주겠다는 약속이다. 그 계약 기간 동안 주인은 종업원을 신뢰하며 교육하고, 종업원은 주인을 위하여 열심히 일을 한다는 것이다. 한 가지 더 있다. 같은 업종의 가게를 오픈하기 때문에, 중국인들은 기존의 상권에 피해를 주지 않는 거리를 철저하게 준수한다. 이를 무시하면 그들 간의 상도덕에 위반하는 것이고, 결국 철수하게 된다.

이와 같은 중국인들의 상권 확장은, 철저하게 각자의 생존을 전제로 한다고 할 수 있다. 배워야 할 점이긴 하지만, 한국인들에게는 참으로 배우기 쉽지 않은 상도덕이라고 하겠다.

버스 운전을 하면서 일어나는 에피소드는 다양하다. 때로는 재미있기도 하고, 때로는 슬프기도 하다. 언어와 문화는 달라도, 결국 대중교통이라는 서민들의 최전선에서 일어나는 에피소드들은 내게 또 다른 삶을 느끼게 해주는 원동력이다.

새벽차를 운행하고 있을 때였다.

운전석 백미러로 몇몇 젊은 친구들이 술을 마시는 것이 보였다. 한국도 마찬가지겠지만, 호주에서도 버스 내에서 술을 마시거나 음식을 섭취하는 것은 금지되어 있다. 특히 음주는 운전사와 다른 승객들의 안전을 위해 매우 엄격하게 금하고 있다. 그들이 술을 마시며 버스 안에서 떠드는 소리는, 새벽부터 일터로 향하는 다른 승객들을 피곤하게 할 뿐 아니라, 운전을 하고 있는 나의 집중력 또한 떨어뜨리는 행위였다.

"여보게 친구들, 버스 안에서 술 마시는 것은 법으로 엄격하게 금지하고 있는 것 알지?"

나는 주의를 주었지만, 그들은 술을 숨기고 마시지 않았다며 웃었다. 아니 조롱하듯이 대답하였다. 이런 일이 생기면 늘상 '내가 아시안이기 때문에 얕잡아보는 걸까' 싶은 생각이 드는 건 어쩔 수 없었다. 운전석으로 돌아와 백미러를 보니, 그들은 다시 술병을 꺼내 들고 술을 마시며 떠들어댔다. 다시 버스를 정차시키고 그들에게 다가갔다.

"OK, 술은 계속 마셔도 좋다. 나는 분명히 너희들의 행동이 위법이라는 사실을 이야기했고, 버스 안에는 총 6대의 감시카메라(Surveilance Camera)가 설치되어 있다. 물론 너희들의 모든 대화 내용도 녹음되고 있다. 기회를 주겠다. 즉시 버스에서 내려라! 내리지 않을 경우, 나는 경찰의 도움을 요청할 수밖에 없다."

하지만 그들의 반응은 더 어처구니가 없었다. 나의 주의 따위는 아랑곳 없이 이제는 아예 술병을 꺼내 들어 술을 마시는 것이 아닌가! 그 순간 내가 취할 수 있는 방법은 차고지에 연락하여 도움을 청하는 것뿐이었다. 나는 즉시 무전기를 들고 상황을 설명하기 시작했다.

"Bus No XXX, 현재 세 명의 젊은이(Young Guys)들이 버스 내에서 술을 마시며 큰 소리로 떠들고 있음. 다른 승객에게도 불쾌함을 초래하고 있으며, 안전운행에도 장애를 초래하고 있음. 경찰의 도움을 요청함."

그들이 나의 목소리를 들어야 했기 때문에 나는 아주 큰 소리로 무전 내용을 전하였다. 잠시 뒤, 나는 다시 무전기를 들고 말했다.

"Controller Thanks, 두 명의 경찰이 Rundle Street에서 기다리고 있다고? Roger, 그곳까지 정차 없이 운행하고 세 명의 젊은이들을 경찰에 인계하도록 하겠다, Roger!"

뒷자석에서 나의 무전 내용을 듣고 있던 세 명이 나에게로 다가와 버스에서 하차하겠다며 문을 열어 달라고 했다. 나는 단호하게 거절하면서 "No, Too Late, 경찰들이 너희들을 기다리고 있기 때문에 정차 없이 East Terrace까지 가야 한다."고 선언했다. 그들은 내게 잘못했다고 빌면서 제발 정차하고 문을 열어 달라고 사정하는 것이 아닌가?

결국 나는 아주 외딴 곳에 버스를 정차시키고, 문을 열어 그들을 내려주었다. 겨울바람이 매섭게 불어대는 새벽, 게다가 그곳은 버스 운행이 아주 드문 곳이었다. 그들은 버스에서 내리자마자 오른쪽 운전석 창문으로 다가오더니 나에게 갖은 욕설을 하기 시작했다. 나는 웃으면서 그들에게 말했다.

"It was fake, catch the next bus after one hour! Good luck, Guys(거짓말이었어, 다음 버스는 한 시간 후야! 행운을 비네)."

나는 무전기를 On으로 하지 않은 채 그들에게 들리도록 큰 소리로 이야기한 것이었다. 물론 그들은 내가 관리자(Controller)와 이야기를 나눈 것으로 생각하였고, 경찰에 체포되면 여러 가지 성가셔질 것을 알기에 나에게 내려 달라고 한 것이었다. 그들은 내가 "Fake"라고 하는 순간 도로에 털석 주저앉으며 '완전 당했다'는 표정이 되었다. 나 또한 그들의 모습 따위는 아랑곳하지 않고, 다른 승객들을 위하여 시간 스케줄에 맞추어 운행을 계속하였다.

호주의 버스는 기차처럼 운행 시간표에 의거하여 운행하기 때문에, 버스 안에서 발생하는 모든 일들을 일일이 경찰의 도움을 받아 해결할 수는 없다. 때로는 다른 운전사들의 경험 혹은 내 스스로의 경험을 통하여 유연성 있게 대처할 수밖에 없다.

3장

하루가 달리 변화하는 세상 속에서 남들보다 더 높은 위치와 연봉은

더 이상 삶의 기준이 될 수 없다. 우리는 분명 새로운 가치를 추구하여야 한다.

그 가치는 바로 행복이다. 하지만 앞만 보고 달려가야 하는 사회, 매 순간 비교의 대상으로

살아야 하는 현실에서 우리는 어떠한 행복을 찾을 수 있을까?

나는 감히 호주에서의 삶을 통하여 내가 느낀 새로운 인식을 이야기하고자 한다.

두 딸을 둔 학부모로서, 청년들의 현실과 마음을 진정으로 이해하고 싶은

선배로서의 조언이다.

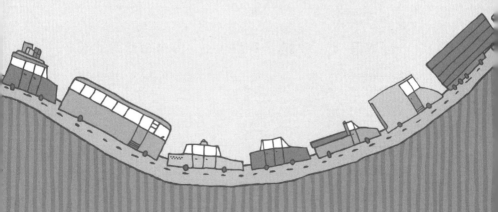

학부모로서

아마도 내 또래의 대부분이 한국의 현실에 한숨 쉬며 자녀들의 미래와 관련하여 걱정이 많을 것이다. 솔직히 말하자면, 나 또한 한국에서 계속 살았다면 변화의 필요성을 스스로 인지하고 실행에 옮겼을 거라고는 확언할 수 없다. 지금 한국의 학부모와 같은 입장에서 내 딸들을 바라보며 여러 근심 안에 있었을 것이다

냉정히 말하면, 이 모든 것이 한국사회가 만들어낸 한국교육의 결과이다. 하지만 이제 우리가 결정하여야 한다. 부모가 금수저인지 흙수저인지에 따라 아이들의 미래가 결정되는 비뚤어지고 불공정한 사회 속으로 우리의 아이들을 내몰 것인지, 사회적 편견과 불공정 속에서도 충분히 행복을 추구할 수 있다는 믿음을 선물할 것인지는 우리 부모들의 선택과 행동에 달려 있다.

먼저 모든 것이 상대적인 관점이라는 사실을 말해 두고 싶다. 호주에 살고 있는 나와 한국의 학부모 사이에는 분명 큰

관점의 차이가 있을 것이라는 것도 인정한다. 하지만 그것을 국가 간의 차이라고 무시하거나 자괴감으로 해석해서는 안 될 일이다. 기성세대인 우리의 변화는 결코 우리 자신을 위한 변화가 아니며, 우리 아이들이 미래에 대한 새로운 가치관을 구축하는 출발이 될 것이다. 그 변화를 유도하기 위해서는 용기가 필요하며, 용기 있는 결단과 행동만이 변화를 확인할 수 있는 것이라고 나는 믿는다.

사실 우리 가족의 경우, 이민은 갑작스러운 선택이었다. 아내와 아이들의 단기유학이 원인이 되어 이민을 결정하게 되었는데, 그 이유는 간단하고 명료하였다. 딸들이 그곳에 살면서 공부하고 싶다고 했기 때문이었다.

"아빠, 우리 호주에서 살면 안 돼? 우리 여기서 살고 싶어!"

딸들이 태어난 후 아빠로서 한 일이 무엇이었는지 아무것도 기억할 수 없었던 나는, 아이들의 말에 충격을 받았다. 직장생활을 하는 동안은 일이 바쁘다는 핑계로, 이 사회에서 살아남아야 한다는 강박감 등으로 가족은 항상 뒷전이었기에, 그 순간 아이들의 희망을 꺾을 수 없었던 것이 솔직한 나의 마음이었다.

당시 열세 살과 열 살이었던 딸들은 호주에서 초등학교 7

학년과 4학년에 재학 중이었다. 한국으로 돌아오든 호주에 정착하든, 아이들에게 있어서는 가장 중요한 시기였다. 나는 이제 나보다는 그들에게 선택의 기회를 주어야 한다고 생각했다.

마흔이 넘은 내가 이민을 가겠다고 하자, 주위에서는 우려의 목소리도 높았다. 이민을 추진하기에는 너무 늦지 않았냐는 소리도 들었다. 하지만 늦었다는 것이 불가능을 의미하는 것은 아니기에, 나는 이민 결정과 함께 가장으로서 최선을 다하였다. 그때의 나의 결정은 내 삶에서 가장 중대한 결정이었고, 아마도 후회 없는 결정으로 남을 것이다.

한국이 아닌, 호주에서 산다는 사실 때문에 중요한 결정이라고 한 것이 아니다. 내가 온전히 가족과 함께, 그들과 나누는 삶을 선택했다는 의미에서 중요한 결정이라고 한 것이다. 또한 딸들의 삶과 그들의 미래를 위하여 내가 무언가를 할 수 있을 때 결정하는 것이 후회하지 않을 것이라는 스스로의 믿음 때문이었다.

이후, 나뿐만이 아니라 우리 가족의 삶은 변하기 시작했다. 아이들은 성적에 연연하기보다 친구들과의 관계를 더 소중히 여기며 경쟁보다는 협력의 가치를 배우게 되었고, 나 또한 육체적으로 힘들기는 해도 무한의 경쟁에서 벗어날 수 있었다. 미래에 대한 불안으로 가족과 떨어져 일에 매달려 있기보다, 현재에 충실하며 가족과 함께하는 시간이 삶의 가치를 지켜낼 수 있을 것이라는 믿음으로 바뀌는 중요한 계기가 되었다.

부끄럽지만, 학부모의 한 사람으로서 느꼈던 것들을 이야기하고 싶다.

1. 부모도 끊임없이 공부하고 선택의 순간을 대비하여야 한다

직장생활을 하면서도 나는 영어라는 언어에 관심을 잃지 않았다. 그 이유는 먼 훗날 내가 이민을 갈 수 있다는 가능성 때문이 아니라, 세계가 개방되면서 국경보다는 사람과 문화가 중요해질 것이라는 나름대로의 믿음 때문이었다. 그리하여 직장생활을 하면서도 뛰어나지는 못해도 평균 이상의 영어 능력을 유지할 수는 있었다. 집에서도 아빠가 공부하는 모습은 아이들에게 자극이 될 거라고 생각했기 때문에 책을 가까이 하였고, 영어라는 언어를 통하여 세계와 소통함으로써 그 변화를 조금은 일찍 느끼고 판단할 수 있었다.

결국 이러한 과정은 영주권 신청 시 한 번의 시험으로

IELTS를 통과할 수 있었던 밑거름이 되었다. 무엇이 되었든 관계없이 본인이 좋아하고 관심이 있는 분야에 대한 지속적인 관심과 공부는, 언제가 되든 결국 매우 중요한 시기에 도움이 될 것이라고 나는 믿는다. 이러한 모습은 자녀들에게도 영향을 주기 때문에 아이들의 삶에 긍정적으로 반영되고, 가족 간 대화 중에 중요한 주제가 될 수도 있다.

물론 나의 경험을 주장하고자 하는 말이 절대 아니다. 모두의 상황과 위치가 다르니, 모두 각자의 방법이 있을 것이다. 내 경우에는 '아이들보다 한 발짝만 앞서 준비하고 생각하자! 그것이 최소한의 나의 의무이다.'라고 생각하고 있다.

대부분의 한국인 부모들은 '부모가 성공해야 아이들의 미래가 보장되고, 그 성공을 담보로 아이들을 뒤에서 서포트하는 것이 부모로서의 역할'이라고 생각하고 있다. 그러나 다른 관점에서 본다면, 부모의 사회적 성공과 유지를 위한 노력이나 시간들에게 우리의 아이들이 희생당하고 있는 것일 수도 있다.

뒤에서 밀어주는 역할을 언제까지 할 수 있을까? 사실 뒤에서 밀어준다는 것은 그 방향타를 부모가 쥐고 있다는 말이 된다. 자녀들은 본인의 의지보다 부모가 쥔 방향타에 의거하여 성장하고 사회 속으로 나아가게 된다. 하지만 언젠가 우리의 아이들은, 자신이 원했던 삶이 아니라 부모가 원했던 삶을 살면서, 최선이 아닌 최고를 지향하는 사회 속에서 결국 혼란을 겪게 될 것이다.

혹은 뒤에서 밀어주지 못하는 상황이 온다면 어떻게 될까? 아이들은 홀로서기를 하여야겠지만, 언제나 부모의 생각대로 움직이기만 했던 아이들은, 스스로 선택해야 하는 상황에 익숙하지 못해 또 다른 좌절을 맛보게 될 것이다. 결국 좌절은 그들의 경험을 통하여 극복될 것이나, 그 상황을 극복하는 과정에서 많은 기회와 소중한 시간들은 잃어버리게 될 것이다.

이때 부모로서 우리가 해줄 수 있는 조언은 무엇일까?

나의 경우는, 아이들이 방황하기 전에 내가 먼저 방황해 보고, 아이들이 결혼하여 가족을 이루기 전에 먼저 가족의 모습이 어떠해야 하는지를 보여주기 위하여 노력한다. 나의 노력은 아이들과의 자연스러운 대화로 연결이 되고, 그 대화 안에는 믿음과 존중이 존재한다. 나는 그 어떤 대화보다도 아이들과의 대화가 어렵고 힘들다고 생각한다. 그러하기 때문에 더욱 그 대화를 위하여 부모인 우리는 많은 준비와 용기가 필요하다.

아이들이 보지 못하는 뒤에 서 있지 말고, 아이들이 볼 수 있도록 조금만 앞서 걸어가면 어떨까?

2. 부모의 용기와 믿음은 아이들에게도 전염이 된다

살다 보면 수많은 어려움을 겪게 되고, 이러한 고난의 과정은 당연히 아이들에게 영향을 준다. 특히 사춘기라면 더욱더 민감할 수밖에 없다. 어떠한 경우이든, 부모로서의 우리는 아이들 앞에서 낙담하거나 용기를 잃어서는 안 된다.

현재의 상황을 거짓으로 포장하라는 말이 아니다. 오히려 아이들과의 솔직한 대화가 중요하다. 아이들에게 있는 그대로의 상황을 솔직하게 이야기하고, 가족으로서 같이 극복할 수 있다는 믿음을 주어야 한다. 나의 경험에 비추어볼 때, 아이들은 부모들이 알고 있는 것보다 훨씬 더 대견하고 가족을 소중히 여긴다. 부모가 자식들을 보호하는 일방적인 관계가 아니라, 아이들 또한 가족의 상황과 관계에 참여하고 기여하고자 하는 적극적인 태도를 갖고 있다는 뜻이다.

나의 경우, 호주로 이민을 가기 전의 2년간 매우 곤란하고 어려운 상황이었다. 새벽에 신문 배달을 하고, 바로 음식점 주방에서 보조일을 했으며, 그 이후에는 파주의 한 공장에서 정밀 나사를 제조하는 일을 하기도 하였다. 특히 파주의 공장에서의 일은 열 처리 후 휘어진 원재료를 망치로 일일이 펴는 것이어서, 처음 한 달은 젓가락을 못 쓸 정도로 육체적으로 힘들었다. 두 딸의 표정은 어두웠고, 왜 우리 아빠가 그런 일을 하는지 매우 혼란스러워했다.

나는 두 딸에게 말했다.

"아빠가 지금 좀 많이 힘든 상황에 있거든. 하지만 아빠는 곧 극복할 것이고, 오래 걸리지 않을 거야. 중요한 사실은, 힘든 일이기는 하지만 현재 아빠가 일을 하고 있다는 게 아닐까? 아빠를 믿어주었으면 좋겠어. 너희들은 너희들 자리에서 최선을 다하면, 분명 우리 가족은 지금의 어려운 상황을 극복할 수 있을 거야."

"아빠, 우리 걱정은 하지 마. 우리는 아무렇지도 않아. 아빠, 다치지 말고, 아프면 안 돼. 아빠가 매일 바쁘다고 집에 늦게 들어오는 것보다 지금이 더 좋아."

당시 초등학교 5학년이었던 큰딸의 이 말이 나에게는 세상에서 가장 큰 힘이 되었다.

여기에서 중요한 한 가지는, 아빠로서의 내가 당시 일을 하고 있었다는 점이다. 일의 성격 혹은 외부의 시선을 의식하지 않고, 나는 가족을 위하여 일하는 것을 주저하지 않았다. 상황을 있는 그대로 받아들이고, 가공하거나 부정하지 않았다. 만약 내가 아빠로서 그리고 가장으로서의 길을 잃고 방황하고 좌절하였다면, 어떻게 되었을까?

현재의 상황을 솔직하게 받아들이고, 그 상황에서 최선을 다하는 아빠의 모습을 보면서 아이들은 용기와 믿음을 얻게 된다. 이는 나의 경험으로부터 온 확신이기도 하다.

3. 길 위에서 길을 묻다

어떤 힘든 상황이라도 그것을 있는 그대로 받아들이고, 좌절이나 방황 대신 일을 중단하지 말자고 말했지만, 사실 우리 세대의 친구들은 이제 정년퇴직을 목전에 두고 있다.

어찌하여야 하나? 재취업이 그리 쉬운 것도 아닐 텐데 말이다. 게다가 창업이라는 건 그 성공률이 5% 내외라는 조사 결과를 보면, 현재의 50대에게 주변의 모든 상황들은 그렇게 우호적이지 않은 것 같다. 하지만 아직도 대학을 다니거나 수능을 준비하고 있는 자녀들이 있음을 감안할 때 상황은 더욱 어려워질 것이다. 그런 부모의 모습을 바라보는 자녀들 또한,

부모가 처한 상황이 다시 그들의 모습일 될 수도 있다는 생각에, 실현되지 않은 좌절을 경험하게 될 수도 있다.

나와 같은 세대들에게 한 가지 분명한 메시지를 전달하고 싶다.

길 위에서 길을 물어보자!

세상은 급속하게 변하고 있고, 현재의 상황들이 얼마나 지속될지는 아무도 모른다. 현재 다니고 있는 직장에서 평생 근무하고 싶어도, 이는 분명 개인의 소망일 뿐이라는 것이 현실이다. 왜냐하면 그 회사가 얼마나 오랫동안 경쟁 안에서 생존할지는 개인이 선택할 수 있는 문제가 아니기 때문이다. 세계적으로 독점적 기술을 지속적으로 유지한다는 것은 거의 불가능하고, 중국과 인도는 값싼 노동력뿐 아니라 최첨단 기술 산업으로 갈수록 한국의 입지를 좁히고 있고, 확산되고 있는 세계보호무역주의는 한국의 직장인들에게 갈수록 커다란 불안감을 안겨주고 있다.

호주에 살고 있는 나도 언제나 '길 위에서 길을 물어보자'는 생각을 견지하고 있다. 왜냐하면 내가 세상을 바꾸는 것이 아니라, 바뀌어 가는 세상 속에 내가 존재하기 위해서는 '내가 바뀌어야 할 뿐만 아니라 준비하고 있어야' 하기 때문이다. 현재 나의 모습 이후의 나의 모습을 미리 그려보고 준비하는 것, 그것은 현직에 있을 때 다음(Next)을 준비하는 일이다. 어떠한 이유로든지 일이 중단된 후 새로운 일을 찾는다는 것이 얼마나 어려운 일이며, 본인과 가족에게 어떤 고통으로 다가오는지 나 또한 경험을 통하여 잘 안다.

부모로서 우리는 나 자신만이 아니다. 특히 가장으로서의 우리는 가족의 모습이며, 우리 아이들의 모습이다. 의도하지 않은 '시간의 단절'이 반드시 존재하고 있다는 사실을 숙명적으로 받아들이고, 끊임없이 길을 물어보며 준비하는 삶이 이어지기를 바란다. 이것은 우리 자녀들보다 반 걸음 앞서 걸어가자는 삶의 표현이다. '노후를 준비한다는 명목 가치에 의존하기보다, 노후에 할 수 있는 일을 준비한다는 실질적 가치를 생각하자'는 것이 나의 주장이다.

만약 내가 다시 대한민국에서 살게 된다면, 어떻게 살고 싶을까를 가끔 생각해 보곤 한다. 한 가지 분명한 것은, 어떻게 살더라도 나는 가족과 함께 당당하게 살 것이다. 가족은 평계의 수단이 아니라, 의미의 존재이며 내 사회활동의 기준임을 깨달았기 때문이다. 한국에서 생활할 당시 나는 가족과 함께 할 수 있었던 많은 시간과 기회를 '출세'라는 미명 아래 스스로 포기했었다.

하지만 어떠한 경우든, 가족이 존재하지 않는 성공은 그 의미가 없다는 것을 이제는 안다. 가족을 담보하고 희생하는 성공은 사상누각이며, 결국 본인의 삶 전체에 부정적인 영향을 미칠 수 있다. 사회적 관념으로 인하여 가족이 희생당하거나 가족과 함께하는 삶이 영향을 받는다면, 나는 심각하게 그 길을 다시 고려해 볼 것이다. 어떠한 일을 하더라도 직장을 기준으로 생각하고 행동하기보다 가족을 중심으로 행동하고 생각할 것이다. 물론 이러한 생각의 기준이 회사에서 부정적인 평가를 받을지 모른다. 만약 그렇다면 나는 더 이상 그런 회사에 미련을 두지 않을 것이다.

나는 어떠한 순간에도 가족과 함께하는 삶을 추구하는 동시에, 사회 안에서 스스로의 가치를 상승시키는 노력을 게을리하지 않을 것이다. 이러한 노력이 현재의 삶에도 긍정과 자신감을 줄 것이며, 의존하는 두려움보다 어떠한 상황도 받아들이는 당당한 모습이 될 것이라 믿기 때문이다.

남들을 의식하고 사회적 인식 안에서 나를 발견하기보다, 나 스스로와 가족의 공통분모를 찾아 그 삶에 집중할 것이다. 비교하고 비교당하는 삶이 아니라, 주체로서의 삶을 지향하며 내 아이들에게도 주체적 삶의 소중함을 이야기할 것이다. 국민의 권리인 투표를 통하여 새로운 세상을 향한 희망에 적극적으로 참여할 것이다. 소수의 생존을 위하여 다수가 열등으로 분류되는 사회가 아니라, 다수가 살 만하다고 느끼는 사회 만들기에 적극적으로 참여할 것이다.

정치에 대한 적극적인 관심과 참여는 다음세대를 위한 우리 기성세대의 의무이다. 세상을 바꾸기 위한 국민으로서의 노력 대신, 매월 엄청난 사교육비를 지출하며 자녀들의 미래를 걱정하는 것은 너무도 근시안적이고 이기적인 생각이다. 다음세대가 안 되면 그 다음세대에라도 '공정하고 다수가 행복한 사회'를 만들기 위하여 우리는 끊임없이 노력해야 한다.

선배로서

한국의 대학생들에게 내가 무슨 이야기를 해줄 수 있을까? 당연히 인생의 선배로서 해주고 싶은 말이 많기는 하다. 하지만 사회적으로 성공하지도 못하였고, 일류대학을 졸업하지도 못한 것에 대한 실패담이나 후회 따위를 들려주려는 것은 아니다.

우리 세대도 그러하였지만, 요즘의 젊은 세대 또한 실패와 성공을 지나치게 쉽게 판단하고 정의한다. 사회적으로 만들어진 성공과 실패의 정의를 여과 없이 받아들이고, 성공만을 향하여 달려가는 모습이 당연한 삶의 순서라고 받아들이는 태도는, 세대가 변하여도 크게 달라지지 않았다.

불행히도 변화의 출발은 한국이 아니다. 세계가 변화함으로써 한국도 변화할 수밖에 없는 구조이다. 그것이 정치적 상황이든 경제적 구조의 문제든, 내가 바라보는 대한민국의 모습은 매우 수동적이다. 한국에서의 변화는 연착륙이 아니라 경착륙이다. 젊은 후배들이 세상의 변화를 준비하기도 전에, 국가는 충격적이고 갑작스운 변화의 정책을 실행하고 발표한다.

하지만 분명한 것은 수동적인 한국보다 세계는 빠르게 변화하고 있으며, 이러한 상황 속에서 젊은 후배들은 무엇을 어떻게 준비해야 할 것인지를 판단해야 한다는 점이다. 국가 및 사회의 기준에 기반을 두기보다, 세계를 바라보며 새로운 인식에 근거한 삶과 가치관을 만들어 가라고 조언하고 싶다.

1. 나는 나이고 당신은 당신이다

"나는 나이고, 당신은 당신이다."

개인적으로 나는 이 말을 자주 사용하는 편이다. 나 스스로가 비교의 대상이 되고 싶지도 않고, 내 자신을 위하여 상대방을 비교의 대상으로 끌어들이고 싶지도 않기 때문이다. 내가 추구하는 행복은 유일(Unique)하다.

한국사회에서 통상의 기준과 관념을 따르지 않고 내가 추구하는 삶을 산다는 것이 분명 쉽지만은 않을 것이다. 서구사회에서 볼 때 이는 극히 문화적인 차이로밖에 느껴지지 않을 수도 있다. 법대를 나와도 고시에 합격하지 못하면 낙오자(Loser)가 되고, 판사가 되고 의사가 되었으니 사회적인 존경과 대접을 받아야 한다는 따위의 사회적 편견을 우리는 계속 묵인하며 살아야 하는가?

물론 처음부터 모든 것들을 받아들이며 혹은 거부하며 "나는 이러한 사람이고, 이러한 길을 걸어갈 것이다!"라고 주장할 수는 없을 것이다. '나는 나이고 당신은 당신이다' 라는 표현의 진정한 의미는, '나의 삶을 존중하듯 당신의 삶 또한 존중한다' 이다. 이것이 바로 서구사회의 개인주의이다. 상대방을 부정하는 것이 아니라, 나를 인정함으로써 상대방을 인정하는 것이다.

자본주의 사회에서 분명 경제력의 차이는 부정할 수 없는 현실이고, 이는 물론 직업으로부터 기인할 수 있다. 그리하여 좋은(높은 연봉) 직업을 얻기 위해서는 좋은 대학에 들어가야 한다는 인식을 마치 순리이기라도 한 듯 공통의 기준으로 받아들이고, 입시에 실패하거나 평가 기준으로서의 공부가 싫다면 '인생의 낙오자' 라는 불안 속에 살아가야 한다.

이것이 부정할 수 없는 한국의 모습이다. 그러나 이제 우리는 변화하는 세계 앞에 서 있다. 일률적이고 단편적인 성적이나 직업 따위가 아닌, 스스로 새로운 기준을 제시할 필요가 있다. 그리고 그 새로운 기준의 출발점은 바로 '행복' 에 있어야 한다.

어느 사회이든 일부의 사람들은, 소위 일류대학에 입학하고 좋은 직업을 갖는 것이 행복의 기준이라고 생각할 수도 있다. 이를 부정하고자 하는 것이 아니다. 그러나 모두가 일류대학에 입학할 수도, 높은 연봉을 받을 수도 있는 것은 아니지 않는가? 그렇다면 소수를 제외한 다수의 행복은 어디서 찾아야 할까? 물론 이 질문에 내가 모두를 위한 답을 제시할 수는 없다. 다만 이렇게는 말할 수 있다.

"당신은 행복합니까? 만약 지금 행복하다고 느낀다면, 당신은 분명 잘살고 있는 겁니다."

H은행을 사직하고 광야로 나온 이유는, 당시의 나는 전혀 행복하지 않았기 때문이었다. 계속되는 실적의 압박, 접대와 회식 속에서 나는 나의 삶을 발견할 수 없었다. 건강도 좋지 않아 주말이면 아무것도 하지 않고 잠만 자는 무책임한 가장이었다. 가족들과 함께하는 단란한 시간은커녕 충분한 대화를 나누지도 못했다.

만약 내가 계속 근무하였더라면, 지금쯤이면 지점장 정도의 위치에 있으리라. 하지만 그 자리까지 오르기 위하여, 그리고 그 자리를 유지하기 위하여 나는 어떠한 삶을 살아야 했을까? 주위의 동기들과 친구들을 보며, 나는 어렵지 않게 가지 않았던 내 삶을 상상할 수 있다. 18년 전에도 지금과 별반 다르지 않았다. 외환위기 당시 은행을 떠나는 선배들을 보며 나는 미래의 내 모습을 보았었다. 그러한 상황은 지금도 여전하지 않은가?

외환위기 이후 금융기관들의 합종연횡과 컴퓨터 IT기술의 발달로 금융기관의 노동 수요는 갈수록 감소하고 있다. 더욱이 향후 인공지능 컴퓨터의 투입은 노동자의 감소를 더욱 가속화시킬 것이다. 이는 비단 은행업뿐 아니라 산업 전반에 걸쳐 일어나고 있는 현실이다. 제4차 산업혁명은 세계 모든 젊은이들에게 새로운 삶의 방식을 요구하고 있다.

당시에는 제4차 산업혁명까지 예상하지 못하였지만, 적어도 은행 내에서 나는 행복하지 않았다. 나는 그저 규정에 근거한 매우 정교한 소모품일 뿐이라는 사실을 여러 상황으로부터 느낄 수 있었다. 결국 나는 나의 행복을 찾아 새로운 길을 걷기로 결심했고, 의원 퇴직으로 은행을 떠난 것이다.

내가 후배들에게 이야기하고 싶은 것은, 매우 정교한 조직에서 근무하다 세상 밖으로 나올 때에는 그 각오가 전제되어야 한다는 사실이다. 은행을 사직하고 필드로 나온 나는, 엄청난 시련과 고통을 접할 수밖에 없었다. 한마디로, 그것은 조직형 인간의 한계였다. 잘 짜인 규정이 아니라 스스로 주체가 되어 판단하고 결정하는 과정은 생각보다 훨씬 어려웠다. 적응 기간 동안 나는 주방 보조 및 철공소 일을 마다하지 않으며 적극적으로 나를 찾아 나섰고, 스스로를 발견하기까지 7년이라는 세월이 필요하였다. 내 삶을 찾기 위한 일종의 수업료였다.

체계적인 조직에서 근무하다 퇴직한 분들이 사회 적응에 어려움을 겪거나 사업에 실패할 확률이 높은 것은 어쩌면 당연한 일인지도 모른다. 사람에 따라 다르겠지만, 변화를 위해서는 그만큼의 고통을 비용으로 지불해야 한다. '젊었을 때 고생은 사서도 한다'는 말은 괜한 소리가 아니다. 다만 실패하더라도 회복이 빠른 시기에 변화를 시도하여야 한다. 실패를 회복하는 데 걸리는 시간이 길어질수록 초조와 불안이 세력을 키우기 때문이다. 세력을 키운 초조와 불안은 잘못된 판단과 실행을 유도하기가 쉽다. 절대 조급해 하지 말자.

2. 대한민국이 아니라 세계를 대상으로

세계를 상대하기 전에 먼저 대한민국이라는 나라를 냉정하게 바라볼 필요가 있다. 물론 나는 대한민국이라는 나의 조국을 비관적이거나 부정적인 시각으로 바라보는 것이 절대 아니다. 그것만은 미리 밝혀두고 싶다.

세계적인 관점에서 볼 때, 이미 세계의 국가들은 충분한 생산 능력을 갖추고 있고, 이미 세계는 과잉 공급의 상황으로 접어들었다. 국가별 독점적 소비재는 점점 줄어들고, 기술의 평준화로 인해 세계시장 안에서의 경쟁은 갈수록 치열해지고 있다. 치킨게임의 상황 속에서 대한민국도 예외는 아니고, 어쩌면 한계 기업들이 증가할 것이다. 국가 혹은 기업들은 더 이상 치킨게임에서의 승패를 회피할 수 없게 되었다.

이러한 상황에서 전공을 선택하고 대학을 선택하고, 취업을 위하여 치열한 경쟁의 장으로 들어가는 후배들을 볼 때면, 선배로서 해야 할 일을 하지 못하고 후배들에게 그저 미룬 것만 같아 미안할 뿐이다. 특히 '안정적'이라는 이유 하나만으로 공무원시험에 수년간을 투자하는 수십만 명의 후배들을 생각하면 안타까움을 금할 길이 없다. 물론 한국이라는 나라에서 살기 위해서는 매우 현실적인 최선의 선택일 수도 있다.

하지만 '도전' 대신 '안정'을 택하는 후배들이 만들어낼 미래의 대한민국을 떠올리면, 지금의 안정이 '악순환의 고리'가될 수도 있다는 우려가 앞선다.

나는 후배들에게 조금 강한 주문을 하고 싶다.

"계획과 준비를 통하여 세계로 눈을 돌려라. 우리는 24시간이면 세계 어느 나라든 접근 가능한 현대사회에서 살고 있다. 이제는 직업뿐 아니라, 여러분들이 살고 싶은 나라나 삶의 형태 또한 스스로 결정할 수 있는 시대가 되었다. 여러분에게는 그럴 만한 충분한 능력이 있다."

인생이란 긴 여정에 스스로를 고정시킨다는 것은 '우물 안 개구리'처럼 위험하기도 하고, '가지 않는 길'처럼 후회의 여운으로 남을 수도 있다는 사실을 알아주었으면 좋겠다. 최선을 지향하지만, 차선이라는 대안(Option)을 항상 준비하고 계획을 하라는 조언도 하고 싶다. 최선과 차선의 차이는 대한민국이라는 조국과 세계라는 넓은 세상 사이에 존재할 것이다.

삶의 행복이 경제적인 풍요나 사회적 지위와 연결되어 있다는 사회적 통념에서 벗어나야 한다. 그리하여 더 이상 '안정'이라는 유혹에 현혹되지 말아야 한다. 우리의 주변, 사회, 세계가 변하는 속도를 느낀다면, '안정'에 의지하는 것이 얼마나 위험한 선택인지를 깨달을 수 있다.

보편적인 현대사회에서 더 이상 '안정'이란 존재하지 않는다. 냉정하게 말하자면, 안정이란 기업이 요구하고 지향하는 것일 뿐이다. 조직 내에서 개인은 절대 '안정'이라는 신기루를 가질 수 없다. 조직은 갈수록 진화하고, 그 진화하는 조직 속에서 우리는 언제든 과잉 인력으로 분류될 수 있기 때문이다.

이것이 바로 현재를 사는 우리의 모습이며 상황이다. 밧줄 하나에 모든 것을 의지하지 말고, 또 다른 밧줄을 미리 준비해 두자. 그 새로운 밧줄이 세계를 향한 것이라면 더 좋을 것이다. 물론 여러분들의 옵션이 존재하는 곳이라면 어디라도 상관없다.

그리고 두려워하지 마라. 현재 여러분들이 갖고 있는 실력이 아니라, 새로운 세계로 가고자 하는 용기가 여러분들을 새로운 세계로 인도할 것이기 때문이다.

3. 입시와 취업의 영어가 아니라 생존의 영어로

중학교 때 처음 영어를 접하였으니, 영어와의 인연도 어언 40년이다. 40년이나 되었으면 친해질 만도 하겠만, 여전히 나는 영어와 전쟁 중이다. 특히 최근 10여 년 동안은 그야말로 치열한 투쟁을 벌이고 있다. 무엇보다 생존이 걸린 문제니까.

승객들의 안전을 책임지고 있는 버스 운전사로서 내게 영어는 생존을 위한 필수 조건이다. 이는 물론 호주에서 직업을 얻기 위한 것이기도 하였지만, 나의 생존을 위한 영어는 세계를 향한 언어이기도 하다. 적어도 나는 세계 어느 나라에 산다고 하더라도 두려움은 없다. 또한 세계 어느 나라에서든 영어를 기반으로 한다면 생존의 가능성이 높다.

생존의 1차적인 요건은 분명 언어이다. 언어를 통하여 소통할 수 있기 때문이다. 한국인인 여러분은 한국에서 살며 한국어를 쓰고 있지만, 여러분이 세계로 눈을 돌리고자 한다면 아무래도 한국어만으로는 힘이 들 것이다. 새로운 언어가 필요하다. 그리고 아직까지는 영어가 그 자리를 차지하고 있다.

물론 중국이 세계 경제의 중심 국가로 발돋움하면서 중국어에 투자하는 친구들도 많은데, 보다 폭넓게 세계를 바라보기 위해서는 역시 영어라는 언어를 권하고 싶다. 미국과 호주 등 영어권 국가에서 가장 높은 비중을 차지하는 유학생 국적이 중국이다. 졸업 후 중국으로 돌아간 그들은 정치 및 경제 사회에서 중추적인 역할을 하게 될 것이다. 즉, 꼭 중국어가 아니더라도 영어를 구사할 수 있다면 여러분은 중국인들과 힘들지 않게 소통할 수 있다는 뜻이다.

여러분들에게 영어는 어떠한 의미인가? 입시를 위한 언어, 취업을 위한 언어, 공무원시험을 위한 언어인가? 만약 그렇다면 대학에 가고, 취업을 하고, 공무원이 된 후 여러분의 영어는 어찌되는가? 그저 책장의 한구석을 차지한 채 바쁜 일상 속에 잊혀지고 있지는 않은가? 졸업 후 입사할 때까지, 여러분이 영어라는 언어를 습득하기 위하여 투자한 시간 및 금전적 비용은 상상을 초월한다. 부디 이러한 오랜 투자물의 결과를 방치하지 말기 바란다.

최근 매우 정확한 이종 언어 간 번역기가 제품화되면서 언어의 장벽이 없어질 것이라고 추측하는 사람들이 있는 것 같다. 물론 번역기는 Reading 및 일부 Writing의 해결 방안이 될 수는 있을 것이다. 하지만 소통이라는 의미로 생각하면 그것은 다른 문제이다.

언어란 시험 준비를 하는 것과는 다르다. 언제, 어디서든 순간적으로 혹은 상황적으로 소통이 이루어져야 언어로서 의미가 있는 것이다. 여러분의 생각을 말로 표현하거나 그들의 말을 이해하고자 할 때 번역기에 의존한다면, 그것은 언어로서의 기능이 아니라 그저 앱(Application) 중 하나일 뿐이라고 나는 생각한다.

영어라는 언어가 여러분의 삶에서 수단이 되기 위해서는, 여러분의 생각과 아이디어 그리고 경험들을 국내시장보다 세계시장에서 오픈할 수 있어야 한다. 진정으로 영어가 여러분에게 용기와 도전을 가르쳐주는 언어가 되기를 바란다. 그리고 만약 여러분이 세계가 빠르게 변화하고 있다는 것을 느낀다면, 실질적이고 현실적인 '생존을 위한 영어'에 도전하여 보라고 조언하고 싶다.

이민을 계획하고 계신 분들을 위하여

http://www.australia.gov.au/information-and-services/immigration-and-visas

내 주변을 보면서 느낀 것이지만, 의외로 많은 분들이 이민을 계획하고 있거나 이민을 희망하고 있다. 이민을 생각하는 이유는 보통 두 가지로 요약할 수 있다. 하나는 자녀의 교육문제이고, 또 다른 하나는 '저녁이 있는 삶'을 살고 싶다는 것이다. 나 또한 같은 이유로 이민을 결정하였기 때문에 그들의 마음을 충분히 이해하고 있다.

단지, 이민이란 가족 모두에게 새로운 기회가 될 수도 있지만, 그 기회의 이면에는 엄청나게 위험한 상황들이 존재하고 있다는 사실도 염두에 두어야 한다. 따라서 이민을 계획할 때는, 새로운 나라에서 시작하는 새로운 삶의 모습을 꿈꾸는 것만으로는 안 된다. 어떠한 절차로 이민을 실행할 것인지, 새로운 나라에서 어떤 식으로 적응할 것인지, 무엇을 삶의 수단으로 삼을 것인지 등을 구체적으로 준비하여야 한다.

내가 설명할 수 있는 것은, 호주 이민과 관련된 매우 상식적인 이민 방법 중 일부일 뿐이다. 만약 이민을 계획하시는 분이 있다면, 본인이 직접 호주 이민 홈페이지를 통하여 분석하고 사전적인 정보를 충분히 갖추어야 한다. 그래야만 본인이 직접 절차를 진행할 수도 있고, 이민 브로커의 도움을 받을 수도 있다. 본인 스스로 수집하고 정리된 정보가 없이 이민 브로커와 계약하게 되면, 후에 문제가 발생할 소지가 많다. 이미 벌어진 일은 주워담기 힘들다. 문제가 발생할 소지를 만들지 않는 것이 최선이다.

분명히 말할 수 있는 것은, '되는 것은 되고, 안 되는 것은 안 된다'는 사실이다. 이민 조건에 부합되지 않는 상황을 단기간 내 적합하도록 만들 수 있는 방법은 존재하지 않는다. 여기에서 일부 브로커들의 문제점이 발생한다. 안 되는 일을 가능할 것처럼 설명하는 바람에, 그 가능성에 의지하는 신청인들이 생기고, 결국 양자 간에 돌이킬 수 없는 분쟁이 발생하게 된다. 불행히도 단순한 분쟁으로 끝나면 다행이지만, 신청인 및 가족에게 엄청난 상처를 안겨 주는 것이 현실이다.

호주의 경우, 정부에서 제시하고 있는 이민 요건들이 매우 자세히 기술되어 있다. 이는 정부의 홈페이지를 보면 쉽게 확인할 수 있다. 이민을 계획하는 분 중에는 그 요건에 부합되는 분도 있고 부합되지 않는 분도 있을 것이다. 만약 현재 그 조건들을 만족시킬 수는 없지만, 준비를 통하여 적합하게 만들 수 있다면, 그것이 가장 빠른 이민의 절차 혹은 방법이라는 사실을 일러두고 싶다. 지름길은 없다.

호주로의 이민에는 크게 세 가지 길이 있다. 물론 나는 이민 관련 브로커(Broker)가 아니므로 그 내용을 자세하게 설명할 수는 없으니, 여기서는 일반적인 개요만을 설명하고자 한다. 추가적인 정보가 필요한 경우는, 호주의 이민성 홈페이지를 직접 방문하여 보기를 권한다.

이민에는 자격 요건이라는 일종의 '조건(Conditions)'이 필요하므로, 그 조건에 해당되지 않으면 이민은 불가능하다고 판단하여야 한다. 이것은 역으로 생각하면, 그 해당 조건에 부합할 수만 있다면 준비를 통하여 가능하다는 말이 된다.

따라서 자격 요건에 해당되지 않거나 그 요건을 준비할 수 없는 경우에는 이민이 불가능하다고 스스로 판단하면 된다. 가끔 이민 브로커(Immigrtion Agent)들이 '가능할 수도 있다'고 표현하는 경우가 있는데, 이때는 불가능하다고 해석하는 편이 합리적이다.

브로커 중에는 이민법을 전공한 '이민 법무사', '이민 변호사'라는 명칭을 사용하며 이민을 주선하는 사람들이 있지만, 호주에서의 정식 명칭은 'Agent(대리인)'이다. 동 명칭은 한국에서 사용되는 명칭임을 밝혀둔다. 이민법 또한 '이민 규정'이라고 보는 것이 합당하다.

1. 사업이민(Business Visa)

http://www.australia.gov.au/information-and-services/business-and-industry

사업이민은 한국에서 10년 이상 직장생활을 한 분들이 이민을 고려하는 경우이다. 호주에서 계획하고 있는 사업의 사업계획서와 이를 수행할 수 있는 한국 내 재산을 증명하면 비즈니스 비자(Business Visa)를 발급(Issue)하고, 실제 동 사업을 통하여 매출 조건과 세금의 완납이 증명되는 경우에 영주권을 승인(Grant)하여 준다.

그러므로 만약 안정적인 직장을 갖고 생활하고 있으나 중장기적으로 이민을 고려하고 있는 분들은, 호주 내에서 본인의 능력으로 할 수 있는 사업(Business)의 종류 등을 조사하고 준비하는 과정이 필요하다.

그렇다면 한국인이 호주에서 하는 사업 종류는 무엇일까? 아쉽게도 대부분이 한국 식품 잡화점이다. 한국인들을 상대로 하기 때문에 영어도 거의 필요하지 않다. 현재 내가 살고 있는 애들레이드에도 거주하는 한국인에 비해 한국 식품점의 수가 너무 많다. 과잉 공급이 의미하는 것은, 호주 이민성에서 요구하는 매출의 조건을 맞추기가 매우 어려워졌다는 뜻이다. 이럴 경우 허위로 매출 조건을 맞추고, 세금을 납부함으로써 영주권을 취득하기도 한다. 가능한 방법이기도 하고, 흔히 쓰는 방법이기도 하다. 그러나 영주권 획득 이후의 상황은 담보할 수 없다.

이런 말을 하는 것은, 이민을 생각하고 있다면 영주권 취득 이후 발생하는 상황들에 대해서도 충분한 대책이 있어야 한다는 뜻이다. 대부분의 사람들은 영주권을 취득하면 호주에서의 삶을 적극적으로 즐기고자 한다. 하지만 그것도 잠깐이다. 그들은 곧 식료품점 운영에 회의를 느끼게 된다. 식료품 운영으로 충분한 소득이 발생되지도 않을 뿐더러 앞으로 살아야 할 시간들이 두려워지는 것이다.

그들은 영주권 취득을 위하여 경영하던 식료품점을 양도하고 싶어 하지만, 어떤 사람이 매출 실적이 저조한 사업체를 양수하겠는가? 결국 시간이 지날수록 불어나는 적자를 감당 못하고 가게를 닫는 경우가 허다하다.

이러한 상황이 발생하는 근본적인 이유는 모두 준비가 미흡하기 때문이다. 한국에서 직장생활을 하던 분들이 어느 순간 이민을 결정하고, 단기간 내 영주권을 취득할 수 있는 방법을 찾는다. 그 과정에서 이민박람회 등을 통하여 대충 알아보고, '이 정도면 되겠지' 하는 안이한 생각으로 준비 없는 결정을 내린다.

내 생각으로는, 이민을 결정하는 데 필요한 제1조건은 해당 국가의 언어이다. 물론 호주의 경우, 영어가 제1조건이 된다. 능통하지는 않아도, 스스로 시장조사를 할 수 있는 능력과 의사를 표현할 정도의 영어 실력은 보유하여야 한다는 뜻이다.

즉, 어느 정도의 영어 실력이 있다면, 한국에서 몇 년에 걸친 호주 내 시장조사와 사전답사 등을 통하여 호주 내 현지인으로부터 비즈니스를 인수할 수도 있다. 어차피 매출을 맞추고 세금을 납부할 의향이 있다면, 비즈니스의 인수 가격이 저렴한 호주 현지의 비즈니스를 추천하고 싶다. 영주권 취득 후 양도의 과정도 유리하다. 무엇보다 중요한 것은, 이민자로서 타국에서의 삶에 대한 자신감이 생긴다는 것이다.

한국인이 경영하는 비즈니스의 경우, 그 인수가격이 매출 대비 높은 편이다. 이는 협상의 당사자들이 한국인이어서 언어적 문제 없이 쉽게 협상할 수 있기 때문이다. 대부분이 호주 현지인들과 협상하는 것 자체를 두려워한다. 하지만 호주의 경우, 비즈니스 매매는 변호사 및 회계사를 통하여 그 적정성과 법적인 안정성을 보장받을 수 있다. 한 예로, 영주권을 취득한 한국인으로부터 사업체를 인수받았지만, 얼마 후 20만 호주달러 이상의 손실과 함께 폐업을 신고한 사람도 있었다.

지금까지 사업이민과 관련하여 간략하게 설명해 보았다. 거듭 말하지만, 구체적인 절차와 규정에 대해서는 이민을 계획하고 있는 분들이 직접 호주 이민성 홈페이지를 방문하여 조사하기를 바란다.

2. 기술이민(Skilled Immigration)

기술이민이란, 호주 정부가 특정 산업의 기술자가 부족한 경우에 노동력의 수급 균형을 위하여 외부 국가로부터 인력을 받아들이는 제도이다. 이러한 기술이민 범주는 요리사, 미용사, 제빵사 등 매우 다양하다. 정부는 매년 산업인력의 수급을 조사하여, 기술이민의 부족 직업군에 포함시키기도 하고 제외시키기도 한다.

젊은 분들의 경우, 시간을 가지고 이민을 준비한다면 가능한 이민 방법이라 하겠다. 대학에서의 전공이 해당 범위에 존재한다면 바로 기술 심사평가(Skills Assesment)를 진행할 수 있다. 기술 심사평가란, 호주에서 요구하는 기술을 충족하기 위하여 이민 신청자가 해당국에서 세부 과목 등을 적절하게 이수하였는지와 그 내용이 무엇인지를 호주 내 평가기관에서 진행하는 절차이다.

만약 기술이민 신청자가 기술 심사평가에서 기각된다면, 더 이상 기술이민은 진행할 수 없다고 판단하면 된다. 기술이민을 진행하면서 브로커에 의존하면 문제가 발생할 소지가 많다. 심사서류가 제출된 후 평가기관은 서류와 관련된 여러 가지 질문 혹은 추가 서류를 요청할 수 있는데, 모든 것은 이메일을 통하여 이루어진다. 간혹 이민 브로커가 이러한 추가 요청 사항 등을 인지하지 못하여 심사기간이 늦어져 실패하는 경우도 있다.

나의 경우는 내가 직접 진행하였기 때문에 모든 추가적 정보 요청 사항에 즉시 대응할 수 있었고, 덕분에 나는 매우 빠르게 심사평가 결과 합격 통지서를 받을 수 있었다.

사실 기술이민이라는 것이 사무직 일보다 노동력에 기초한 서비스업 및 생산 노동자 등에 많이 해당된다. 물론 한때는 의사가 부족 직업군에 포함되어 인도 의사들이 대거 호주로 유입된 적이 있었다. 하지만 현재 의사는 더 이상 부족 직업군이 아니다.

　　호주에서 요구하는 기술이라는 것이 현지에서의 실무 위주의 기술임을 감안할 때, 이론 중심의 4년제 대학 졸업생보다는 실무 중심의 전문대학 졸업생이 유리할 수 있다는 것이 나의 생각이다. 사실 호주에서 인정하는 학력점수를 살펴보면, 한국의 4년제 대학과 2년제 대학의 차이가 거의 없다. 소위 학력 및 학벌의 차별이 존재하지 않는다. 물론 호주 내에도 그러한 차별은 거의 존재하지 않는다고 생각하여도 좋다. 호주의 인력 부족군에서 요구하는 것은, 학력과 학벌이 아니라 '기술'이라는 점을 다시 한 번 강조하고 싶다.

　　한국인에게 가장 문제가 되는 것이 있다면, 아마도 영어 점수 기준이 비교적 높다는 점이 아닐까 싶다. 현재 요구되는 영어 점수는 IELTS 평균 7.0인 것으로 알고 있다. 나의 경우에는 학원 등을 이용하지 않고 약 6개월의 준비 기간을 통하여 Academic IELTS Bend 6.0을 취득하고 영어시험을 통과하였다. 11년 전 당시의 커트라인은 5.0 수준으로 매우 낮았으나, 갈수록 그 기준이 상향 조정되고 있다. 기술이민자들이 이민 입국과 동시에 즉시 해당 산업에서 일할 수 있을 정도의 영어 실력을 요구하고 있기 때문이다. 한국인 등 아시안들에게는 매우 부담스러운 점수임에는 틀림이 없다. 이런 까닭에 같은 영어권 나라이면서 호주보다 최저임금이 낮은 영국 및 뉴질랜드의 노동자들이 호주로 기술이민 오는 경우가 많다. 인도인들 또한 호주로의 기술이민이 매우 활발한 상황이다.

앞 장에서 설명한 바와 같이, 인도인들의 경우에는 거의 대학 이상의 학력을 소지하고 있는데, 원어민에 준하는 영어 실력이 대학 졸업 조건 중 하나인 데다 인도 관공서의 공식 언어가 영어라는 것까지 보태져 인도 이민자들은 대부분 영어를 잘한다. 한국의 영어 교육과 극단적으로 비교되는 부분이기도 하다. 이들은 철저하게 국제화에 대응하는 언어적 실력을 갖추고 있으며, 이러한 언어 능력이 기술과 결합하여 세계로 진출하고 있는 것이다.

정리해 보자면, 기술이민을 위해서는 Bend 7.0이라는 점수와 내가 가지고 있는 기술이 호주에서 요구하는 기술의 범주에 포함되어 있어야 한다. 하지만 그 기술의 범주가 신설되기도 하고 폐지되기도 하기 때문에 항상 주의를 가지고 조사할 필요가 있다. 호주에서 요구하는 기술을 한국에서 준비하고 배운다면 이민에 있어서 매우 유용할 수 있다.

http://www.workpermit.com/immigration/australia/australia-skilled-immigration

Australia is an incredibly popular destination for skilled migrants, with over 128,500 places available in 2015-2016 under the country's General Skilled Migration (Skillselect) program. Under the Skillselect program skilled worker applicants can gain a permanent Australia visa; using their qualifications, work experience and language ability to meet the Australian immigration requirements.

The General Skilled Migration (Skillselect) program replaced all other Australian skilled worker visas in 2012-2013. The system has 5 visa subclasses, and is points based; applicants must meet at least 60 points from the General Skilled Migration (Skillselect) points tables to be considered.

2015~2016년 기준으로 128,500개 이상의 일자리가 있는 호주의 일반 기술이민(Skillselect) 프로그램은 숙련된 이민자들에게 매우 인기가 높습니다. 기술이민 프로그램에 의하여 선정된 전문 인력 신청자들은 영주 호주 비자를 얻을 수 있습니다. 그 영주 비자는 호주 이민국의 기술이민 요건에 합당한 자격, 경험 및 언어 능력을 요구합니다. 이 일반 기술이민 프로그램은 2012~2013년에 발급된 호주 내 모든 기술비자를 대체하였습니다. 이 시스템은 5개의 하위 분야를 가지고 있고, 점수제를 기준으로 하며, 호주 이민성에서 고려된 점수표에 의거하여 적어도 60점 이상을 취득하여야 합니다.

마지막으로 여러분에게 당부하고 싶은 것이 있다. 절벽에서 이민을 준비하는 것은 매우 위험하다는 사실이다. 앞에서도 잠깐 언급했지만, 체계적인 준비 없는 섣부른 결정은 결국 정신적으로든 경제적으로든 피해를 입기 마련이기 때문이다. 현재 서 있는 자리에서 최선을 다해 사는 것이 가장 중요하다. 이민이라는 것은 여러분들의 삶에 대한 하나의 대안(Option)일 뿐임을 잊지 말기 바란다.

- IELTS시험이란?

IELTS introduction

The International English Language Testing System (IELTS) measures the language proficiency of people who want to study or work where English is used as a language of communication. It uses a nine-band scale to clearly identify levels of proficiency, from non-user (band score 1) through to expert (band score 9).

IELTS Academic or IELTS General Training

IELTS is available in two test versions: Academic - for people applying for higher education or professional registration, and General Training for those migrating to Australia, Canada and the UK, or applying for secondary education, training programmes and work experience in an English-speaking environment. Both versions provide a valid and accurate assessment of the four language skills: listening, reading, writing and speaking.

- See more at: https://www.ielts.org/what-is-ielts/ielts-introduction#sthash. EoEJzGJR.dpuf

Episode 3

한국과 마찬가지로 호주도 버스 승차 시 버스카드(Metro Card) 사용을 권장한다. 그러나 아직도 많은 사람들이 현금으로 티켓을 구매하고 티켓팅(Punching or Validating이라는 용어를 사용함)을 한다. 많은 사람들이 무임승차하는 상황을 자주 접한다. 돈이 없다고 사정하는데 막무가내로 하차하라고 할 수도 없는 노릇 아닌가? 특히 고등학생들은 우르르 몰려 다니며 무임승차하는 경우가 비일비재하다.

그러나 버스 운전사들은 학생들에게는 아무 말도 하지 않는다. 법은 아니지만 교통부에서 내려온 공문에 의하면, 비록 버스 요금이 없다고 하더라도 운전사는 고등학생에게 승차 거부를 할 수 없게 되어 있다. 이 또한 호주라는 나라의 일면을 보여주는 부분이다. 많은 학생들이 의도적으로 무임승차를 하지만, 그 안에는 실제로 버스 요금을 낼 수 없는 학생도 있다는 점에 주목한 것이다. 이를 알기 때문에 많은 학생들이 큰 죄악감 없이 무임승차를 하지만, 대학에 진학하거나 성인으로서 일을 하게 되면 무임승차를 하는 경우가 거의 없다.

"어떠한 경우라도, 한 사람이라도 행복하지 않으면 좋은 법이 아니다. 한 사람의 권리라도 이를 존중한다."

인간이 만드는 것이기에 완벽한 법이란 존재하지 않는다. 하지만 그 법이 한 사람, 한 사람을 보호하고자 노력하는 과정을 거치며 '공정과 다수를 위한 법'으로 성장해 가는 것이다. 나는 이곳 호주에서 그러한 법을 경험하고 있다.

하지만 간혹 의도적으로 무임승차를 하기 위하여 고액의 지폐를 제시하는 승객들이 있다. 이들은 이미 버스 운전사들 사이에서는 유명하기 때문에, 어떻게든 버스 요금을 받아내거나 아예 승차를 거부하기도 한다. 왜냐하면 그들은 이미 성인이고, 습관적 혹은 의도적으로 무임승차를 하려고 하기 때문이다. 물론 나에게도 그 시련의 기회가 왔다.

애들레이드의 버스 운전사들은 $30의 동전(Coin)을 보유하고 있다. 따라서 $30를 초과하는 지폐를 제시하면 당연하게 무임승차가 되는 것이다. 그래서 운전사들은 별도의 동전을 가지고 다닌다. 운전사들 사이에서 유명한 그 남자를 버스 안에서 만나게 된 당일, 나는 $50의 동전을 지니고 있었다. 50센트, 20센트, 10센트 그리고 일부는 $1짜리 동전이었다.

그를 만난 것은 오후 근무가 끝나갈 무렵이었다. 그는 $50 지폐를 보여주며, 아주 당연스럽다는 듯이 나에게 말하였다.

"아마도 너, 동전이 충분하지 않지? 충분하면 버스표 하나만 줄래?"

"I have got enough coins for $50 Note but, it maybe a bit heavy(나는 50달러를 위한 충분한 동전이 있어, 하지만 좀 무거울 거야)."

나는 대답하며 10센트, 20센트, 50센트를 위주로 하여 버스 요금 2달러 70센트를 제외한 나머지 47달러 30센트를 전액 동전으로 지급하였다. 그 친구는 전혀 예상하지 못한 표정으로 화를 내며 $20 혹은 $10 지폐로 지급하여 달라고 주장하는 것이 아닌가? 내가 들은 척도 안 하자, 그는 욕설을 내뱉으며 동전들을 버스 바닥에 내팽개쳤다. 동전들은 버스 안에 나뒹굴었다. 나는 그만 웃음이 터져 나와 그저 웃고 말았다.

이후 그는 버스 바닥에 흩어진 동전들을 줍는다며 버스를 정지하라고 외쳤고, 욕을 해대며 버스 회사와 정부 교통국에 항의(Complain)하겠다고 소리쳤다.

"No problem, 동전 또한 호주의 법률적 화폐이므로 사용하는 데 전혀 문제가 없다."

나는 나의 사원번호와 당시의 버스 번호 등을 상세히 알려주고, 네가 원하는 대로 하라며 정차를 거부하고 버스 운행을 계속하였다. 버스 운전사라고 해서 무조건적으로 승객의 말을 따를 필요는 없다. 공정(Fairness)이라는 측면에서도 성인이라면 요금을 내고 승차하는 것이 옳으며, 더욱이 의도적으로 무임승차를 반복하는 승객을 보호할 의무는 없다고 판단했기 때문이다. 그는 온갖 욕설을 중얼거리며 동전을 주웠고, 결국 자신의 목적지에서 하차했다.

버스 운전사들은 운행을 마치면, 분실물(Lost Property)이나 위험물 등을 확인하기 위하여 의무적으로 버스 내를 점검하여야 한다. 그날 나는 버스 내를 점검하면서 곳곳에 떨어져 있는 동전들을 발견할 수 있었다. 다 모아 보니 $5 정도, 커피 한 잔 값이었다. 울그락불그락하던 그의 얼굴이 떠올라 웃음이 터져 나왔다.

부활절 연휴이다.

일을 하지 않고 쉬니 정말 좋다. 조금은 지칠 때가 되었는지 몸이 쉬라고 속삭인다. 휴가나 연휴를 제외하고는 매일 새벽에 일어나서 하루 꼬박 8시간을 운전한다는 것이 쉽지만은 않다. 물론 내 선택에 후회는 없지만, 가끔 꾀가 나는 것도 사실이다. 하지만 아직 가야 할 길이 멀다. 아내와 아이들 그리고 어머니를 위해서 나는 지금까지 그래 왔던 것처럼 앞으로 나아갈 것이다.

내가 세상을 바꿀 수는 없지만, 늘 깨어 있는 자세로 준비한다면 적어도 세상 안에서 혼란스럽지는 않을 것이다. 깨어 있지 않다면 자신이 어디에 서 있는지도 모를 만큼 세상은 빨리 돌아가고 있다. 나는 눈을 크게 뜨고 내가 바라보아야 할 현실을 응시한다. 절대 두려워해서는 안 되리라. 후회스런 과거와 되돌릴 수 없는 현실을 비관하지도 않을 것이다. 가끔은 내게 지워진 짐이 버겁게 느껴지더라도 결코 포기하지 않을 것이다. 때론 지쳐 천천히 걸을지언정 절대 멈추지는 않을 것이다.

모든 것들은 내 안에 존재한다. 불행과 행복, 좌절과 희망… 그 모든 걸 안고 기꺼이 걸어가야지. 가지려고 소유하기보다 새의 깃털처럼 살아가련다. 그리고 이제 시간의 흐름을 존중하고 나를 맡겨야지. 더 이상 시간은 싸워야 할 적이 아니라 나의 절친임을 깨달았으니…

4장

/

너무나도 당연한 이야기지만, 하루아침에 이루어지는 것은 없다.

포기하지 않는 마음과 절박한 심정은 결국 나를 내가 원하는 곳으로 조금씩 인도해 준다.

그 믿음을 저버리지 말자. 포기하지 않는다는 건 비록 느리더라도 움직임을 의미하는 것이고,

절박함이란 우리가 간절히 원하는 미래로 나아가는 힘이다.

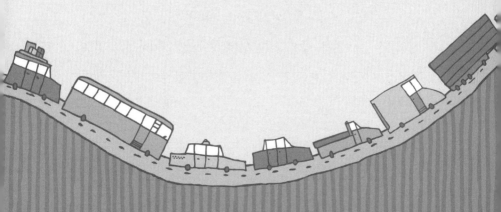

나는 아직도 영어와 전쟁 중

영어는 내게 생존의 도구였다. 호주라는 나라에서 살기 위해서 반드시 넘어야 할 커다란 산이었다. 하지만 마흔을 넘긴 나이의 내게, 뼛속까지 한국인인 내게 영어로 생활하기란 쉬운 일이 아니었다. 게다가 버스 운전사라는 직업을 수행하기 위해 필요한 영어는, 한국에서의 영어 공부와는 또 다른 문제였다. 승객들과의 대화, 도로에서의 긴급 상황, 기타 예기치 않은 여러 문제들을 처리하고 보고하기 위해서는 그에 준하는 수준이 되어야 했다. 결국 나는 영어와의 전쟁을 치르지 않으면 안 되었다. 솔직히 말하자면, 아마도 이 전쟁은 결코 끝나지 않을 것이다.

내가 영어와의 전쟁을 치르면서 한 가지 깨달은 것은 '영어는 뒤로 가지 않는다' 는 거다. 영어는 앞으로 확장하며 나간다. 뒤에도 설명하겠지만, Fowarding한다는 뜻이다. 반면에 한국어는 뒤를 향한다. 앞부분(뒷부분)을 이해하지 못하면 결론을 이해하지 못한다. 이것이 영어와 한국어의 차이점이다. 적어도 영어를 공부하면서는 뒤돌아보지 말고, 앞으로 전진하면서 구체화하는 연습을 하자. 여전히 내가 하고 있는 연습이다.

한국에서 배운 영어가 호주에서의 생존에 얼마나한 도움이 되었을까? 물론 중고등 과정과 대학에서 배운 영어가 아무런 도움도 되지 않았다는 뜻이 아니다. 다만 내가 중고등학교를 다녔을 때의 영어는, 실용적인 회화보다는 대입시험을 통과하기 위한 복잡한 문법과 구조를 공부하는 것이 보편적이었다. 따라서 당시의 공부법이라는 것도 그저 가르쳐 주는대로 배우고, 무조건 암기하는 식이었다. 대학에 들어가서도 TOFEL이나 TOEIC 점수를 올리기 위한 공부였지, 실용적인 공부와는 거리가 멀었다. 하지만 이런 식의 공부는 현실에서는 거의 도움이 되지 않는다. 사용 빈도도 낮고 발음도 어려운 단어를 사용하니, 표현하는 사람이나 듣는 사람이나 그 대화가 효율적으로 이루어지지 못하는 게 당연하다.

사실 한국인들의 Vocabulary 수준은 그야말로 본토의 수준을 넘어선다고 해도 과언이 아니다. 다만 현지인들의 영어는 쉬운 단어와 숙어 혹은 동사구(Phrasal Verb)를 적극적으로 사용한다. 그것만으로도 충분히 의사를 표현할 수 있고, 의미의 전달 측면에서도 매우 유용하다. 나 또한 한국에서 배우고 익힌 단어와 문법 등을 생각하며 영어 표현에 어려움을 느꼈던 것이 사실이다.

하지만 이런 문제는 영어라는 언어가 어려워서라기보다, 한국에서 영어를 가르치는 과정과 방법의 오류로 인해 생겨난 것이다. 실질적으로 영어를 사용하기 위하여 무엇이 중요한지, 어떠한 경로(Pathway)로 공부해야 하는지를 한국에서는 가르치지 않는다. 우리는 모든 문법적인 요소들이 전부 중요하다고 배운다. 누구를 위한 영어 교육인지 묻지 않을 수 없다. 영어 교육과 관련한 산업(Industry) 종사자들의 이익을 위하여, 진정 영어라는 언어가 필요한 수많은 사람들이 피해를 보고 있는 것이다. 게다가 대학에서 국어국문학을 전공하고자 하는 학생들에게 높은 영어 점수를 요구하는 이유는 무엇인가?

어찌되었든, 먼저 내 영어 실력부터 고백해야겠다. 처음 나의 수준, 특히 말하기(Speaking English)는 현지인의 유치원 수준 정도나 될까 싶을 정도여서 자괴감마저 들었다. 대화를 나누다 더 하고 싶은 말이 있어도 그 이상 진행되지 않는 상황이 반복되었다. Listening은 점차 나아지는 느낌이라도 받을 수 있었지만, Speaking의 경우는 그 진전을 느끼기가 힘들었다. 영어라는 것이 이렇게 넘기 힘든 벽이었단 말인가? 왜 생각이 말로 표현되지 않는 것일까? 가족을 부양해야 하는 생존의 문제도 있었고, 어찌되었든 호주에서 살기로 마음을 먹었으니 영어라는 장벽을 피해 갈 수는 없었다. 그렇다고 무작정 영어에만 매달릴 수도 없는 노릇이었기에, 나로서는 시간을 단축할 수 있는 나만의 방법을 찾을 수밖에 없었다.

내가 지금껏 배워온 영어에 의존하기보다는 내 스스로의 영어 학습법을 만들어보기로 하고, 먼저 자신을 네이티브 유치원생으로 가정하였다. 급한 마음에 성인들의 언어 수준을 애써 모방하여 힘들어하기보다는, 간단하고 분명한 1차적인 의사 표현을 목표로 삼았다. 그런 다음, 이 간단하지만 분명한 의사가 포함된 문장을 확장하여 나갈 수 있는 틀(Frame)과 과정을 스스로 만들기 시작하였다.

내가 한국에서 배워온 영어는, 자동차 부품을 하나하나 학습하고 이것을 완벽하게 조립해야 하는 과정이었다. 그러나 언제까지 To부정사, 동명사 등 각론에 매달려 공부할 것인가? 자동차 오디오 시스템이 고장났다고 자동차가 움직이지 않는 것은 아니지 않는가? 완전하지는 않아도 기본적인 지식이 존재하니까, 역으로 나만의 영어 Frame을 먼저 만들어본 후 사용하면서 하나씩 조립해 나가기로 한 것이다.

모국어를 익히는 데도 시행착오를 겪는 법인데, 하물며 외국어를 배우는 데 오죽하랴. 달리 말하자면, 실수하는 것이 당연하다! 그러니 그 실수를 두려워하지 마라. 오히려 실전에서의 실수는 영어라는 언어를 완성시켜 가는 하나의 과정일 뿐이다.

무슨 공부를 하든 왕도는 존재하지 않는다. 어떤 방법이든 나름의 효율적인 방법을 터득하고 자기 것으로 만들 수 있다면, 그것이 곧 왕도가 되는 것이다. 본인의 성향과 상관없이 무조건 타인의 방법을 따르는 것은 위험하다. 자신에게 맞지 않은 공부법은 머지않아 어려움을 겪게 되고, 포기로 이어질 수도 있기 때문이다. 우리는 각자의 영어 공부법을 공유할 필요가 있다. 서로의 방법에서 장단점을 체크함으로써 자신의 길을 더욱 공고히 하다 보면, 언젠가는 지긋지긋한 영어의 두려움에서 해방될 수 있을 것이다. 꼭 그런 날이 오기를 기대해 본다.

다시 한 번 분명히 말해 두지만, 나는 영어를 잘하지 못한다. 잘하지 못하기 때문에 생존을 위한 나만의 방법이 절박하게 필요하였던 것이다. 인생에서 문제를 해결할 수 있는 가장 정확한 길은 절박함으로부터 출발한다는 말을 나는 믿는다.

1. 기능의 통합

영어 문장을 기능적인 역할로 살펴보면, 명사, 동사, 형용사, 부사, 전치사 등등으로 세분화되어 있다. 예를 들어 형용사 기능만 해도 단일 형용사, 현재분사, 과거분사, 관계대명사, 형용사구 등 각각의 기능을 한국의 문법책에서는 멀리 떨어진 각론으로 공부하고 있다. 다시 말해서, 각각의 기능은 공부하여 잘 알고 있지만 이를 통합하여 사용하지 못하기 때문에 영어의 활용에 있어 어려움을 느낀다. 내가 '기능의 통합'이라는 표현을 쓴 이유가 여기에 있다. 즉 명사를 수식하는 것이 형용사라고 한다면, 위의 모든 것들을 동시에 설정하고, 그 상황에서 어떠한 방법으로 명사를 형용(수식)할 것인지를 결정하여야 한다는 뜻이다.

이와 관련하여 매우 중요한 부분이 부사이다. 영어를 사용하며 가장 어려움을 느꼈던 부분이 바로 부사였다. 부사는 단일 부사, 부사구, 부사절 등으로 구분하는데, 이 또한 형용사의 설명과 동일하다. 부사는 주된 문장(Sentence)의 동사를 추가적으로 설명해 주는 역할을 하고, 문장을 연결시키기도 하고, 형용사 및 또 다른 부사를 수식하기도 한다. 부사통합 (Adverbial) 부분을 잘 활용할 수 있다면, 1차적인 의사 표현으로부터 출발하여 여러 가지 추가적인 정보를 확장하는 방법으로 설명할 수 있다.

나는 부사 – 동사의 추가적인 설명 혹은 상황의 전개를 위하여 Adverbial에 많은 시간을 투자하였다. 더 이상 세분화된 기능에 매달리기보다, 통합을 통하여 실전에서 오류를 정정하기로 한 것이다. 나는 영어 공부를 5가지로 분류하고 이에 집중하였다.

2. 문장의 형식

처음 우리는 영어의 5가지의 문장 형식에 대해 배우는데, 어리석게도 그 중요성을 간과하고 만다. 실은 이 기본 문장이 단일 문장뿐 아니라 명사절, 형용사절, 부사절을 만들 때도, 복잡한 문장이나 Speaking English에서 의미를 확장할 때도 바탕이 되기 때문이다.

이 5가지 형식의 단일 문장은 매우 기초적인 언어의 출발이므로 그 기본에 충실하여야 한다. 이때 특히 중요한 것은,

이 5가지 문장 형식 내에서 동사들의 기능을 잘 살펴보고, 동사의 기능과 문장의 형식을 결합하여 이해해야 한다는 점이다. 동사의 단순한 의미만 암기하는 것이 아니라, 동사를 이해하는 과정으로 접근해야 한다는 뜻이다.

3. 동사의 기능과 동사를 이해하는 방법

나는 동사를 '암기한다'는 표현은 적절하지 않다고 생각한다. Native 혹은 조기유학으로 Translation이라는 표현 자체가 의미 없는 학생들을 제외하고는, 영어를 전환의 과정 없이 받아들인다는 것은 불가능하기 때문이다. 나의 경우에도, 다른 방법으로 표현할 수 있는 영어 동사의 의미를 한국어 문장 속에서 이해하였다. 즉, 암기가 아닌 언어적으로 동사의 의미를 이해하려고 노력하였다. 동사를 어떻게 이해하려 노력하였는지는 뒤에 설명하겠다.

4. 기타 단어(명사, 단일 형용사 및 부사)의 암기

불행하게도 명사의 경우는 무조건 암기하는 것 외에 다른 방법이 없다. 다만 실전 영어에서는 다른 부분보다 그 중요성은 떨어진다. 동사 및 문장을 구성하는 과정에서 자연스럽게 다양한 명사들을 접할 수 있고, 계속 사용하는 과정에서 암기가 되기 때문이다. 명사는 특정한 상황 혹은 분위기 등을 설정하고, 그 안에 존재할 수 있는 단어들을 함께 암기하면 효율적이다.

나 또한 특정한 명사를 정하고 상황을 설정하여 가지치기 방식으로 그 범위를 확장해 나갔다. 버스 운전사라는 직업에 어울리는 암기법도 찾았다. 단어 간의 관계 상황 등을 정리하여 하루 10단어 정도를 Dash Board에 붙여 놓고, 운전 중 각각의 신호등에서 암기하고 발음을 연습했다. 이 습관은 지금도 이어지고 있다. 이 부분에 관련하여서는 추가적으로 설명할 내용이 없으므로, 각자 최선의 방법을 찾기 바란다.

명사와 관련하여 마지막으로 다짐해 두고 싶은 말은, 제발 가산명사, 불가산명사, 추상명사, 물질명사, 보통명사 등등에 집착하지 말라는 것이다. 사용하다 보면 자연스럽게 알게 되고, 혹 실수를 하더라도 현지인들은 다 알아듣고 이해한다. Skip!

5. 통문장의 암기

사실 통문장의 암기는 영어 학습의 마지막 결정체라고 할 수 있다. 처음에 이야기한 기능의 통합, 기본 문장에 대한 완벽한 이해와 동사의 이해가 결합하여 통문장을 암기한다면 그리 어렵지는 않을 것이다. 무조건 통문장을 외운다면 단순한 암기로 끝나지만, 통합된 기능을 이해한 다음이라면 통문장을 통하여 의사 표현의 확장이 가능해지기 때문이다. 내 경우에도 통문장의 암기를 통하여 머릿속에 많은 경우의 수를 설정해 둠으로써 Speaking과 Listening에 큰 효과를 얻을 수 있었다.

또한 양적인 면에 치중하기보다 다양한 분야 및 상황에 대한 통문장을 암기하는 것이 머릿속 엔진을 구성하는 데 도움이 된다는 사실도 명심하자. Written English 형태의 통문장뿐만 아니라, CNN 등의 인터뷰 내용 같은 통문장을 암기함으로써 Speaking English에도 대비할 수 있다. 내 경우에도 통문장 암기는 머릿속 영어 엔진을 효과적으로 유지할 수 있도록 도움을 주었으며, 발음(Pronunciation) 연습과 영어 문장 속에서 리듬을 찾는 데도 도움이 되었다.

나는 현재 약 20여 개 정도의 통문장을 암기하여 사용하고 있는데, 이는 암기의 수준을 넘어 언제든 자동적으로 생각이 입을 통하여 표현할 수 있는 가지의 수이다. 솔직히 나는 더 이상의 통문장 암기가 필요하다고 생각지는 않는다. 나의 목표는 현지인처럼 완벽하게 영어를 구사하려는 것도 아니고, 영어를 전공하고자 하는 것도 아니기 때문이다. 나는 그저 실생활에 필요한 수준의 영어를 필요로 하는 것뿐이다. 하지만 여전히 나는 일상 속에서 이 20개의 통문장을 통하여 그 표현의 형태를 확장하여 나가고 있다.

기능의 통합

* 주어가 될 수 있는 것은 무엇인가? 당연히 명사.

* 목적어가 될 수 있는 것은 무엇인가? 당연히 명사.

* 형용사의 역할은 무엇인가? 명사와 관련한 추가 정보의
  를 제공한다.

* 부사의 역할은 무엇인가? 동사, 다른 부사, 형용사를 설
  명하거나 혹은 문장 전체에 대한 추가 정보를 제공한다.
  의미의 확장 부문에서 매우 중요한 역할을 한다.

* 동사의 역할은 무엇인가? 주어의 의지이며, 이야기를 이
  끌어 나가기 위한 출발점이다. 동사의 경우 의사 표현의
  첫번째 예측(Prediction)에 해당한다. 나는 전통적인 영어 문
  법상의 분류법으로 3가지 형태의 동사 분류 기준으로 공
  부하였다.

나는 한국어를 사용하는 한국인으로서, 그리고 영어를 배
우며 사용하고 있는 사람으로서 내 의사를 표현할 때 가장
중요한 요소는 명사, 동사, 형용사, 부사라고 생각하였다. 기

본적으로 이 네 가지가 적절하게 조합되고 활용이 된다면, 완벽하지는 않아도 나의 생각을 전달할 수 있다는 것을 느끼게 되었다. 즉 한국에서 배운 이 4가지 품사를 간략한 구조로 가능한 빠르게 분류하여 문장 전체의 의미를 이해하려고 노력하였다.

다시 한 번 이야기하지만, 한국에서의 교육처럼 각각으로 이해하려는 요소별 공부 및 이해가 아니라, 각각을 통합하여 머릿속에서 빠른 언어 전환을 하려고 노력하였다. 신문 등의 기사를 접할 때에도 4가지 품사의 구성 요소에 집중하여 체크함으로써 통문장이 매우 쉽게 암기되고 그 구조를 이해할 수 있게 되었다.

예를 들어, 주어와 목적어가 될 수 있는 명사를 단일 명사로 한정하지 않고, 명사구, 동명사, 명사절 등으로 확장하여 상황에 따라 선택하여 사용하는 것이다. 그러나 한국에서는 각 요소별로 공부시키기 때문에, 막상 상황에 부딪히면 무엇을 선택해야 할지 혼란을 겪게 된다. 나의 경우에는 이를 통합하여 머릿속 엔진을 구축하였다. 형용사 및 부사 또한 동일하다.

1. 명사 (Noun)

다른 언어는 모르겠으나, 적어도 영어에서 명사라는 품사의 용도는 주어(Subject), 목적어(Object) 그리고 보어(Complement)이다. 따라서 언어를 사용하는 모든 순간에 우리는 명사를 구분해 내야 한다. 그리고 명사를 인식할 때, 단일 명사(Single Noun)를 중심으로 이해하는 경향에서 벗어나야 한다. 신문 기사(Article)를 읽을 때 문장 내에서 우리가 접할 수 있는 명사의 종류는 여러 가지다.

나는 각각의 분리된 Chapter에서 공부하고 문법적인 기능과 정확성을 강조하는 한국의 영어 교육 방식보다, 문장 내에서 여러 가지 형태의 명사를 통합적으로 이해하는 것이 우선이라는 데 집중하였다. 이러한 과정과 훈련을 반복하면 Speaking과 Reading Skill은 향상할 수밖에 없다. 엔진의 구동 속도가 점점 빨라지기 때문이다. 즉, 주어와 목적어로 사용되는 명사를 생각할 때 다음과 같은 것들을 동시에 함께 사용하여야 한다. 어떠한 표현이 적절한 것인지는 사용하는 과정에서 스스로 깨달을 수 있다.

1) 단일 명사(Single Noun)

가장 기초적인 명사의 종류이다(Student, Table, Air, Crowd Etc). 가산명사(Countable)와 불가산명사(Uncountable), 보통명사와 추상명사 및 기타 등으로 분류가 된다. 그러나 나는 이러한 분류에 큰 의미를 두지 않는다. 그저 30년 전 배웠던 영어의 상식으로 남겨둘 뿐이다. 그 이유는, 사용하는 과정에서 자연스럽게 습득이 되고 이해되기 때문이다. 물론 대학 입시 등 평가를 위한 영어를 배우는 학생이라면 그 기준에 맞추어 학습해야 겠지만, 나처럼 즉시 사용하여야 하는 상황에서라면 이런 분류는 공부에 도움도 되지 않을 뿐더러, 솔직히 필요하지도 않았다.

또한 명사의 분류와 관련하여 한국인들이 가장 많이 하는 실수가 '관사(부정관사, 정관사)'라는 것이다. 하지만 이 부분 또한 간단한 개념 정리로 넘어가도록 하자. 시험에 의한 평가의 목적이 아니라면, 서로를 이해하는 데 결정적 문제점이 없으며, 사용하다 보면 자연스럽게 익숙해지기 때문이다.

Could you give me a pecile for me?

볼펜 좀 줘 : 특정한 볼펜이 아닌, 상대방이 지니고 있는 볼펜 중 아무거나 빌려 달라는 의미이다. 부정관사 A/An라

고 하는 것은 among 중의 하나이다. 한국어에서는 "볼펜 좀 쥐" 혹은 "볼펜 한 자루 좀 쥐" 구분 없이 사용하지만, 영어에서는 특정하지 않은 것 중 하나의 경우 부정관사를 사용한다. 하지만 서로가 인지하고 있는 경우에는 정관사 The를 사용하게 된다.

Could you give the pencile on the table for me?

그 책상 위에 있는 그 볼펜 좀 쥐 : 책상 위에 있는 볼펜의 경우, 서로가 인지하고 있는 볼펜이다. 즉 서로가 인지하고 있는 특정한 볼펜과 관련하여 이야기하고 있는 것이다. 이 문장을 살펴보면, 서로가 인지하고 있는 두 개의 명사가 존재한다. 하나는 table이고 다른 하나는 pencile 이다. 따라서 문장 내에서 우리는 the라는 정관사를 해당 단어 앞에 사용하여 해당 명사를 특정(Define)시하는 것이다.

나는 단일명사와 관련한 부정관사와 정관사를 이렇게 정리했다. 나머지는 실전에서 사용하며 실수를 교정하고, 글을 읽으며 배워 나가기로 하였다. 이런 부분적인 요소에 너무 집착하지 않기를 바란다. 극단적으로 말하자면, 이러한 표현을 생략하더라도 상대방은 다 알아듣고 우리를 이해한다. 여러분들이 용기를 가지고 사용하는 순간, 스스로 실수를 깨닫게 된다. 그러면 다음에는 스스로 그 상황을 기억하고 교정하게 된다. Try it!

2) 명사구(Noun Phrase)

Phrase란 결합을 의미한다. 즉 명사구란 몇 개의 단어들이 결합하여 하나의 명사로서 주어 혹은 목적어의 기능을 한다는 의미이다. 물론 영어라는 언어 안에서 모든 명사구를 단시간 내에 습득할 수는 없다. 그 의미만을 이해하면 충분하다. 신문 혹은 인터넷 매체 등을 통하여 확장하여 가면 된다. People with disabilities(장애인) etc.

3) 명사절(Noun Clause)

Clause란 하나의 문장(Sentence)이 주어 혹은 목적어의 기능을 한다는 의미이다. 사실 명사절의 경우, 단일 문장에서 복합 문장으로 확장되는 것을 의미한다. 즉 문장의 구조가 복잡(Complicated)해지기 때문에 혼란을 일으킬 수 있는데, 이를 효과적으로 이해하기 위해서는 두 가지 과정이 필요하다.

첫째는 Clause 또한 5가지의 문장 형식(Pattern) 중 하나이므로, 5가지의 문장 형식 모두 주어와 목적어로 사용될 수 있다

는 점이다. 둘째는 주어, 동사, 목적어가 포함된 문장(Sentence)
이 다시 주어와 목적어로 사용되기 때문에, 문장 내에서 구분
이 필요하다는 점이다. 모두 아는 바와 같이 'What'을 이용
하여 주어로 사용하는 방법과 '관계대명사(That, Which)'를 이용
하여 목적어로 사용하는 방법이다. 실질적으로 명사절 및 형
용사절은 Writing에서 많이 보이는 형태라고 할 수 있다. 당
연히 Speaking에서도 사용된다.

4) 부정사(To Infinitive)

부정사 중 명사적 기능을 하는 명사적 용법을 나는 명사로
분류하였다. 명사는 주어, 보어, 목적어로 사용되는데, To 부
정사의 명사적 기능 또한 이를 충족시키므로 별도의 부정사
용법으로 분류하지 않고 명사 기능의 하나로 생각하고 통합
하였다.

To live is to survive. (To live : 주어, to survive : be동사의 보어)

The boy wanted to ride on the monorail car. (to ride :
wanted의 목적어)

I forced him to clean the backyard(나는 그에게 뒷마당을 청소하
라고 했다).

이 문장에서 우리는 두 개의 동사를 확인할 수 있다. Force 와 Clean으로, 이 문장은 5형식이다. him은 간접 목적어이고, to clean 이하는 직접 목적어라고 할 수 있다. 여기에서 설명할 내용은 아니지만, 5형식 문장의 경우, 형식을 지정하는 것은 특정 동사에 근거한다. 소위 수여동사(Give, Bring 등)와 명령 및 강요를 의미하는 동사(Ask, Force, Make, Get 등)가 그것이다. 위의 문장에서 첫 번째 의미는 '나는 뒷마당을 청소하라고 지시하였다'이고, 두 번째 의미는 '그 대상은 그가 될 것이다'이다.

나는 그에게 명령했다. + What? = to clean the backyard.

우리는 이것을 한국에서 〈to 부정사의 명사적 용법〉이라고 배웠다. 그러나 우리는 영영사전에서 동사를 표현하는 방법에 대하여 다시 한 번 살펴볼 필요가 있다. 모든 동사의 설명은 반드시 To를 포함하여 설명하고 있다.

이 문장에서는 To clean the backyard라는 직접 목적어가 '부정사' 표현이다. 부정사의 동사는 또 다른 목적어인 명사를 요구하는데, 그것이 바로 Foward이다. 나는 이러한 방법으로 영어를 확장하여 나갔다.

여기에서 주목할 것은 명사, 그 명사의 기능이다. 명사란 주어 혹은 목적어로 사용된다는 것을 우리는 알고 있다. 그렇다면 To 부정사 또한 목적어뿐 아니라 주어로도 사용될 수 있다는 것이 아닌가?

To live is so hard('산다는 것'은 정말 힘들다).

5) 동명사(Gerund)

동사가 명사화한 것으로 이해하면 된다. 이 또한 부정사와 마찬가지로 주어, 보어, 동사의 목적어로 사용되는데, 주의할 점은 부정사와의 차이점을 정확하게 이해할 필요가 있다는 것이다.

To Exercise everyday is very good for your health.

Exercising everyday keeps your health good.

동명사에는 형용사적 용법이 존재하지 않는다. 오로지 주어, 목적어, 보어로만 사용된다. 주의해야 할 것은 동명사를 목적어로 두지 않고 To 부정사를 목적어로 하는 특정 동사인데, 이는 사용하면서 익혀 나가는 것이 합리적이라 생각한다. 즉 Case by Case로 습득하여 나가면 된다.

명사와 관련한 중요한 포인트는, 5가지의 명사 형태를 하나로 결합하여 머릿속 엔진에 저장하고 있어야 한다는 점이다. 이 5가지 형태의 명사를 엔진 속에 구축하고, 상황에 따라 5가지 중 어떤 형태를 사용할지 빠르고 정확하게 선택하여 전환할 수 있도록 훈련해야 한다.

나의 경우에는 통문장을 암기할 때에도 동일하게 적용하였다. 한국어 표현을 간략하게 정리한 후, 5가지 명사 중 선택되는 부분을 연결하여 암기하는 방법이었다. 이는 앞으로 나올 형용사, 부사의 경우에도 동일하게 적용하였다.

2. 형용사(Adjective)

부사(Adverb)가 동사와 관련하여 추가적인 정보를 제공하는 기능을 한다면, 형용사(Adjective)는 명사와 관련하여 추가적인 정보를 제공하는 기능을 한다.

1) 단일 형용사(Single Adjective)

'difficult situation(어려운 상황)' 과 같이 단일 형용사는 통상적으로 명사 앞에 위치하여 명사의 Unique한 특성을 설명한다. 하지만 예를 들어 '파란 셔츠를 입은 그 사람' 의 경우, '파란셔츠를 입은' 이라는 형용사가 존재하는가? 당연히 없다. 형용사구(Adjective Phrase)가 존재하는 이유이다.

2) 형용사구(Adejective Phrase)

전치사와 명사가 결합하여 형용사의 기능을 한다. 따라서 Phrase를 구성하기 위해서는 1차적으로 전치사(Preposition)가 필요하다. 이는 부사구 혹은 명사구에서도 마찬가지이다.

부사구의 경우는 통상 문장의 앞 혹은 뒤에 위치하여 동사를 설명하지만, 형용사구의 경우는 명사 바로 뒤에 위치하여 명사를 수식한다. 만약 앞에 위치하게 되면, 그 의미에 혼란을 줄 수 있기 때문이다.

The man in blue shirts is my teacher.

이 문장은 가장 기본적인 Pattern이다. 여기에서 우리는 2가지의 문법적인 표현을 이해하여야 한다.

첫째, the라는 정관사이다. 이는 '대화하는 두 사람이 파란색 셔츠를 입은 사람을 쳐다보고 있는 상황'이라는 뜻이다. 즉, 두 사람이 서로 인지하고 있는 사람이라는 의미이다.

둘째, in blue shirts가 형용사구(Adjective Phrase)에 해당한다. 전치사(in)의 목적어는 항상 명사여야 하니까 단일 형용사(blue)+일반명사(shirts) 순으로 오는 것이다. 따라서 문장 전체의 의미는 '파란색 셔츠를 입은 그 사람이 나의 선생님이다'가 된다. 그렇다면 왜 in이라는 전치사가 사용되었을까? 셔츠의 경우, 양손을 셔츠 안으로 집어 넣어야 하니까 '안으로', 즉 in이라는 전치사를 사용한 것이다. 거듭 말하지만, 먼저 기본 원칙을 숙지하고 하나씩 확장해 나가야 한다.

화려하고 복잡한 문장을 구사하는 것이 능사가 아니다. 얼마나 분명하고 간결하게 자신의 의사를 표현할 수 있는지가 언어적 Skill이며, 확장의 기본이라는 것을 명심해야 할 것이다. 그런 의미에서 어렵지 않은 구조로 명확하게 자기의 의사를 표현하였던 히딩크 감독의 영어는 우리에게 시사하여 주는 바가 크다.

3) 형용사절(Adjective Clause)

부사절과 마찬가지로 모든 구성 요소를 갖춘 하나의 문장이다. 형용사절의 대표적인 것은 영어의 '관계대명사'이다. 물론 관계대명사에는 2가지 사용법이 존재하지만, 형용사절로서는 제한적 용법이 이에 해당된다.

나는 사람에게 다가갔다. 그는 버스를 기다리고 있었다.

한국어로 표현한다면 ⇨ 나는 <u>버스를 기다리고 있는</u> 사람에게 다가갔다.

영어를 효과적으로 배우기 위해서는 먼저 한국어에 대한

이해가 필요하다. 즉 '버스를 기다리고 있는' 이라는 표현은 '사람'을 수식하는 형용사이다. 그렇다면 이 형용사를 영어로 전환만 해주면 되지 않겠는가.

I approached the person <u>who was waiting for a bus</u>.

여기에서 the person은 사람을 의미하므로 관계대명사 who가 사용된 것이고, 관계대명사 또한 명사이므로 who was waiting for a bus는 하나의 sentence로써 형용사의 역할을 하고 있다. 하지만 나는 일상적으로 이야기할 때 관계대명사(Who)와 be동사를 생략한다. 또한 the person에서 the라는 정관사가 사용되었는데, 그 이유는 앞서 설명한 바 있다. Waiting은 동작의 진행형으로 앞의 명사를 설명해 주는 현재분사로 이해하면 된다.

4) 부정사의 형용사적 용법(To Infinitive)

To 부정사의 명사적 용법을 명사로 분류한 것과 같은 맥락으로, To 부정사의 형용사적 용법을 형용사로 분류하였다. 그 이유는 To 부정사가 명사에 대한 추가적인 정보를 제공하기 때문이다.

He has nothing to do with the affair.

이 문장에서 to infinitve(to do)는 명사 nothing뒤에 위치하여 nothing을 설명하는 형용사의 기능을 하고 있다. 즉, '그 사건과 관련하여 한 일이 없다(그 사건과 관련이 없다)' 는 의미이다. 통상적으로 부정사의 형용사적 용법은 Noun + To Infinitive 의 순서로 위치한다.

I havn't got enough money to give you.

단순한 S+V+O의 3형식 문장에 형용사적 기능인 To 부정사가 결합되었을 뿐이다.

5) 현재분사(Present Participle)

동사의 진행형이 형용사의 기능을 하며, 명사를 설명한다. 문법적으로 설명하자면, 명사와 현재분사 사이에 관계대명사와 be동사가 생략되어 있다고 볼 수 있다. 현재분사의 경우, 수식하고자 하는 명사가 현재진행형(Acting)일 때 활용을 한다.

That guy walking on the street is my cousine.

walking이 현재분사(형용사 기능)로 that guy를 설명하고 있는데, 이때 'Who is' 가 생략되었다고 보면 된다.

6) 과거분사(Past Particple)

현재분사가 진행형으로 형용사 역할을 한다면, 과거분사는 동사의 완료(Completed) 상태로 형용사 역할을 한다. S+V+C, S+V+O+C의 두 형식에서 C(Complement)의 역할을 한다. 즉, 주어의 보어 및 목적어의 보어로 사용된다.

I had my watch mended yesterday(나는 어제 시계를 수리하였다).

이 문장에서 my watch는 had(have)의 목적어이고, mended 는 watch의 보어(Complement)이다. 이러한 문장의 형태는 have, make, let이라는 동사류를 사용하여 확장이 가능하다.

He looks satisfied(그는 만족스러워 보인다).

이 문장에서 look은 연결동사(Linking Verb) 중 하나로 '~하여 보인다'라고 해석할 수 있다. 우리는 이 간단한 문장을 확장해 볼 필요가 있다. 어떠한 이유로 인하여 그가 '만족스러워 보이는지' 설명하기 위해 because, due to 등을 사용한다.

He looks very satisfied because everything what he has been trying is going well.

만족하는 경우 분명 이유가 존재하여야 하는데, '그가 시도하고 있는 것들이 잘 진행되고 있다'는 이유를 설명한 것이다. 여기에서 he has been trying이라는 현재분사 진행형을 사용한 이유는 '과거부터 현재까지 진행 중인 사실'을 의미하기 때문이다. 이런 식으로 알고 있는 문법적 지식을 확장하여 나가면 된다.

S+V+C 형식의 이 문장은 Satisfied가 주어를 보완(Complement)해 주는 역할일 뿐, because 이하는 문장의 형식을 결정하는 데 아무런 영향도 끼치지 못한다. 단지 그가 만족하는 이유를 설명해 주는 '부사절'에 불과하다.

7) 기타(Noun of Noun)

매우 많이 접하는 표현 중 하나인 〈명사+of+명사〉에서 'of+명사'를 어떻게 해석하여야 옳을까? 나는 일종의 형용사적 표현이라고 정리하여 활용한다. Preposition+Noun의 표현, 즉 일종의 형용사구(Adjective Phrase)라고 생각한다는 뜻이다.

The importance of saving.

전치사 of의 목적어로서 Saving은 동사의 명사 형태인 '동명사'가 되어, '저축하는 것의 중요성'이라고 해석한다. 정확한 문법적 분석을 통한다면 나의 이해법이 틀릴 수도 있겠지만, 나는 크게 괘념치 않는다. 앞서 이야기한 것처럼, 나는 평가받기 위해서가 아니라 사용하기 위하여 이해하고 확장하고 있기 때문이다.

지금까지 명사를 추가적으로 설명해 주는 형용사의 형태를 7가지로 분류해 보았다. 즉 명사를 설명하고자 하는 순간, 7가지 형태의 형용사 중 어떤 것을 사용할지 결정해야 한다는 뜻이다. 이런 방법으로 명사와 형용사를 연결하여 표현을 이해하거나 혹은 통째로 암기한다.

3. 부사(Adverb)

부사는 동사, 형용사 및 다른 부사를 설명하는 역할을 한다. 특히 동사의 행위를 추가적으로 설명해 준다. 예를 들면, 언제, 어디서, 어떻게, 누구와 등등으로 설명된다. 문제는 부사의 형태가 매우 다양하다는 것이다. 부사는 영어문법에서 Adverbial이라는 표현으로 통합되어 표현되는데, 특히 의사 표현의 확장에서 매우 중요한 역할을 한다. 동사 행위의 모든 이유나 시간, 장소 등의 추가적인 정보를 Adverbial에서 설명해 주기 때문이다.

그러므로 실전에서 영어를 사용하고자 할 때는 이 부분에 대한 많은 경우의 수를 공부하여야 한다. 즉, 감정의 표현으로 확장하거나 이유와 근거, 시간, 방법 등 단일 문장의 표현에서 보다 복잡한 의사로 확장하여 나가는 데 부사가 매우 중요한 역할을 하기 때문이다.

1) 단일 부사(Single Phrase)

Early, well etc.

2) 부사구(Adverb Phrase)

전치사와 명사가 결합하여 부사의 역할을 한다. 나는 이것을 명사 뒤에 붙어 의미를 설명하는 '조사'와 같은 것으로 이해하였다. 즉, 영어의 부사구를 한국어의 명사+조사와 비교할 수 있다.

I will leave here in the evening(나는 저녁에 떠날 것이다).

부사구 in the evening = '저녁+에'로 설명할 수 있다는 말이다. 동사 leave(떠난다)에 시간(언제)이라는 추가적인 정보를 더하는 것이다. 어떤 형태이든 그 부사는 동사 및 형용사 그리고 다른 부사를 설명하고 있다는 사실을 Frame의 구동축으로 기억하여야 한다.

3) 부사절(Adverb Claude)

Clause는 문장의 형태는 갖추었으나, 단일 문장으로는 그 의미를 완벽하게 전달하지 못하는 문장을 의미한다. 이는 문법상 종속절(Dependent Clause)이라고 표현한다. 이 Clause는 주된 문장의 동사를 설명한다. 그러하다면, 한국어에서 이러한 종속절을 설명하여 보자. 동사와 목적어의 어순의 차이일 뿐 한국어의 경우도 동일하지 않을까?

나는 자동차를 수리했다. (언제?) 문제점을 발견하고 나서.

한국어로 표현한다면 ⇨ 나는 자동차의 문제점을 발견한 후, 자동차를 수리했다.

즉 '내가 자동차의 문제점을 발견한 후'라는 문장이 '언제'를 의미하는 부사절이다. 이 부사절이 수식하는 것은 '수리했다'라는 Main Sentence의 동사이다. 즉 '내가 자동차의 문제점을 발견한 후'라는 부사절은 '나는 자동차의 문제점을 발견하였다'라는 주어, 동사, 목적어로 조합된 완전한 형태의 문장이지만, 그 결과 행위와 관련한 정보는 존재하지 않는다. 그 행위의 정보는 주절(Independent Clause)에 있는 것이다.

부사절은 매우 다양한 형태로 표현되는데, 이는 '정확한 의사 표현의 확장'이라는 의미가 필요하기 때문이라는 것을 잊지 말아야 한다. .

영어에서는 문장과 문장(Dependent and Independent)을 연결하는 그 무엇이 필요하다. 즉, 주된 문장과 주된 문장을 설명해 주는, 문장 사이의 연결 단어가 존재한다는 뜻이다. 위 문장의 경우, '발견한 후'의 '후'가 이에 해당되는데, 한국어에서는 '후'가 명사이고, 동사가 변형되어 형용사의 역할을 하고 있는 것처럼 보인다. 그러나 영어에서는 특수한 접속사(When 등)가 등장하여 문장과 문장을 연결해 주는 역할을 한다.

이러한 분석이 어려울 수 있으나, 앞서 이야기한 것처럼 한국어를 '잘'하면 영어를 '잘'할 수 있다. 먼저 단순하게 생각해서 표현하고, 단순한 구조를 복잡한 구조를 이해하는 바탕으로 삼아 공부해야 한다. 부사절은 〈문장의 형식〉 및 〈문장의 결합〉에서 다시 설명하겠다.

4) 부정사의 부사적 용법(To Infinitive)

부정사의 부사적 용법을 부사로 분류하였다. 이때 부사적 용법이란 동사나 형용사 혹은 다른 부사를 설명하는 기능을 말한다.

I spoke to her as quietly as I could (in order) not to

offend her.

이 문장에서 우리는 2개의 부사를 발견할 수 있다.

첫째, quietly라는 부사로 동사 Spoke를 설명한다.

둘째, not to offend her은 부정사의 부사적 기능으로 quietly를 설명한다. 이때 offend는 또 다른 동사로 목적어 her을 취하고 있다. 따라서 '그녀를 화나지 않게' 하기 위해서 '조용한' 방법을 취했다고 이해하는 것이다.

통상적으로 부정사의 부사적 기능은 동사+To Infinitive 의 형태로 많이 표현되지만, 위와 같이 부사를 추가적으로 설명해 주는 경우도 있으므로, 부사의 기능이 동사나 형용사 및 또 다른 부사를 설명해 준다는 기본적인 이해를 명확히 해두어야 한다. 물론 해석에 차이는 있을 수 있지만, 동사 뒤에 오는 부정사는 통상적으로 부사적 용법이라고 생각하면 된다.

Someday you will come to realize the importance of saving.

이 문장에는 3가지 형태의 동사가 존재한다.

첫째, Will이라는 조동사(미래)

둘째, Come이라는 동사

셋째, Realize라는 동사

중요성을 인식하기 위해서 왔다 〉중요성을 인식하게 될 것이다

한국의 문법에서는 '부정사 용법의 결과' 라고 표현하지만, 이러한 의미의 작은 차이에 너무 집착하지 않기를 바란다. realizse라는 동사가 그것들이다. 이 문장에서 보면 주어의 본동사인 come을 설명해 주는 것은 to realize라는 부정사이다. '~하기 위하여 온다' 는 부사적 기능이지만, 이것을 해석할 경우에는 '저축의 중요성을 깨닫게(Realize), 될(Come) 것이다' 라고 해석하는 것이 무난하다.

He is going to her house / to make it clear / to stop the relationship.

5가지 문장의 형태 중 가장 간단한 S+ V(He is going : 그는 갈 예정) 형태가 확장되어 to her house (to where) 어디로 간다는 부사구와 to make something clear라는 목적의 부정사의 부사적 용법, something = to stop the relationship 표현의 명사적 용법 등이 결합하여 한 문장을 이루었다. 문장의 형태는 S+V+O+C로 to stop the relationship이 목적어가 되고, 목적어의 보어(Complement)는 형용사 clear가 된다.

또한 2가지 형태의 부정사를 확인할 수 있다.

목적을 설명해 주는 부정사 to make와 to stop the

relationship의 to stop(정리하는 것- 명사적 용법)이 그것이다. 그러나 목적어가 목적어를 수반하는 부정사로 Phrase의 형태이므로, 그 의미를 명확하게 하기 위하여 가목적어 it을 사용하여 구분한 것이다. 즉, 이 문장에서 it = to stop the relationship이 된다.

만약 가목적어 it을 사용하지 않으면 ~ to make to stop the relationship이 되어, 동사 make 뒤에 위치한 to stop의 기능은 부사적 기능(동사 뒤 위치)으로 표현되어 그 의미가 불분명해진다. 따라서 가목적어 it을 사용하여, 문장 전체의 의미를 분명히 하는 것이다.

이처럼 부정사의 경우는 한 문장 내에서 부사적 활용, 형용사적 활용, 명사적 활용 등이 동시에 나타날 수 있기 때문에, 기본적인 문장의 형식에 기초한 문장 내에서의 역할을 빨리 파악할 수 있어야 한다.

This reference book is easy to understand.

이 문장에서는 to understand가 형용사 easy를 설명하고 있다. '이해하기가 쉽다'라고 해석할 수 있다. 나는 이를 How로 이해하였다.

4. 동사(Verb)

어떠한 언어를 배우든 가장 중심이 되는 것은 동사라고 할 수 있다. 동사는 의사 표현의 출발이자 예측(Prediction)이기도 하고, 의지를 표현해 주기 때문이다. 앞서도 말하였지만, 나는 동사의 의미는 암기하는 것이 아니라 이해하는 것이라고 생각한다.

나는 영어의 동사를 이해하는 과정에서 한국어로 많은 상황을 만들어 연습하였다. 또한 우리가 흔히 숙어(Phrasal Verb)라고 배운, 기본 동사와 전치사의 결합으로 그 의미를 다양하게 연출해 보았다. 우선 내가 동사를 이해하는 방법을 이야기하고자 한다. 물론 이것은 나만의 방법일 뿐, 이 방법이 최적이며 옳은 방법이라고 주장하는 것은 아니다. 모든 이들에게는 각자의 방법이 있을 것이고, 각자에게 맞는 방법이 최선의 방법이기 때문이다.

영어의 동사를 이해하기 앞서, 나는 내가 '한국어를 모국어로 하는 영어를 배우는 사람'이라는 전제를 분명히 하였다. 이는 영어의 동사를 한국어로 폭넓게 이해하려고 노력하였다는 뜻이다. 이제부터 나는 내가 동사를 이해하고 있는 과정을 설명해 보고자 한다.

1) 단일 동사(Single Verb)

한국에서 배웠던 영어에는 동사의 종류만 하더라도 여러 가지가 있다. 물론 영어로 된 문법 교과서에도 동사의 종류는 구분되어 있다. 예를 들면 ActionVerb, Event Verb, Status Verb 등이다.

Action Verb는 말 그대로 움직임을 표현하는 동사이고, Event Verb는 없었던 상태에서 무엇인가가 발생하는 동사이다. 예를 들면 Happen이 그렇다. '일어나다', '발생하다' 라는 의미로, 없던 상태에서 새로이 발생하는 것으로 이해할 수 있다.

마지막으로는 Status Verb는 상태가 지속되고 있는 동사이다. 대표적인 것이 To love이다. 의미는 사랑하고 있는 것. 한국식 암기법으로는 '사랑하다'이지만, 내가 동사를 이해하는 방식으로는 '사랑하고 있다'이다. 여기에서 우리는 중요한 한 가지 사실을 배울 수가 있다. 동사 자체에 상태의 지속이 포함되어 있다는 점이다. 따라서 이러한 동사는 원칙적으로 진행형을 사용할 수 없다.

이 세 가지 분류 방식에 의하여 동사를 이해하고 활용한다면, 우선적으로 본인의 의사를 표현하는 첫걸음이 될 수 있다.

이제부터는 내가 단일 동사를 이해하였던 과정을 설명하고자 한다. 일단 나는 동사의 이해를 위해 영어 단어가 아니라 한국어로 출발했다. 한국어가 뿌리 깊게 자리잡은 상태에서 영어로만 머릿속을 채운다는 것은 불가능했기 때문이었다. 다음으로, 말을 하거나 들을 때 머릿속에서 언어 간의 변환 과정이 존재한다는 사실을 솔직히 인정했다. 즉 이를 설명하면 다음과 같다.

Provide/ Supply ⇨ '공급하다' 라는 동사의 의미를 암기하는 것이 아니다. Reading을 하는 경우 Provide는 '공급하다' 라는 의미를 갖고 있다. 그러나 Speaking 이나 Listening 의 경우는 어떠한가? 변환 과정에서 첫 번째로 떠오르는 단어는 무엇일까?

불행하게도 Provide가 아니라, '공급하다' 라는 한국어다. 한국어가 먼저 인식되고, 머릿속에서는 '공급하다' 라는 의미의 영어 단어를 찾기 시작한다. 이러한 전환 방식으로 Speaking에 많은 어려움을 느꼈던 나는, 반대로 한국어의 구사와 한국어의 여러 표현 방식을 공부하게 되었다. 즉, 공급하다(제공하다 등) ⇨ Provide/Supply를 전제로 하되, 한국어의 '공급하다' 의 의미를 여러 가지로 먼저 활용해 보는 것이다.

① 당신의 은행은 재무적인 조언을 제공할 수 있어야 한다.

② 대학은 장애인들을 위하여 더 많은 시설을 제공하여야 한다.

③ 그 돈은 그 학교에 새로운 컴퓨터 장비를 공급하기 위하여 사용될 것이다.

위의 세 문장들은 Provide/Supply라는 영어를 이해하기 위한 한국어 문장들이다. 위의 예문은 본인이 평상시 참고하고 있는 Advanced English 참고서에서 인용한 한국어 번역 예문이다. 나는 평상시 한영사전을 지참하고 다니면서 버스 운전 중 틈틈이 한국어 동사를 보며 그 활용 예문을 확장하고 있다.

위에 제시된 3가지의 예문은 Provide라는 동사를 머릿속 엔진에 구축할 때 논리적이고 단순한 한국어 표현들을 동시에 이해하는 것이다. 즉, Provide라는 동사 앞에 언제나 3가지 형태의 표현들이 자리잡고 있으므로, 아주 짧은 순간 안에 말하거나 들을 수 있었다. 이러한 연습을 통하여 점점 이해의 속도가 빨라졌다.

물론 공부를 하는 사람마다 각자의 방법이 존재하므로 나의 방법이 많은 사람에게 도움이 될 수 있다고 자신할 수는 없다. 하지만 어차피 우리는 이 지긋지긋한 영어로부터 벗어나야 하고, 후배들에게는 이런 방법도 있다는 것을 알리는 마음으로 기술하는 것이다.

자, 이제부터 위의 한국어 문장을 자세히 살펴보도록 하자.

① 당신의 은행은 재무적인 조언을 제공할 수 있어야 한다.

② 대학은 장애인들을 위하여 더 많은 시설을 제공하여야 한다.

③ 그 돈은 그 학교에 새로운 컴퓨터 장비를 공급하기 위하여 사용될 것이다.

①번의 문장을 살펴보면, '제공할 수 있어야 한다'가 있는데, 보통 '제공하다'라는 단편적인 의미만을 암기한 나 같은 사람들에게 이처럼 활용하여 말한다는 것이 결코 쉬운 일은 아니다. 하지만 나는 '결국 영어의 답은 한국어에 있다'라는 믿음을 가지고 있다. 물론 문법적으로 다소 틀리거나 그 의미가 어색할 수 있어도, 우리는 우리의 의사를 표현하고 주장하여야 하기 때문에 그러한 과정들은 결국, 시행착오와 노력을 통하여 해결되지 않으면 안 된다.

'제공할 수 있어야 한다'라는 긴 표현에서 나는 세 가지 숨은 의미를 발견했다. 첫째는 '제공하다'라는 본래의 동사의 의미, 둘째는 의무를 표현하는 조동사, 셋째는 가능 (Posibility)의 의미이다. 즉, '제공할 수 있어야 한다'의 표현에는 영어의 세 가지 표현이 함께하는 것이다. 이를 영어로 표현하면 다음과 같다.

Should be able to provide

여기에서 다시 이 표현을 설명할 필요는 없을 것이다. 한국에서 영어 공부를 한 분들은 영어의 각 부분에 대하여 이미 많은 지식을 갖고 있을 것이기 때문이다. 하지만 이를 조합하여 의사를 표현하는 경우의 설명이므로 그대로 이해하여 주기를 바란다.

즉, Provide라는 동사를 이해하기 위하여 나는 세 가지의 Parts를 조합하여 이해한 것이 되는 셈이다. 결국 완성된 문장은 'Your bank should be able to provide financial advice.'로, 문장의 형식은 S+V+0이다. 이러한 과정을 통하여 이해한 Provide라는 동사는 특별한 예외사항이 아닌 경우 Speaking 혹은 Listening에서 많은 효과를 보고 있다. 다음의 문장에서는 같은 설명을 제외하고 다른 경우를 살펴보기로 한다.

②번의 문장에서는 '제공하여야 한다'라는 단순히 의무적

인 표현을 하고 있다. 의무표현 중 강력하고 예외 없는 의무를 표현하는 방법에는 통상적으로 Should를 사용하므로, 완성된 문장은 다음과 같다. 문장의 형식은 ①과 동일하다

The university should provde more facilities for disabled students.

③번의 문장에서 우리는 소위 부정사의 용법 중 '목적' 용법을 한국어 문장에서 이해하여야 한다. '~ 위하여 사용될 것이다'에서 '~ 위하여'라는 표현은 부정사에 해당한다. 앞서 서술한 것처럼 〈기능의 통합〉을 통하여 어떠한 순간에 어떠한 기능이 사용되어야 하는지를 가능한 동시에 선택하여 말하거나 받아들여야 한다.

우선 시간상 현재의 기준으로 설명한다. 여기에서는 부정사의 목적 용법과 '사용된다'라는 수동의 의미가 포함되어 있음을 알 수 있다. 따라서 이를 영어로 전환하면, be used to provide가 되는 것이다. 물론 이를 미래로 표현하고자 한다면, will이라는 조동사가 필요할 것이고, 전체를 영문으로 전환하면 다음과 같이 표현할 수 있다.

The money will be used to provide the school with new computer equipement.

한국에서 Provide라는 동사를 공부하며 의문 없이 암기하였던 건 Provide A with B라는 표현이다. 그때는 'A에게 B를 공급하다' 라고 무조건 암기하였다.

하지만 다시 Provide라는 단어를 공부하면서, 어떠한 경우에 with라는 전치사가 사용되고 어떠한 경우에는 사용이 되지 않는가에 의문을 갖게 되었다. 나는 더 이상 시험을 보는 수험생이 아니라, 필드에서 경제활동을 하는 사람으로서 실전 영어를 사용해야 하기 때문에 스스로에 대한 필요성을 전제로 한 질문이었다. 어떠한 경우에 차이가 나는 것일까? 나는 이렇게 해석하였다.

문장의 내용을 살펴보면 '~에게 ~을 제공하였다' 라고 되어 있는 경우, 제공의 대상자가 특정되어 있는 경우에 Provide A with B의 구조가 사용된다. 하지만 본 동사와 관련하여 언제나 with가 사용된다고 생각해서는 안 된다. 여기에서는 세 가지 경우의 표현을 알아보았지만, 그 밖에 많은 표현들이 있을 수 있다. 이러한 것들은 각 개인의 영역으로 살펴보기 바란다.

이와 같이 영어의 동사는 암기를 하는 것이 아니라, 이해하는 과정으로 확대되어야 하고, 또한 모국어를 무시하며 영어 일변도로 이해하는 것이 아니라, 잘 정리된 모국어 속에 외국어를 이해할 수 있는 Key가 존재하고 있다는 것을 깨달아야 한다.

 Give ⇨ 의도적으로 Provide와 대비하여 Give라는 동사를 설명하여 보려고 한다. 어느 것은 '공급한다'라고 표현하며, 어느 것은 '주다'라고 표현하는데, 그 이유는 무엇일까?

Give =to give something to someone without expecting to be paid it(대가나 제공에 대한 예상이 없이 그 누구에게 무엇을 주는 것)

주는 사람이나 받는 사람이나 대가성을 전혀 바라고 있지 않는다는 말이다. 주는 사람의 의지로 상대방에게 제공하는 것이다. 이 동사는 한국 문법책에서 '수여동사'로 분리하여 5형식의 문장에서 대표적으로 사용되는 동사로, 유사동사로는 Bring이 있다. 이 또한 암기하려고 하지 말고, 이해하기 바란다.

이 '주다'라는 한국어 동사를 사용하여 얼마나 많은 표현들을 할 수 있는지 각자 시도하여 보기 바란다. 물론 표현의 확장을 통하여 어미의 변화가 일어나게 된다. 영어에서는 어떻게 표현을 확장할 수 있을까?

Give+전치사(Preposition)를 통하여 의미를 확장하는데, 이것이 바로 Phrasal Verb가 되는 것이다. 즉 동사구(Phrasal Verb)를 공부할 때 가장 중요한 첫걸음은, 본래 1차 동사의 이해를 잘 하고 있어야 한다는 점이다. 여기에서는 물론 Give라는 동사가 될 것이다. 영영 사전에 나와 있는 대표적인 표현 4가지를 예로 들어보자.

① 나는 조카딸들과 조카들에게 각각 $20를 주었다.

② 그녀의 생일을 위하여 그녀에게 꽃을 주는 것이 어떨까?

③ 내일 사무실까지 태워줄 수 있나요?

④ Russell은 적에게 비밀정보 제공 혐의로 체포되었다.

①의 문장은 전형적인 5형식 문장으로서, 한국의 문법책을 보면, 형식을 설명하기 위한 대표적인 문장 형태이다. 영어를 배우면서 문장 형태가 매우 중요한 출발이기는 하지만, 나는 동사를 이해하는 과정에서 자연스럽게 터득될 수 있다고 생각한다. 따라서 형식을 분석하기보다 '동사의 이해가 우선' 이라고 믿고 있다. ①을 영어로 표현하면 다음과 같다.

I gave my nieces and nephews $20 each.

문법적으로 이야기하자면, 여기에서 DO(직접 목적어)는 $20가 될 것이고, 간접 목적어는 조카들이다. 물론 여기서 우리가 이해하여야 할 것은, 조카들은 내가 각각 $20씩 줄 것이라는 것을 전혀 예상하지 못하고 있었다는 점이다.

반면에 위에서 설명한 동사 Provide or Supply는 서로 대가성이 존재할 때 사용되는 동사임을 이해하여야 한다. '은행은 전문적인 재무 정보를 고객들에게 제공(Provide)하여야 한다.'에서 우리는 그 재무적 정보 제공이 무료가 아니라 대가성인 유료라는 것을 알아야 한다. '그 돈은 그 학교에 새로운 컴퓨터 시스템을 제공하는 데 사용될 것이다'의 표현 또한 그 학교는 새로운 컴퓨터가 제공될 것이라는 것을 Expecting 하고 있다.

하지만 Give의 경우는, 받는 자가 무엇을 받을 것이라는 것에 관련하여 아무런 정보가 없을 경우에 사용된다. 이러한 것이 동사의 이해 과정이다.

②번의 문장도 5형식의 문장으로 ①과 동일하지만, 의문문의 형태를 취하고 있다. 사실 의문문이라기보다는 '제안'의 표현이라고 할 수 있다. '~ 하는 것이 어떨까?' 라는 표현이다.

Why don't we give her some followers for her birthday?

한국어로 하면, '그녀의 생일날에' 라고 하여 '~에' 라는 조사를 사용하지만, 영어에서는 for라는 전치사를 사용한다. 한국어로 그대로 옮기면 '생일을 위하여'가 된다. 이러한 점에서 한국어와 영어의 미묘한 차이가 발생한다.

③번의 문장은 가능성을 물어보는 의문문의 표현이다. 따라서 'Can~?' 이라는 표현이 1차적으로 떠오를 것이다.

Can you give me a ride to the office tomorrow?

'태워주다' 를 give a ride라고 표현하였다. To ride의 경우는 동사와 명사로 사용되는데, 동사의 의미로는 '말을 타는' 경우에 사용되는데, 특히 움직임을 조정하는 경우에 사용된다.

He was riding on large black horse. (그는 큰 검정말을 타고 조정하고 있었다).

하지만 명사로 사용되는 경우는 a short journey in a vehicle의 의미이다. 여기에서는 명사로써 사용되었다. 하지만 간단히 이야기하면 '태워 달라'는 의미이다.

④번 문장의 경우, 조금은 다른 표현이 된다. 전체적인 문장 구조는 S+V+C 형식이다. 여기에서 give는 전치사 of의 목적어로 사용되었으므로 동명사의 형태인 giving으로 표현되

었고, 다시 자체적인 목적어 secret information이 사용되었다. 그 영어 표현은 다음과 같다.

Russell was accused of giving secret information to the enemy.

나는 To accuse라는 동사를 이해하면서, 통상 To accuse a person of~라는 표현으로 of를 사용하는데, 내가 Accuse를 이해할 때 사용한 방법은 To accuse a person (because) of~이다. 알다시피 Because of라는 Phrease의 의미는 '~때문에'인데, 여기에서 Because를 생략하여 이해하였다. 고발을 당한 것은 수동의 의미이고, 이유가 있어야 하니 of라는 전치사로 그 이유를 설명한 것이다. 더불어 To Accuse라는 동사를 별도로 다시 한 번 설명하고자 한다.

To accuse ⇨ to say that you think someone has done something bad. 어떤 이가 잘못이 있다고 생각하는 것, 즉 아직 생각 및 의심하는 것으로 어떤 이가 잘못이 있다고 확정하는 것은 아니다. 정리하면, 적절하지 못한 일을 한 사람을 '고소하다' 라는 의미이다.

① 인권변호사들은 최근 Murkett를 때려서 죽음에 이르게 한 그 경찰관을 고발하였다.

② Lucy Phol을 유괴한 혐의로 고발된 그 사람은 최근 유죄가 확정되었다.

③ 시위대들은 격분하여 그 경찰을 폭력과 협박을 이유로 고발하였다.

④ 전임 비즈니스맨은 2백만 파운드의 투자사기 혐의의 재판을 계속하고 있다.

Accuse라는 동사를 이해하기 위하여 위의 네 가지 한국어 표현과 전환된 영어 표현을 살펴보기로 하자. 한국어의 의미대로 영어로 전환할 수는 없지만, 한국어를 잘 이해할 수 있어야 한다는 것, 그리고 간략하게, 어느 정도 의미의 왜곡이 없는 수준으로 의역할 수 있는 유연한 마인드가 필요하다. 또한 동사를 공부하면서 나는 능동태와 수동태를 동시에 공부하였는데, 한국어로 능동과 수동의 형태를 생각해 보고 의미가 있다면, 영어에서도 적용이 가능할 것이라는 전제로 공부하였다.

즉, Accuse는 한국어로 '적절하지 못한 일을 한 사람을 고소하다' 라는 의미를 갖고 있는데, 당사자인 내가 어떤 이를 구속할 수도 있고(능동), 내 자신이 구속이 될 수도 있다(수동). 이렇게 그저 동사를 하나의 의미로 암기하는 것이 아니라, 언어적으로 하나씩 확장하여 나가다 보니, 영어를 사용하는 데 훨씬 자신감과 속도가 붙음을 느낄 수 있었다.

①의 문장을 영어로 표현할 때, 우선 고발하는 것이므로 능동형의 문장이 사용될 것이고, 혐의가 존재할 것이므로 of 라는 전치사 이하에서 그 혐의를 설명하여 주면 된다.

Human rights laywers have accused the police of beating Murkett to death.

그런데 여기서 현재완료의 표현이 사용되었다. 왜일까? '최근'이라는 표현을 현재완료로 표현한 것이다. 한국어의 '최근'을 어떻게 영어로 표현할까 고민하지 말고, 가장 최근의 완료를 의미하는 현재완료의 형식으로 표현하면 된다.

②의 문장은, 우선 주어에 해당하는 부분이 약간 길다 싶지만, 당황할 필요가 전혀 없다. 머릿속 엔진에서 전환의 절차를 하나씩 구동시켜 보자. 일단 주어는 The man(그 사람). '유괴 혐의로 고발되었다'라는 것은 수동의 형태로써 The man accused of kidnapping Lucy Pohl로 표현되는데, 〈기능의 통합〉 부분을 다시 한 번 기억해 내도록 하자.

분사(현재분사, 과거분사)의 경우 형용사 표현으로 사용되므로 명사 뒤에서 설명을 한다. 즉, The man (who was) accused of kidnapping Lucy Pohl이 되는 것이다. 관계대명사와 be동사가 생략되었다는 점은 현재분사와 동일하다. 전체 문장으로 연결하여 보면 다음과 같다.

The man accused of kidnapping Lucy pohl has been found guilty.

여기에서도 has been found라는 현재완료 수동형이 사용되었는데, 고발된 과거의 사실이 최근 확정 혐의로 인정되었기 때문에 현재완료로 표현하는 것이다.

③번의 문장에서도 시위대가 경찰을 고발한 것을 표현하고 있다. 그 이유는 경찰관의 폭력과 협박이다. 따라서 이를 영어로 표현하면 다음과 같다.

The protesters angrily accused the police of violence and intimidation.

④의 문장은 ②의 문장과 유사한 것처럼 보이지만, 다른 표현이다. 즉 ②에서는 '혐의를 가지고 있는 그 사람'이라는 표현이지만, ④의 문장에서는 '2백만 달러의 사기 혐의로 고발된 재판'으로 이해하여야 할 것이다. 여기서 accused는 trial을 형용한다고 할 수 있다. 전체적으로 표현하면 다음과 같다.

The former businessman has gone on trial accused of

a two million pound fraud.

　여기서 우리는 또 다른 표현을 배울 수가 있는데, '계속하고 있다' 라는 동사로 보통 Continue를 떠올리는데, go on이라는 Phrasal Verb 또한 '계속하고 있다' 라는 의미를 갖고 있다. 특히 전치사 On의 경우는 '계속' 이라는 의미를 설명할 때 유용하게 사용된다. 예를 들면, On Sale(할인 판매중), Detour is still on(자동차 우회가 계속되고 있다) 같은 것들이 있다.

동사 부분을 정리하면서 부정사(Infinitive)의 재정리

앞서 부정사의 기능을 명사적 기능, 형용사적 기능, 부사적 기능으로 이야기하였다. 나는 이것을 동사의 명사적 활용, 형용사적 활용, 부사적 활용이라고 부르고 싶다. 명사, 형용사, 부사의 기능과 마찬가지로, 동사 또한 활용(to)을 통하여 이러한 기능을 한다. Infinitve라는 의미는 동사 자체, 동사의 원래 형태를 의미하는데, 이것이 to라는 전치사 뒤에 위치함으로써 원형의 형태를 가지게 된다.

결론부터 말하자면, 'To부정사' 라는 것을 들을 때나, 말할 때나, 읽을 때나 모든 순간에서 명사, 형용사 혹은 부사적 기능을 생각하여야 한다는 뜻이다. 하지만 이 모든 과정들은 동사를 이해하는 과정에서 자연스럽게 터득되므로, 영문학 혹은 문법학을 공부하듯 너무 깊게 공부할 필요는 없다고 생각한다.

지금까지 나는 내가 동사를 이해하는 방법에 대하여 몇 가지 예를 들어 설명하였다. 앞서 이야기한 바와 같이, 나는 영어 동사를 이해하는 데는 '정확하고 간결하고 명확한 한국어 표현이 매우 도움이 된다'고 확신하고 있다. 그래서 나는 영어 동사를 이해할 때, 어렵게 그 동사가 포함된 영어 문장을 암기하거나 영작을 하기보다, 그 동사의 의미가 포함된 한국어 문장을 여러 방향으로 생각하면서 전환 연습을 하고 있다. 이는 꼭 책을 통해서가 아니라, 언제 어디서든 할 수 있는 훈련이므로 조금만 노력한다면 누구든지 금방 할 수 있을 것이다. 위에서 몇 가지 동사와 관련하여 한국어 표현들을 설명하였는데, 그것들이 좋은 예라 할 수 있다.

2) 동사구 혹은 숙어(Phrasal Verb)

내가 본격적으로 Phrasal Verb를 공부하게 된 이유는 실생활에서 너무나도 많이 사용되기 때문이다. 서양인들은 단일 동사를 더 어렵게 생각하는 듯, 단어의 Spell조차 쓰지 못하는 사람들이 있을 정도다. 그러므로 영어권 국가에서는 필수적으로 동사구에 대한 습득이 절실하다.

나의 경우에는, 동사구를 공부하면서 전치사에 대한 부담감을 많이 덜었다고 할 수 있다. 어린 시절 한국에서 영어를 배울 때만 하더라도 전치사에 대한 막연한 두려움이 있었는데, 동사와 연결하여 공부함으로써 이를 상당 부분 극복하였다.

Phrasal Verb는 동사와 전치사 혹은 부사를 결합하여 특정한 의미로 사용되는 동사라고 할 수 있다. 따라서 하나의 단일 동사에 여러 가지의 전치사 혹은 부사가 결합되어 각각의 의미가 달라지는 것이다. 따라서 동사구를 이해하기 위해서는 본래의 단일 동사에 대한 완벽한 이해가 필요한다. 또한, 각각의 전치사와 부사의 기능을 이해함으로써 조금 더 쉽게 Phrasal Verb에 접근할 수 있다. 나 또한 이러한 방법으로 확장하여 나갔다. 대부분의 동사구는 전치사와 결합하므로 전치사의 정의를 사전에서 살펴보았다.

Preposition(전치사) : a word or group of words, such as in,from,to, out of and on behalf of,used before a noun or pronoun to show " place, position, time or method. (From Oxford English Dictionary)

옥스포드 영어사전에 정의된 전치사의 의미이다. 여기서 주목하여야 할 것은, '장소, 위치, 시간 그리고 방법'을 구체화하기 위하여 전치사가 사용된다는 점이다. 이러한 네 가지 기능이 동사와 결합하여 의미가 확장된다.

그런데 여기서 또 한 가지 사실을 발견하게 된다. Verb + 전치사 = Phrasal Verb이며, 위의 사전적 의미에서 보면 전치사는 명사 및 대명사 앞에 위치한다. 이를 다시 풀어 보면 Verb +전치사 +Noun(or Pronoun)의 형태가 될 것이다. Verb가 자동사인 경우도 있고 타동사인 경우도 있는데, 이는 앞서 동사의 이해 부분에서 설명한 바와 같이, 한국어의 의미를 사용하여 자동사와 타동사를 구분하여 활용하면 쉽게 접근할 수 있다.

전치사를 간략하게 설명하였으니, 다음은 본래의 단일 동사에 대하여 다시 한 번 강조하고자 한다. 동사를 암기하는 습관은 Phrasal Verb의 공부 과정에서 의미의 확장에 절대로 도움이 안 된다. 즉, Phrasal Verb의 의미의 확장은 본래 동사의 의미에 장소, 위치, 시간 그리고 방법이 결합되는 것이므로, 자연스럽게 그 의미를 이해하여 나가는 과정이 중요하다. 이를 설명하기 위하여 Take 동사를 기준으로 하여 Phrasal Verb로 확장하는 연습을 해보자. 본래의 동사를 가능한 자세히 이해한 후, 전치사와 결합하여 의미가 확장되는 과정을 보자.

To take : Take는 영어의 동사 중에서도 그 사용 빈도가 매우 높다. 한영사전(시사 영어사전)에서 그 의미를 살펴보니, 대충 30여 가지가 넘는 동사의 의미를 설명하고 있다. 이를 어떻게 다 이해할 수 있겠는가? 솔직히 나는 자신이 없다. 영어를 전공하려는 것도 아니고, 당장 사용하고 활용하여야 할 처지에 있는 사람일 뿐이니까. 그래서 나는 한영사전에 의존하기보다 영영사전을 근거로 하였다.

① To take somebody(이하 sb)or something(이하 sth) from one place to another : 사람이나 혹은 물건을 하나의 장소에서 다른 장소로 이동시키는 것.

② To take sth from sb : 어떤 사람으로부터 어떠한 것을 가져오는 것.

③ To take sth from somewhere : 어디로부터 어떠한 것을 가져오는 것.

Take와 관련하여 대표적인 의미는 위의 세 가지로 요약된다. 물론 더 많은 의미를 찾아볼 수 있겠지만, 우리가 학문을 하거나 혹은 전문적인 직업(변호사 등)에 필요한 것이 아닌 한, 위의 세 가지 의미로 충분히 Take라는 동사를 이해할 수 있으며, 의미를 확장할 수 있다.

① He has taken the car to the garage (그는 차를 차고로 옮겼다).

그는 차를 옮겼다+어디로? 3형식(S+V+O) 문장으로 to the garage는 부사구(Advervial)라고 할 수 있다.

①의 의미와 관련하여 우리는 반대의 의미를 갖고 있는 Bring이라는 동사를 같이 이해할 필요가 있다.

To bring: someone brings a person or thing to the place you are.

어떤 사람이나 물건을 당신이 있는 곳으로 데려오는 것을 의미한다. 즉, take가 자기 자신을 중심으로 하여 Outward의 의미를 갖고 있다면, bring의 경우 자기 자신 쪽으로 Inward 의 의미를 갖고 있다고 정리할 수 있다.

I brought my Nikes, they are about the only decent shoes I have.

② Let me take your bags, you look exhausted (백을 이리 주세요, 피곤해 보입니다).

He took her coat, and hung it in the hall(그는 그녀의 외투를 가져와 거실에 걸었다).

이와 같이 사람으로부터 어떠한 물건을 넘겨받는 경우에 Take는 3형식의 문장으로 활용이 된다.

③의 경우에는 사람이 아니라, 어떠한 '장소'로부터 어떠한 것(물건 등)을 가져오는 것을 의미할 때 사용이 된다.

Have you take my keys? I can not find them(내 열쇠들을 가져갔어? 그것들을 찾을 수 없어).

열쇠가 어떠한 장소에 있었는데, 상대방에게 가져갔냐고 묻는 것이다.

He took a dictionary down freom the shelf(그는 책장에서 사전 하나를 꺼냈다).

여기에서는 down이라는 전치사가 사용되었는데, 이는 사전을 꺼내어 내리는 과정에서 의미를 더하는 것이라고 할 수 있다.

지금까지 To take라는 동사가 가지고 있는 중요한 3가지 의미를 예문과 함께 살펴보았다. 이제 이러한 3가지의 의미와 전치사(Preposition)의 결합으로 어떻게 의미가 확장되는지를 살펴보자. To take와 관련한 Phrasal Verb는 약 20여 개(Cambridge Phrasal Verb Dictionary : Second Edition)가 있는데, 이중 몇 가지만 설명해 보겠다.

* Take back : Take라는 동사와 back이라는 부사와 결합하여 하나의 Phrasal Verb가 형성되었다. 이와 관련하여 back이라는 부사로서의 단어를 Oxford Advanced 사전에서 찾아보면 다음과 같은 설명이 있다.

For the special uses of back in phrasal verb (back이라는 부사로서의 기능은 동사구의 특별할 목적을 위하여 사용된다).

그러면 이 동사구 Take back이라는 의미를 어떻게 이해하여야 할까? 우선 take라는 동사의 의미는 위의 3가지 중 하나일 것이다. 사전에서 take back의 의미를 다음과 같이 표현하고 있다.

To return something to the person or organization that you borrowed or bought it from.

Take 본래의 의미 중 ②와 ③에 해당된다. 어떤 사람 혹은 어떤 곳으로부터 Something을 가져오는 것. 그러나 여기에서는 Back이라는 부사(되돌리는)와 결합함으로써 반환하는 것(To return)의 의미로 사용되는 것이다.

I might take this coat back and get a large size.

* Take off: 아주 많이 사용하는 Phrasal Verb이다. 사전에는 이와 관련하여 몇 가지의 예를 설명하고 있지만, 중요한

기준은 기본적인 3가지의 의미와 전치사 off의 의미를 정확히 이해하는 것이다. 나는 전치사 off의 가장 중요한 의미는 '분리(Separate)' 라고 생각한다. 이러한 기준으로 예문을 들어 설명하면 다음과 같다.

① I always take my make-up off before I go to bed.
여기서 Take는 outward 그리고 off는 분리의 의미의 결합으로 'Remove(제거하다)' 라는 의미로 정리가 된다.

② If an aircraft, bird or insects off, it moves from the ground and begins to fly : '이륙하다' 는 의미로 통상 많이 사용되는 동사구이다. 또한 outward의 의미와 지표면으로부터 분리(off)하여 공간으로 이동하는 것으로 이해한다.

③ Take off something / take something off : 이 경우에는 inward의 방향과 분리라는 의미가 결합하여 '할인가격으로 가져오는 것' 으로 이해한다.

They took another $10 off the sale price because of the damage(그들은 흠집으로 인하여 판매가격에서 $10을 깎을 수 있었다). '$10를 가져갔다' 라는 의미이다.

* Take over: 많이 사용되는 동사구이다. '~을 시작하는

것’ 혹은 직업과 관련한 어떠한 의무 등을 물려받는 것(인수하는 것 등)을 의미한다. 여기에서는 Take가 inward의 방향으로, 그리고 over라는 전치사의 의미는 어떠한 표면의 포지션보다 살짝 위에 위치하는 것을 의미한다(반대의 경우 under). 두 가지의 결합으로 인한 의미는 다음과 같다.

To start doing a job or being responsible for something that someone else was doing or was responsible for before(어떠한 업무를 책임과 함께 인수받는 것을 의미한다).

나는 over라는 전치사와 함께 Responsibilty를 이해하였다. ‘어떠한 것을 책임 위에 가져온다(inward)’는 것은 결국 ‘어떠한 업무 혹은 일을 인수한다’ 라는 의미로 이해하면 된다. 예문을 들어 설명하면 다음과 같다.

He took over as manager two years ago(2년 전 매니저의 일을 담당하기 시작하였다).

매니저의 책임이 존재한다는 것은 take over라는 동사구에 함축되어 있는 것이다.

Colin Lam has taken over responsibility for the new project(Colin은 새로운 프로젝트의 책임을 맡게 되었다).

여기에서 다시 한 번 강조하고 싶은 것은, 현재완료가 사용되었을 경우에는 '가장 최근'이라는 의미가 포함되어 있다는 점이다.

그렇다면 take(inwad)의 무엇을 어떠한 사람 혹은 어떠한 것으로부터 가져올 수 있는 것이 '책임'만일까? '통제 능력' 혹은 '경영권'의 의미로도 사용될 수 있다.

To get control of a company by buying most of its shares. 주식의 대부분을 매입함으로써 회사의 통제권을 갖는 경우에도 take over라는 동사구를 사용한다.

The company he works for was recently taken over(그가 일하고 있는 회사는 최근 인수되었다). 어떤 다른 회사에 의하여 인수되었을 때의 표현이다.

British Airways has taken over two subsidiary airlines(영국 항공사는 두 개의 보조 항공사들을 가장 최근 인수하였다).

지금까지 동사구(Phrasal Verb)와 관련한 공부법을 간략하게 살펴보았다. 나 또한 한국에서는 동사 및 동사구는 이해한다기보다 암기하는 것이라 생각했다. 하지만 현장에서 말하고, 듣고, 문서 등을 작성하여야 하는 상황에서, 더 이상의 암기는 그 효과를 발휘하지 못하였다.

물론 다시 시작하는 방법이었기에 빠른 속도를 기대하기는 어렵지만, 시간이 지날수록 그 이해의 속도가 빨라지고 자신감이 생겼다. 결국 더 이상 암기가 아니라 자연스럽게 머릿속 엔진에 구축이 되었다. 암기한다는 굴레에서 벗어나자! 출발이 조금 느리더라도 결국 먼저 도착할 수 있다는 믿음으로 노력해 보자.

나는 〈기능의 통합〉이라는 제목으로, 동일 혹은 유사한 문법적 기능을 묶어서 머릿속 영어 엔진의 중요한 부분으로 구축하였다. 또한 동사를 암기의 영역이 아니라 이해의 영역으로 생각의 전환을 시도하였다. 영어 단어로 암기하기보다 모국어인 한국어로 동사를 이해하고, 한국어로 간결하고 명확한 문장들을 생각하면서 상황의 확장을 시도하여 보는 것이 중요하다고 이야기하였다.

불행히도 내가 영어로 말하거나, 혹은 보고서 등의 목적으로 문장을 작성하여야 할 경우 먼저 생각 나는 것은 영어가 아니라 한국어이기 때문이다. 해당 동사에 대하여 잘 이해되고 정리된 한국어가 존재한다면, 영어로의 전환 과정은 수월할 수 있다. 물론 처음에는 시간이 다소 지체될 수 있으나, 훈련이 진행되어 이해하는 습관이 정착된다면, 그 전환의 속도는 점점 빨라지고 어느 순간 자연스러운 표현이 나오는 것을 느낄 수 있었다.

단일 동사를 이해의 과정으로 잘 정리할 수 있다면, 어렵게 느껴질 수 있는 동사구(Phrasal Verb)도 동사를 이해하는 연장선에서 조금은 더 수월하게 습득할 수 있을 것이다.

명사의 경우, 큰 문제는 없다고 본다. 다만 수험생처럼 수많은 명사들을 암기하려고 노력하는 것은 바보짓이라고 생각한다. 동사의 활용 과정에서 자연스럽게 암기할 수 있으며, 명사구(Noun Phrase)의 경우 Case by Case로 이해하면 충분하다. 명사절의 경우는, 긴 문장이 주어 혹은 보어(Complement) 혹은 목적어로 사용되므로 Speaking에서는 자주 사용되지 않고, 사설(Editorial) 등의 Writing에서 많이 사용되기 때문에 Reading을 이해하기 위해서는 중요하다고 할 수 있다.

형용사의 경우, 단일 형용사는 전혀 문제가 되지 않는다. 다만, 형용사구(Adjective Phrase)는 통상 명사 뒤에 위치하므로 당황할 필요가 없고, 형용사절(Adjective Clause)은 우리가 수없이 배운 관계대명사의 한 부분으로 이해하면 충분하다.

부사(Adverbial-Single Adeverb, Adverb Phrase, Adverb Clause)는 문장의 확장을 위하여 매우 중요하므로 끊임없는 노력이 필요하다.

부사의 목적은 동사와 형용사, 또 다른 부사를 설명하기 위한 것인데, 자세히 보면 대부분의 부사들은 '동사를 제약 혹은 설명'하고 있음을 알 수 있다. 또한 문장의 결합 시에도 부사절(Adverb Clause)이 중요한 역할을 하므로 적극적인 공부와 이해가 필요하다.

이상으로 다시 한 번 요약한 기능의 통합은, 다음의 과정인 〈문장의 형식〉과 〈문장의 결합〉을 이해할 수 있는 매우 중요한 볼트 너트의 기능을 하게 될 것이다. 왜냐하면, 문장의 형태 속에는 기능의 통합에 대한 모든 것들이 포함되어 있기 때문이다.

문장의 형식(Sentence Pettern)

　나만의 영어라는 자동차 프레임은 기본 문장(Sentence)이다. 이것은 자동차로 설명한다면, 엔진에 해당한다고 이해할 수 있다. 물론 한국에서의 영어 교육에도 문장의 종류에 대한 부분이 있으나, 그 활용이 충분하지 않고 간과하는 경향이 있는 것 같다.

　모두가 알고 있는 것처럼 문장의 형태는 총 5가지이다. 감탄문, 도치문 등 예외적인 문장의 형태도 존재하지만, 나는 무시하였다. 사용 빈도가 낮은 형태를 공부하려고 시간을 투자하는 것은 매우 어리석은 일이라고 생각하기 때문이다. 한국에서 그러한 문장을 기준으로 실력을 평가한다는 것 또한 어리석은 일이다. 한국 영어 교육의 문제점은, 영어라는 언어를 어렵고 복잡하게 만들고 있다는 데 있다.

　예를 들어 설명하면, 한국의 최초의 상용 자동차는 H사에서 개발한 Pony다. 하지만 현재의 최첨단 자동차는 Gexxx, 매우 비싼 고성능의 자동차이다. 1970년대 말 최초의 자동차 포니가 있었기에 현재의 Gexxx가 존재하는 것처럼, 나는 유아 수준의 영어인 5가지 형태의 문장으로 출발해 보기로 했다.

처음 초등학교에 입학하였을 때의 국어 교과서가 좋은 예가 될 것이다. 모든 문장은 거의 단문으로 출발한다. 단문으로부터 여러 가지 복잡한 구조가 더해지는데, 그 이유는 무엇일까? 시간, 장소, 이유, 부대 상황, 감정 등 기타 인간의 모든 내부 혹은 외부의 상황이 그 단문의 언어에 첨가되어 설명되기 때문이다. 언어란 발음과 표현 방식의 차이일 뿐, 인간으로서 느끼는 감정 및 사고방식은 대동소이하다는 생각으로 접근한 것이다. 하나의 문장에 감정, 시간 등 인간으로서 사고할 수 있는 가능한 한 모든 상황을 문장 속에 이입하는 훈련을 반복하는 것이다.

아무리 복잡한 문장 구조라 하더라도 5가지 문장의 형태에서 크게 벗어나지 않는다는 기준에서 출발한 것이다. 나는 영어를 전공한 사람도 아니고, 그저 영어를 사용하기 위하여 발버둥치는 사람 중 하나일 뿐이다. 그러므로 내가 어떠한 방법을 사용하는가에 관계없이 현실에서 사용할 수 있다면 그것으로 충분하다.

나는 한국적인 영어 교육을 이수한 사람이므로 당연히 영어의 기본적인 구성 요소들에 대한 지식을 갖고 있다. 따라서 나의 방법을 즉시 이용하고자 하는 독자는, 영어를 수년 혹은 십수 년간 공부하였으나 실전에서 말하거나 쓰는 데에 어려움을 겪고 있는 사람이 될 것이다. 즉 고등학교 이상의 수준에서는 충분히 적용할 수 있는 방법이라고 생각하고 있다.

사실 한국인이 초기에 구사하는 영어는 Konglish일 수밖에 없다. 하지만 한국인들이 만들어낸 조합어일 뿐인 Konglish로 말한다고 해도, 영어가 모국어인 서구인들은 적극적으로 여러분들의 말을 알아들으려고 노력한다. 문장이 조금 서툴어도, 발음이 어색하여도, 단어가 적절하지 않아도 그들은 우리의 의사를 이해한다.

한국에서 일하는 외국인 노동자 분들이 사용하는 한국어를 떠올려 보기 바란다. 그 상황과 다르지 않다. Konglish를 두려워하지 말아라. 사실 문법이나 단어의 문제보다는 문화적인 차이로 인하여 이해하지 못하는 경우가 더 많다. 그것이 내가 경험하고 있는 현실에서의 영어이다.

이상하게 들릴지 모르지만, 나는 나만의 '생존의 영어'를 위하여 오히려 한국어의 표현 방식을 정리하고 정제하였다.

집에서는 가족들과 한국어로 대화하지만, 머릿속에서 한국어를 생각할 때도 영어의 문화적 관점에서 생각하고 정리하는 습관이 생겼다. 스스로 한국어 표현을 간략화하는 훈련을 하였고, 한국어 표현을 영어의 구조에 가능한 한 접근하여 사용하도록 연습하였다.

영어의 경우, 각각의 단어 순서 및 위치 그리고 문장 결합의 순서에 따라서 의미가 달라질 수 있기 때문에 간혹 상대방이 이해하지 못하는 경우가 있다. 하여 머릿속에서는 비록 한국어의 엔진을 구동하더라도 가능한 영어의 구조에 접근하도록 훈련하는 것이다.

1. Native 기준 영어라는 언어의 변화 과정

영어공부를 다시 시작하면서 우리 아이들의 영어공부 과정을 유심히 살펴보았다. 아내는 영문학을 전공하기도 했고, 아이들의 영어공부에도 관심이 많았으므로 연령별에 맞는 영어책이 꽤 많다. 그 책들로 공부한 두 딸은 모두 이곳에서 대학원생, 대학생이 되어 있다.

나는 나만의 Frame을 구성하고, 딸들이 영어공부를 시작한 과정과 이곳에서 초등학교와 고등학교를 다니는 과정에서의 영어 수준을 살펴본 것이다. 그러면서 나는 내가 알고 있는 영어 상식에 중대한 문제점이 있음을 발견하였다.

다시 한 번 이야기하지만, 한국의 영어 교육 방식은 자동차의 모든 부품을 공부한 후 매우 높은 수준의 차를 조립하는 교육 방식이다. 다른 사람에게는 가능할지 모르나, 적어도 제한된 시간과 실전에서 영어로 생활하여야 하는 나에게는 도움이 되지 않겠다 싶어서 다음과 같은 정리를 하여보았다.

Preschool English: 5가지의 기본 문형이 중심 - 간단한 동사 및 명사

Primary English: 단어 수준의 확장과 Adverbials, 문장의 결합, Preposition(Phrase), Phrasal Verb 등으로 확장

College and University English: More Complicated - 학문적 명사 및 동사, 논리 및 추론, 주장 등을 표현하는 복잡한 문장의 구조

여기에서 깨달은 다른 한 가지는, '언어의 습득 = 확장(Extending)'이라는 것이다. 즉, 유치원의 영어를 기반으로 하여 성인 영어에 이르기까지 '확장'의 절차를 밟아가야 한다는 점이다. 그러나 한국의 영어에서는 영어의 활용보다 문법에 기반을 둔 평가에 초점이 맞추어져 있기 때문에 결국 대입 후

원점으로 되돌아가는 시행착오를 반복하고 있는 것이 아닌가 싶다.

거듭 말해 두지만, '나만의 학습법'은 생활 속에서 영어를 통하여 생존할 수밖에 없는 한 사람으로서 영어를 습득하기 위해 선택한 방법이다. 걸음마를 할 줄 알아야 걷고, 걸을 수 있어야 뛸 수 있다는 사실을 계속 상기하면서, 내 인생 마지막으로 이 지긋지긋한 영어에 정점을 찍고 싶은 심정에서 시작한 것이다.

2. 공통적인 문제점은?

＊문장의 기본적인 구성 요소를 구분하는 것이 쉽지 않다. 5가지의 기본적인 문형은 익히 알고 있으나, 이로부터 의사표현을 확장하는 데는 어려움이 있다. 한국어는 Backwarding language이기 때문에 한국인이 영어를 습득하고 구사하는 게 쉽지 않다.

＊영어는 주어와 동사로부터 시작되는 Forwarding language이고, 나는 이를 '의사표현의 확장'이라는 방법으로 실마리를 풀어 나가기 시작하였다. 영어는 결론을 이야기하고 그 이유를 풀어가는 방식인데, 여기에서 '결론'이 바로

동사이다. 주어의 행위 의사가 동사니까. 반면, 한국어는 원인을 설명하고 그 결과를 이야기한다. 사실 이 점이 한국인들에게 가장 어려운 점이라고 할 수 있다. 이 부분을 해결할 수 있는 방법은 오로지 한 가지밖에 없다. 머릿속에 두 가지 엔진을 두고 빠르게 연결하여 전환시키는 것이다. 이는 스스로의 훈련으로 얼마든지 Skill Up할 수 있다.

　＊처음부터 완전한 영어를 구사하려고 노력한다는 점이다. 당연히 불가능한 문제이고 내가 영어를 처음 배울 때는 '틀리면 안 되는데' 혹은 '틀린 영어가 아닐까' 하는 두려움이 영어학습을 방해하는 가장 큰 요인이었다. 역설적으로 Konglish는 영어를 학습하는 데 가장 큰 수단이 된다. 사용해 봄으로써 틀렸다는 것을 자각하고 교정하는 과정이 영어학습의 지름길이기 때문이다. 두려움으로부터 벗어나는 것이 첫걸음이라 할 수 있다.

　＊발음(Pronunciation)이 어렵다. 발음의 문제는 솔직히 영원한 숙제이다. 조기에 영어를 배우는 아이들에게는 전혀 문제될 것이 없지만, 40년 넘게 한국어를 사용하던 나에게는 소위 '넘사벽'일 수밖에 없다.

　처음 버스 운전을 하며 호주 현지인들과 대화를 할 때 나는 그들의 입모양을 관찰하곤 하였다. 지금도 여전히 관찰하는 습관이 남아 있다. 처음에 그들은 왜 자기 입을 쳐다보냐며 나를 이상한 사람 취급을 했다. 그래서 나는 당신들의 입모양을 보면서 발음을 배운다고 고백하며 오해를 풀었던 적도 있다. 이러한 과정을 거치면서 나는 '나만의 영어 목소리'를 만들기로 했다. 그래서 수없이 다양한 영어 목소리를 시도하여, 내가 느낄 때 가장 편하고 발음이 정확한 목소리를 찾아 나갔다. 그리고 선택된 목소리로 반복하여 연습했다.

하지만 당연한 일일지 몰라도, 이야기를 하다 보면 어느 순간 다시 한국어 발음으로 되돌아오곤 했디. 그래서 스스로 발음이 이상하다고 생각되면 다시 의식하여 영어 목소리로 돌아가기를 반복했다. 이러한 과정은 지금도 여전히 계속되고 있다. 사실 발음만큼은 솔직히 내가 해결할 수 있는 문제가 아니라고 생각하고 있다. 구강 내 혀의 위치가 한국인과 영어를 사용하는 서구인들과 다르기 때문이다.

내가 발음을 문제시하는 이유는 비단 Speaking 때문만은 아니다. 발음이 listening과도 관련이 있다는 것을 깨달았기 때문이다. 어떤 단어와 표현들이 그들과 비슷해지면서 그리고 자연스러워지면서 그들이 사용하는 단어와 표현들이 잘 들리는 것을 느끼기 시작했기 때문이다. 결국 발음의 문제는 자기 스스로의 영어 발음 - 가장 편안한 발음 - 을 찾고 부단히 연습하는 방법 외에 지름길은 없는 듯하다.

3. 문장의 형태는 동사로부터 출발

특수한 문장을 제외하고 일반적인 영어의 문장은 5가지 형식 안에서 표현된다. 이것이 근본적인 영어 이해의 출발이다. 이 말은 문장을 듣거나 해석하거나 말할 때 사고의 범위가 5가지 내에 존재하여야 한다는 의미이다.

나는 문장의 기본인 이 5가지 형태가 동사의 의미로부터 결정된다고 받아들이고 있다. 하지만 한국의 영어 교육에서는 문장의 형식과 그 형식 안에서 동사의 의미를 명확하게 설명하지 않는다. 한국어든 영어든, 문화적 차이에 의한 뉘앙스는 존재하겠지만, 화자가 이야기하고자 하는 의미는 동일하다. 내 경험상, 영어를 습득하기 위하여 한국어의 구조와 의미를 등한시한다는 것은 실패의 주요 요인이 될 수 있다.

한국식 영어 교육으로 머리가 굳어버린 내가 영어로 생활하기 위해서는 머릿속에 존재하는 Translator Engine을 구동할 수밖에 없다. 이러한 엔진을 구동하려면 Input은 간결하여야 한다. 내가 사용할 동사의 의미를 순간적으로 판단하고 확장하는 습관을 활용하여 영어 공부를 해야 한다는 뜻이다. 반 백 년을 앞두고 내가 깨달은 공부법은 '이해와 질문'이다.

모든 출발은 문장으로부터라고 생각하고 문장의 Frame을 반복하기로 하였다. 5가지의 기본 문형을 적극적으로 활용하고 확장하는 연습을 반복하였다. 나는 현지의 어린이들이 그들의 언어를 배우듯 매우 기본적인 표현에 충실하고자 했기 때문에, 문법의 구성 요소들은 내가 30여 년 전 배웠던 영어 수준이면 충분하다고 가정한 것이다.

물론 사람마다 그 Frame이 다를 수 있다. 수많은 시행착오를 거치더라도, 자기만의 Frame을 완성할 수 있다면 그 어떤 영어 교과서보다 훌륭한 지침서가 될 수 있다. 수준에 따라 그 형태는 다르겠지만, 그동안 공부해 온 과정으로 자기만의 '영어 자동차'를 만들어 조금씩 업그레이드하여 나가기를 바란다. 나 또한 영원한 진행형이다.

4. 문장의 형태

	English Basic Sentences				+ Adverbials 부사 · 부사구 · 부사절을 의미한다. 문장을 보다 복잡하게 구성하고 문장 전체, 동사, 형용사, 혹은 다른 부사를 꾸며준다.
1	S	V			
2	S	V	O		
3	S	V	C		
4	S	V	O	O	
5	S	V	O	O	
6	There is (are) OR It is......				

위의 5가지 형태의 문장은, 아이들이 말을 하기 시작할 때의 Native 수준으로 생각하면 된다. 나는 이 5가지 문장의 반복으로, 본격적으로 나만의 영어인 Konglish를 시작하게 되었다. 아주 단순하고 명확한 5가지의 문장 형태를 '무한 반복' 하면서 동시에 질문을 던지는 것이다. 언제? 왜? 누구와 함께? 어떻게? 어디서? 이러한 질문들에 답을 넣으며, 단순한 5가지의 문장 형태를 확장하여 나가는 것이다.

물론 여기에서도 '기능의 통합'이 중요한 연결의 기능을 수행한다. 처음에는 기능의 통합을 문장 속으로 끌어오는 것이 어려울 수는 있다. 하지만 결국은 이해되고, 비록 약간의 문법적인 오류가 있다 하더라도, 나의 말을 듣고 있는 현지인들은 나의 의도를 충분히 이해해 준다. 예문을 통하여 5가지의 문장 형태를 간략하게 설명해 보자.

Pattern 1

Subject + Inransitive Verb

'주어+(소위)자동사'의 구성이다.

* The dogs bark(개들이 짖는다). – '짖는다'는 동사에는 목적어가 필요 없으므로 그대로 의미가 완성된다. 하지만 왜 짖고 있는지, 어디에 있는 개인지, 누구 개인지는 문장 속에서 확장을 통하여 표현할 수 있다.

* The baby is sleeping(아기가 자는 중이다). – 여기에서 동사는 is sleeping으로 '진행형'의 표현이다. 하지만 어디에서 자고 있는지, 어떻게 자고 있는지 등은 추가로 설명할 수 있다. 진행형의 표현은 과거로부터 지금까지, 그리고 확실하지는 않지만, 앞으로도 '자고 있을' 것이다. 따라서 '자는 중'이라고 이해하는 것이 맞다. 하지만 현재완료 진행형의 경우, 특정한 과거시점으로부터 현재까지의 진행을 의미하므로, 그 차이점은 각자가 공부를 통하여 이해하기 바란다.

* A puffin /will take off/ and land many times during feeding(퍼핀이라는 새는 먹이를 먹는 동안에 많이 날아오르고 땅으로 내려올 것이

다). - 이 문장에서 동사는 will take off로, 목적어가 존재하지 않는 자동사로 사용되었다. 그리고 등위접속사인 and를 통하여 같은 구조의 문장을 연결하였고, many times는 How 를 설명하며, during은 시간을 설명하고 있다. 즉, 'A piffin will take off.' 라는 하나의 문장으로도 그 의미는 완성되지만, 자세한 정보를 추가적으로 설명하여 주는 것이 부사 혹은 형용사, 문장의 연결이다.

Pattern 2

Subject+Linking verb+Complement

'주어+동사+보어' 의 구성이다.

연결 동사(Linking verb)란 우리가 알고 있는 소위 be동사와 become, appear, seem, look, feel, taste and smell 등의 동사이다. be동사를 제외한 기타 Linking동사들을 '의미적' 으로 살펴보면, be동사와 같이 주어(Subject)를 설명하거나 자체적으로 수동의 의미가 있음을 알 수 있다. Seem의 '~처럼 보인다' 가 그 예라고 할 수 있다. 하지만 어떠한 경우의 Linking 동사든 보어는 주어를 설명하여 주고 있다.

* Our neughbor's doog looks lonely(우리 옆집의 강아지는 외

로워 보인다). - lonely는 dog의 상태를 완성하고 있다. 여기에서 look은 일반 타동사(Transitive Verb)로 사용된 것이 아니라 Pattern을 완성하는 Linking Verb로 사용된 것이다.

* Dogs are social animals(개는 사회적인 동물이다). -Dogs = social animals가 됨으로써 Dogs라는 주어의 의미를 완성하였다.

Pattern 2의 문장 구조를 조금 더 자세히 살펴보기 위하여 Appear라는 동사를 살펴보기로 하자. 영영문법 교과서에는 'Appear = to start to be seen(보이기 시작한다)'으로 설명하고 있다. 하지만 look이라는 Linking Verb 가 타동사로 사용될 수 있는 반면, Appear라는 동사는 '보인다', '나타나다'라는 수동적 의미로 사용되고 있음을 알 수 있다. 전체적으로는 Linking Verb는 Progressive(진행형)으로 사용되지 아니한다. Linking verb의 단어들을 살펴보면 이해할 수 있을 것이다.

* A face suddenly appeared at the window(갑자기 창문에 얼굴이 나타났다). - 그런데 가만히 살펴보면, 자동사와 같은 형태가 아닌가 싶다. 하지만 이는 Pattern 1에서 설명하고 있는 자동사(Intransitive Verb)가 아니다. 그 이유는 첫째, Pattern 1의

293

자동사의 경우는 그 동사의 주체가 주어(Dogs bark)에 존재하지만, Linking Verb의 경우 동사의 원인이 외부의 결정 및 상황에 존재한다. 이를 다시 설명하면, 일반 자동사의 진행 방향은 주어를 중심으로 Outward(바깥 쪽으로), Linking Verb의 경우는 주어를 향하여 Inward(안쪽으로) 해석하고 있다. 둘째, 설명한 바와 같이 Linking Verb는 진행형을 사용하지 않는다. 'A face suddenly was appearing at the window(갑자기 창문에 얼굴이 나타나고 있는 중이었다).' 는 언어적으로 의미가 성립되지 않는다.

* Lois was about to knock / when /a woman appeared from around the side of the house.

이 문장의 경우 Independent Clause(Lois 이하)와 Dependent Clause(a woman 이하)의 두 개의 문장이 결합된 형태이다. 후에 〈문장의 결합〉 항목에서 다시 설명하겠지만, 여기서 간략하게 설명하자면, 의미 전달의 첫 번째 의도는 Lois was about to knock(Lois가 막 문을 노크하려 했었다)이고, 언제라는 시간을 설명하기 위하여 when 이하의 '부사절' 이 사용된 것이다.

설명하려고 하는 Appear라는 동사는 부사절에 존재하는데, 'A woman appeared' 라는 Pattern 2의 가장 단순한 표현이다. 그러나 어디(where)로부터라는 Detail을 위하여 '부사 구'인 from areound the side of the house가 사용된 것이다.

각자의 방법으로 효율을 느낄 수 있다면, 그것이 어떠한 교과서보다도 좋은 방법이 될 수 있을 것이다. '동사의 이해' 라는 관점을 잃지 않으면서, 그 영역을 확대하여 나가는 방법 을 다시 한 번 강조하고 싶다.

Pattern 3

Subject + Transitive Verb + Direct object

'주어 + 타동사 + 직접 목적어 1개'의 구성이다. 나의 경 우, 이 부분에서는 특히 동사의 의미를 이해하는 것으로 과 감하게 목적어를 선택하는 훈련이 필요하였다. 주의할 것 은, 목적어를 필요로 하는 동사이기는 하지만 의미상 진행형 (Progressive)으로 사용하지 않는 동사들이 존재하므로, 무조건 식 암기보다 먼저 언어적으로 이해한다면 도움이 될 수 있을 것이다.

Need: Transitive verb, meaning: If you need something, you must have it, because you can not succeed, or do something without it(당신이 무엇을 필요로 한다는

것은, 그것을 소유해야 한다는 것이다. 왜냐하면 그것 없이 당신은 성공할 수 없고 그 무엇을 할 수 없기 때문이다).

Need는 매우 사용 빈도가 높은 동사다. Pattern 3의 예문을 보기 전에, 우선 사전적 의미 중 '그것을 소유하여야 한다는 것'을 진행형의 형태로 표현할 수 있을지 생각해 보자. 결론은 '없다'이다. Need의 경우 상태동사로서, '필요로 한다'는 그 Fact를 의미하는 것이기 때문이다. 유사한 상태동사로는 '존재한다'는 의미의 Exist가 있다. 즉, '존재하고 있는 중이다'라고 표현하지는 않는다는 뜻이다.

* He needs the information / for an article he is writing(그는 그가 작성하고 있는 신문사설을 위하여 그 정보를 필요로 한다). Need의 목적어는 직접 목적어인 the information이다. 여기에 왜 the라는 정관사가 사용되었을까? 작성하고 있는 사설을 위하여 필요한 정보는 어떤 '특정한' 정보이기 때문이다. 또한 필요한 이유를 설명하기 위하여 전치사 for를 사용하였는데, 전치사의 목적어로 명사인 an article이 사용되었고, 관계대명사 which가 생략된 형태로, he is writing의 문장은 an article을 형용하고 있다.

* We need to take the cat to the vet.

이 문장에서는 직접 목적어로 부정사(To infinitive)가 사용되었다. 앞서 〈기능의 통합〉에서 부정사는 명사적 기능이 있으므로 언제나 활용할 수 있어야 한다고 설명하였다. '명사 = ~하는 것'이라고 이해하면 된다. 즉, '그 고양이를 동물병원에 데려가는 것' 전체가 직접 목적어로 사용된 것이다. Take는 앞에서 설명한 바와 같다.

* Do you still need volunteers / to help clean up after the party?

이 문장은 Pattern 3의 형식을 취한 의문문이고, 형용사적 용법이 사용되었으며, 시간이 구체화되었다. 즉, 의미상으로는 '당신은 아직(Still) / 파티 이후에(언제) 청소에 도움을 줄 수 있는(어떠한) / 봉사자를 필요로 합니까?' 이다.

Pattern 4

Subject + Transitive Verb + Direct Object + Object Complement

우리는 Pattern 2에서 Subject Complement를 공부하였다. 여기에서는 목적어의 Complement를 공부해 보자. 나는 이 부분을 '주어의 의미 혹은 상태를 완성하고, 목적어의 의미 혹은 상태를 완성한다' 는 식으로 이해하고 있다.

Pattern 2에서 설명하지는 않았으나, 보어(Complement)가 될 수 있는 건 형용사(Adjective)와 명사(Noun)이다. 또 한 번 강조하지만, 단일 명사와 단일 형용사만을 고집하지 말고 기능의 통합을 통하여 여러 가지 경우의 수를 생각해서 선택하기 바란다.

* Leave(Intransitive Verb OR Transitive Verb): 우리가 많이 사용하는 단어 중 하나인 leave는 자동사로도 사용되고, 목적어가 존재하는 타동사로도 사용된다. 여기에서는 Pattern 1, Pttern 3, 그리고 Pattern 4를 동시에 설명하도록 하겠다. 그러는 편이 동사를 이해하는 데 도움이 되기 때문이다. 타동사가 존재하는 문장의 형태는 Pettern 3, Pettern 4, Pattern 5이다. 따라서 각각의 경우 특정한 동사가 어떠한 문장의 형태로 표현될 수 있는지를 이해하여야 한다.

- Pattern 1의 표현

* Just as I was leaving, the phone rang(막 떠나려는 순간, 전화가 울렸다).

여기서 사용한 as의 경우 when과 차이점이 존재한다. When의 경우 시간의 차이가 존재하지만, as의 경우 '동시에

(거의 동시에)' 라는 의미로 사용된다.

- Pattern 3의 표현

Pattern 3에서는 'Something to do later'의 의미로 사용되는데, 일을 미루는 것을 표현할 때 leave라는 동사를 사용하게 된다.

* Why do you always leave everything until the last moment(왜 언제나 당신은 마지막 순간까지 일을 미룹니까)?

여기에서 leave는 타동사로서 목적어 everything을 취하고 있다.

- Pattern 4의 표현

Paattern 4에서는 Object Complement가 필요하다.

* Our neighbors have been leaving their dog alon(우리 이웃은 그들의 강아지를 홀로 내버려 두고 있다).

Their dog이 직접 목적어이고, alone은 형용사로써 dog을 설명하고 있다.

이렇게 하나의 동사가 여러 가지 문장의 Pattern을 구성하고 있기 때문에, Pattern과 관련한 적어도 한 개의 문장은 이해하고 있어야 하는데, 굳이 영어로 표현하지 않더라도 '그대로 두는 것, 혹은 남겨두는 것'이라는 한국어의 의미로 문장을 활용하여 저장해 둔다면 도움이 될 것이다.

Leave라는 동사 외에 Pattern 4의 형식을 표현할 수 있는 동사는 소위 '사역동사(with whom, or through whom :누구와 함께, 누구를 통하여 ~을 하는 것)'로, 예를 들면 have, make와 같은 동사들이다.

* I made my car repaired.

repaired라는 보어가 없다면, '나는 나의 자동차를 만들었다'는 의미이다. 그러나 repaired라는 형용사(동사의 과거분사는 형용사 역할을 한다)가 보어(complement)로 존재함으로써 '나는 나의 차를 수리했다'는 의미로 전환된다. 물론 이 문장을 완성하기 위해서는 동사인 Make와 Have의 일반적 의미 외에도 '사역'의 의미에 대하여 기본적인 이해가 있어야 한다. 어느 하나를 통하여 다음으로 확장하여 나가야 한다. 절대 서두르지 말자.

Pattern 5

Subject + Transit Verb + I/D Objective + Direct Objective

하나의 타동사가 2개의 목적어를 표현하는 형태이다. 여기에서 중요한 것은, to whom 혹은 for whom이다. 즉, 누구를 위하여, 누구에게 '동사'를 하느냐가 문장의 의미가 되는 것이다. 이 Pattern의 대표적인 동사들이 한국어 문법교과서에서 설명하고 있는 소위 '수여동사'이다. Give, Bring 등이 대표적인 동사인데, 수여동사 또한 무조건 암기하기보다, 언어적 의미로(나의 경우에는 한국어를 많이 활용함) 이해하는 방식으로 공부한다.

To give: To give something to someone without expecting to be paid for it.

Give는 앞서 Provide를 설명할 때 참고로 설명하였는데, 여기에서는 Pattern 5의 표현을 구성하는 동사로서 다시 한 번 설명하겠다.

* I gave my nieces and nephews $20 each.

이 표현은 앞서 사용한 예문이다. 이 예문에서는 my nieces and nephews가 간접 목적어, $20가 직접 목적어가 되는데, 여기에서 한국어와는 약간의 차이가 있다는 것을 알 수 있을 것이다. 한국어에서 목적어에 '~을/를'이라는 조사를 사용하지만, 영어에서는 수여받는 사람 혹은 단체 등등을 간접 목적어(Indirect Object)라고 표현한다. 따라서 한국어의 의미와는 다르게, 이 부분에서는 그대로 받아들여야 한다.

앞서 To give를 설명하기 전에 To Provide라는 동사를 설명하면서 Provide A with B라는 표현을 설명하였다.

* I provided the poor / with some food(나는 가난한 자들에게 음식을 제공하였다).

이 표현에서 the poor은 간접 목적어처럼 사용되었지만, 이 문장은 Pattern 3이다. With some food은 '음식을 가지고(with)' 라는 의미로 목적어에 해당하지 않는다. 이를 구분하는 이유는, 문법적인 부분보다 해당 동사를 이해하고 활용할 때 전환의 속도를 높이기 위함이다.

Give라는 동사와 관련하여 의미와 활용을 이해하였으니, Give back이라는 Phrasal Verb를 살펴보기로 한다. 이는 앞서 Take를 설명하면서 Take back이라는 Phrasal verb를 설명한 것과 같다. Take라는 동사가 inward의 의미로 사용되었을 경우, Take back은 outward의 의미로 Return(반환하는 것)의 의미가 있다고 설명하였다. Give의 경우는, '무엇을 누구에게 주는' outward의 의미로 사용되었기 때문에 Give back은 '되돌려받다' 라는 의미의 Phrasal Verb가 되는 것이다.

* Do not forget to give my pen back when you've

finished with it(사용이 끝났으면, 나의 펜을 반납하는 것을 잊지 말아라).

   지금까지 중요한 5가지 문장의 형식을 살펴보았다. 물론 이 5가지의 문장 형식을 이해한다고 하여, 모든 것들이 해결되는 것은 아니다. 이 5가지 문장의 형식 속으로 기능이 통합된 명사, 형용사, 부사, 동사들이 결합하여 점점 그 의미를 확장하여 나갈 때, 비로서 영어라는 언어가 눈으로, 귀로, 그리고 입을 통하여 익숙해지는 것이다. 명사, 동사, 형용사, 그리고 부사로 구성된 간단한 5가지의 문장 형태를 계속 공부하면서 자신감을 얻고, 그로부터 조금씩 표현을 확장하여 나갈 수 있다. 이것은 나의 경험이며, 추천하고 싶은 방법이다.

   한국에서처럼 문법적으로 어려운 영어를 배울 것이 아니라, 쉽고 기초적인 영어가 결국 확장되어 자기의 영어가 되는 것임을 깨달아야 한다. There is~ 혹은 It is ~라는 문장의 형식 또한 설명해야겠지만, 여기서는 생략하도록 한다.

문장의 결합(Connecting Ideas)

기능의 통합, 문장의 형태를 공부한 후 나는 '문장의 결합'으로 진행하였다. 문장의 결합이 필요하였던 이유는, 표현을 단문으로 끝내지 않고 구구절절 그 표현을 이어 나가기 위해서였다. 사실 이러한 과정이 한국의 영어 교육에 없었던 것은 아니다. 다만 시험을 위한 영어에 집중하다 보니, 생각을 언어로 표현하는 것이 아니라 문법적으로 영어를 파헤치듯이 공부하는 것에 익숙해져 있었을 뿐이다. 나라 밖에서 보면 한국 교육의 헛점이 눈에 들어오는데, 특히 영어 교육과 관련하여서는 무엇인가 크게 잘못되어 있다는 생각이 든다.

아무튼 나는 문장의 결합을 통하여 한마디 할 것을 두 마디, 그리고 그 이상으로 자신의 의지를 조금씩 구체적으로 표현할 수 있게 되었다. 다만 지금까지는 내가 직접 생각해 낸 공부법에 대한 설명이었다면, 이 부분은 내가 참조한 영어 참고서(Essentials of English by Ann Hogue)에 의거하여 설명하고자 한다. 물론 모든 상황들을 포함할 수는 없다. 수많은 언어적 표현의 상황과 그것이 Speaking 혹은 Writing 중 달라질 수 있는 경우와 새로운 표현들을 나는 지금도 확장하고 있는 중이다. 여기에서 설명하는 것은 그 일부, 문장의 확장을 위하여 내가 수없이 반복하고 연습한 아주 기본적인 내용뿐이다.

1. Coordination

중요성이 같은 종류의 단어, 구(Phrase), 절(Clause)을 연결한다.

(a) We play baseball in the spring summer.

(b) We play football in the fall.

(c) We play basketball in the winter.

⇨ We play baseball in the spring and summer, football in the fall, and basketball in the winter.

이는 Writing뿐만이 아니라, Speaking에서도 그대로 사용할 수 있다.

2. Subordination

중요성이 동일하지 않은 경우이다. 덜 중요한 Clause 혹은 Phrase가 중요한 Main Clause를 설명하여 주는데, Main

Idea를 Independent Clause(독립절)에 위치시킨다.

(a) Basketball is a winter sports.

(b) Basketball was invented one hundred years ago.

두 개의 문장 중에서 어떠한 문장을 Main 문장으로 설정할 것인가에 따라서 연결의 방법이 달라진다. 만약 (a)의 문장이 Main이라면 'Basketball, which was invented one hundred years ago, is the winter sports.'가 되고, (b)의 문장이 Main이라면, 'Basketball, which is a winter sports, was invented one hundred years ago.'가 된다.

Coordination 혹은 Subordintion의 문장을 문법상으로만 이해하지 말고, 대화로 연습해 보자. 나의 경우 특히 which라는 관계대명사를 대화 중에 많이 사용하는데, 현지인들도 마찬가지다.

3. Making compound sentences

Compound sentence란 두 개의 독립절를 연결하는 것이다. 보통 3가지 방법이 있다. 첫째 Coordinating Conjunction(접속사)을 사용하는 방법, 둘째 Conjunctive Adverb(접속부사)를 사용하는 방법, 마지막으로 Semicolon(쌍반

점)을 사용하는 방법이다.

(a) Coordinating Conjunction : 문장 간의 관계에 따라 접속사(and, but, so, or, yet, for, nor…)가 달라진다. 여기에서는 nor를 사용하여 문장을 연결하는 것만 예문으로 설명하고, 나머지는 각자가 공부하기 바란다.

Nor는 'Addition of negative', 즉 부정을 추가할 때 사용한다. 앞의 문장(표현)이 부정이고, 뒤의 문장 또한 부정의 의미을 갖고 있을 경우에 nor를 이용하여 연결하는 것이다.

After all, he doesn't buy sports cars.

He doesn't bring home a new yacht every week.

두 문장 모두 중요도가 비슷하고, 부정문을 사용하고 있고, Subject(주어)가 동일하다. 그러므로 nor를 이용하여 다음과 같이 표현한다.

After all, he doesn't buy sports cars, nor does he bring a new yacht every week.

(b) Conjunctive Adverb : 접속부사로서, 두 개의 독립된 문장을 연결할 때 사용한다. 대표적으로 however, therefore and for example 등이 있다. 그 밖에도 두 문장 사이의 관계에 따라 많은 접속부사가 존재한다. 여기에서는 '문장의 결

과(Result)'의 관계를 연결하기 위한 therefore를 설명하도록 한다.

Native and non-native English speakers have different needs; therefore, most schools provide separate classes for each group. (Provide는 앞서 설명하였다)

4. Connecting words with coordinating conjunctions

비슷한 중요도를 가진 단어들은 접속사(and, or, or, but, yet 등)를 사용하여 연결한다. 이는 Speaking English에서 일상적으로 사용하는 부분이므로 계속 반복하여 본인의 것으로 만드는 수밖에 없다. 머릿속으로 생각할 때는 굉장히 쉬운 것 같지만, 막상 외국인은 잘 안 된다. 한국의 영어 교육은 입과 귀가 아닌 눈을 중점으로 하는 교육이므로 외국인 앞에 서면 이러한 간단한 말조차 입 밖으로 나오지 않는 게 현실이다. 나 또한 그러하였다.

(a) Addition(긍정) : I like cold milk and hot coffee.

(b) Addition(부정) : I don't like hot milk or cold coffee.

(c) Choice(선택) : We can stop to rest, continue hiking for another half an hour or go home.

(d) Contrast(대조: 반대) : I enjoy swimming in the ocean but not in a pool.

(e) Surprise(놀람) : It's sunny yet cool today.

5. Connecting words with correlative conjunctions

한국어 문법교과서에서 '상관접속사'라고 표현하는 부분이다. Speaking 그리고 Written English에서 많이 사용되므로 충분히 이해해 둘 필요가 있다. 영어에서 많이 사용된다는 의미는 한국어에서도 많이 사용된다는 뜻이다. 단지, 표현만이 다를 뿐이다.

(a) Addition: both… and, not only… but also

(b) Positive choices: either… or

(c) Negative choices: neither… nor

(d) Which one of two choices: whether… or

일상생활 중에 많이 사용되고, 특히 뉴스를 듣고 있노라면, 수없이 나오는 표현들이다. 이중에서 Negative choices인 neither~nor의 예문을 들어보자.

Neither my father nor my mother will meet at the airport(아버지와 어머니 모두, 공항에서 나를 보지 않을 것이다 → 두 분 다 공항에

오지 않을 것이다).

6. Connecting Ideas by Subordination(종속)

사실 여기까지 오기 위하여 나는 수많은 시간을 보냈다. 사실 눈으로 이해하는 영어는, 영어를 배운 후 지금까지 그럭저럭 헤쳐 나갈 수 있는 수준이었다. 문제는 호주라는 나라에서 살아야 하는 순간 발생한 것이나 다름없다. Speaking과 Listening, 그리고 직업상 Report를 작성해야 할 경우의 Writing이 문제였다.

앞서 영어를 '확장한다' 는 표현과 '구구절절' 이라는 표현을 사용하였다. 이는 대화를 나눌 때 기본적인 문장과 더불어 이유, 장소, 거리 등 추가적인 정보를 제공하여야 하기 때문이다. 이러한 추가적 정보를 제공하지 못하면, 상대방이 전혀 이해하지 못할 수도 있다.

나는 여기까지 오기 위하여, 기능의 통합과 동사의 확장, 동사구 그리고 동사와 연관 지어 문장 형태의 종류 등을 공부했다. 이를 complex sentence라고 표현하는데, 영어 교재 속에 표현되어 있는 문장으로 설명하여 보자.

Write less important information as a dependent

clause and connect it to independent clause to make a complex sentence(덜 중요한 정보를 종속절에 표현하고, 이를 독립절에 연결하여 Complex sentence를 완성한다).

There are three kinds of dependent clauses: adverb, adjective, and noun(부사절, 형용사절, 그리고 명사절이 있는 문장이다).

형용사절은 관계대명사 부분에서 많이 배운 부분임으로 이해할 수 있을 것이고, 명사절은 주어로 사용되기보다 (영어에서는 긴 주어를 거의 사용하지 않으므로) be동사의 complement 혹은 동사의 목적어로서 사용된다. Speaking, Writing 그리고 Listening 모든 영역에서 광범위하게 사용되는 것은 Adverb(부사절)이다. 여기에서는 부사절과 관련한 것들만 설명하고자 한다.

An adverb clause tells, when, where, why, how, how far, how often, and so on. It always begins with a subordinating conjunction that expresses the relationship between the adverb clause and the independent clause(부사절은 시간, 장소, 이유, 거리, 빈도 등을 설명해 준다. 부사절은 독립절과 부사절 사이의 관계를 표현하여 주기 위하여 '종속접속사'를 시작으로 문장을 표현한다).

가장 중요한 사실은, 모든 부사절(Dependent Clause)은 주절 (Independent Clause)의 동사 혹은 형용사 혹은 또 다른 부사를 설명 하고 있다는 점이다. 즉 언제나 부사(Adverb definition)의 정의에 기 반을 두어야 한다는 사실을 기억하자.

(a) Time : As soon as we sat down to eat dinner, the telephone rang.

언제 전화가 울렸는지를 설명한다. 즉 앞의 종속절은 rang(ring)을 설명하고 있다.

(b) Place : My dog follows me wherever I go.

wherever I => go

(c) Result(결과) : The music was so loud that we couldn't talk.

이 문장을 어떻게 해석하면 좋을까? '음악이 너무 시끄러 워서 우리는 이야기를 나눌 수 없었다.' 라고 하는 것이 좋을 까, 아니면 '우리가 이야기를 나눌 수 없을 정도로 음악이 시 끄러웠다.' 라고 받아들이는 것이 좋을까? 사실 큰 차이는 없 지만, 나는 '부사' 라는 본래의 기능을 생각할 때 후자가 자연 스럽다고 본다. 왜냐하면 that 이하의 부사절이 loud를 설명 하고 있기 때문이다.

(d) Partial contrast(부분 대조, 반대) : Although it was noisy and crowded, we had a good time.

(e) Direct Opposition(반대) : Whereas my girlfriend is a good dancer, I have two feet.

(f) Manner(방법, 수단) : I followed the instructions ecactly as they were written.

(g) Distance: We parked as close to the theatre as we could.

(h) Frequency(빈도, 얼마나 자주) : He practices English as often as he can.

(i) Condition(가정법) : If it rains, we won't go to the beach tomorrow.

지금까지 여러 가지 상황에서의 종속절과 독립절의 연결을 간략하게 살펴보았다. 그 이상의 상황들은 영어를 사용하면서 확장하여 나아가야 할 것이다. 책을 읽으면서, 말을 하면서, 영어 사용자들의 말을 들으면서 그리고 뉴스 등을 듣고 읽으면서 부사의 기능, 형용사의 기능, 명사의 기능 등을 생각하면, 조금씩 영어의 두려움으로부터 벗어날 수 있을 것이다.

뒤돌아보면, 영어라는 외국어를 배우고 현실에서 사용하면서 가장 어렵게 느꼈던 점은 역시 '복합적인 상황(Complex Sentence)'이었다. 하지만 한 번에 뛰어넘을 수는 없다. 앞서 설명한 바와 같이, 특히 동사의 경우는 의미를 암기하지 말고 이해함으로써, 그리고 다른 동사와 동사구(Phrasal Verb) 등으로의 확장을 습관화하는 과정을 거쳐야 한다. 물론 나의 방법이 절대적으로 옳다는 말은 아니다. 그저 '나'에게 맞는 맞춤형 영어를 찾았다는 의미이다

통문장 암기의 활용

나의 경우, 영어 공부를 하면서 통문장 암기는 많은 도움이 되었다. 나는 약 20여 개 정도의 통문장을 암기하고 있는데, 그 수가 딱히 많을 필요는 없다. 예를 들어 오바마 대통령의 연설문 등은 매우 높은 수준의 영어로, 이를 통으로 암기한 후 그 연설문 안에 존재하는 동사 등을 공부하면서 많은 효과를 볼 수 있었다.

나는 처음부터 긴 통문장을 암기하기보다 짧은 것으로 시작해 그 양을 늘려 나가기 시작했는데, 처음에는 영어회화 중 중요한 표현들을 암기하는 것으로 출발하였다. 단지 다른 게 있다면, 나는 꼭 '질문 있는' 암기를 하였다는 점이다. 동사를 이해하고, 기능의 통합을 적용하고, 문장의 형식을 보고, 마지막으로 문장의 연결 등을 생각하여 암기하였기 때문에 오랫동안 기억할 수 있었다.

사실 통문장의 암기는, 결국 나만의 영어 Frame을 완성시킨 것이라고 할 수 있다. 자동차로 비유하자면 아주 초보적인 자동차 수준에 불과하다. 이 초보적이고 미흡한 자동차 Frame과 엔진을 구축하기 위하여 얼마나 많은 시간을 허비하였는지 모른다. 하지만 이는 본인의 능력에 기인한 어쩔 수 없는 현실이다. 하지만 시험 영어가 아닌 생활의 영어로 사용하여야 한다면, 그리고 영어라는 언어가 내 활동의 무대를 세계로 넓히고자 할 때 꼭 필요한 수단이 된다면, 포기하지 말고 전진하여야 하지 않을까?

정리(Summarize)

지금까지 영어의 5가지 대표적인 문장 형태와 문장을 구성하는 요소(명사, 동사, 형용사, 부사) 등을 간략히 설명하였다. 물론 이 학습법은 20여 년간 정체되고 머물러 있었던 나의 영어를 통합하고자 만든 개인적인 방법이다.

영어는 공부하는 사람에 따라 다양한 방법이 존재할 것이다. 다만 분명한 것은, 언어란 명사, 동사, 부사, 형용사 등의 적절한 조합에 의하여 그 의미를 완성한다는 점이다. 앞서 설명했던 것처럼 명사, 형용사, 부사라 하더라도 여러 가지 형태로 표현할 수 있으므로, 같은 명사, 형용사, 부사 중 어떠한 형태를 선택할지가 결국 문법의 구성이며 영어의 완성이라 할 수 있다.

나머지 여러 가지 요인(Factor)들이 존재하지만, 그것들은 일차적인 의사를 전달하는 데는 문제가 되지 않으므로, 조금씩 확장해 나간다면 충분히 사용의 오류를 줄일 수 있다. 또 영어가 한국어와는 다른 매우 어려운 언어라고 생각하기보다, 오히려 한국어와 영어의 의미 및 구조의 연관성을 생각하며 공부해 보기

1	• 문장(Sentences)들의 기본적인 5가지 형태를 숙지한다 • 이 기본 형태로부터 문장은 확장이 가능하다
2	• 문장을 구성하는 기본적인 품사(명사, 형용사, 부사)를 인지한다 • 같은 기능을 하는 품사를 확장하여 통합한다
3	• 기본 문장과 확장된 품사의 형태를 통합하여 Frame을 구축한다 • Frame을 Case by Case로 확장하여 나간다

바란다.

지금까지 설명된 사항 등은 자동차의 Frame과 구동축에 해당된다고 할 수 있다. 나머지는 자동차의 기능 수준을 향상시켜 주는 Detail에 해당될 것이다. 물론 각각의 방법에 장단점이 있겠지만, 나는 한국의 교육 방식인 Detail로 출발하여 자동차를 조립하는 방식에서 탈피하여 나에게 효율적인 방법을 찾았고, 그것으로 족하다. 여러분들도 여러분 스스로의 방법을 만들어 보았으면 하는 바람이다. 다만 무엇을 공부하든, 각자의 방법과 철학이 존재하여야 한다.

영어라는 언어가 중요한 이유는, 이제 우리가 살고 있는 세계가 하나이기 때문이다. 물론 물리적으로 제한된 국가 내에 살고 있긴 하지만, 문화적인 삶의 영역이 세계로 확대되는 시대에 살고 있으니, 세계를 이해하고 접할 수 있는 언어가 필요하지 않은가? 나는 그것이 영어라고 생각한다. 단지 대학을 가기 위해서라거나 취업을 위한 영어가 아니라, 세계 속으로 들어가기 위한 언어로써 접근하라는 뜻이다.

영어는 결코 어려운 언어가 아니라는 자신감으로부터 출발하자. 물론 많은 한국인들이 영어를 배우기 위하여, 시도하고 실패하는 과정을 반복하고 있다는 것을 알고 있다. 나 또한 학창시절 별명이 'To 부정사'였다. 당시 대부분의 영어 학습서 맨 앞에 있는 것이 To 부정사였기 때문이다. 명사적 용법, 형용사적 용법, 부사적 용법 등등을 공부하다 보면, 연결이 되지 않고 계속 그곳에 머무는 느낌이었다. 한국의 영어 학습법에 분명히 문제가 존재한다는 것을 깨달은 것은, 대학 졸업 이후 20여 년이 지나 호주라는 나라에서였다. 생존을 위한 영어를 스스로 공부하기 시작할 때부터였다.

간결하고 명확한 한국어 사고를 기반으로 하여, 영어 또한 명확하고 간결하게 배워 사용하자. 또한 영어를 구사할 때, 한국어 사고가 이를 방해한다고 생각하기보다, 구성 요소의 차이점을 분명하게 인식하면 내 머릿속 한국어는 오히려 도움이 된다. 항상 영어의 기본적인 문장 형태를 기억하고, 그 문장을 구성하는 명사, 동사, 형용사, 부사, 전치사, 관사 등을 통합하여 이해하고 확장하는 습관을 기를 수 있다면, 조금은 영어 구사에 자신감을 가질 수 있을 것이다.

태양이 유난히 밝고
아름다운 아침의 West
Lake…

좋은 음악을 들으며
가슴에 귀를 기울여 보
기도 하고, 좋은 그림
을 보며 그림 속으로
들어가 보기도 하고, 좋은 영화를 보며 눈물을 흘려 보기
도 하고, 불의와 타협하기보다 기꺼이 정의의 고통을 감내
하며 살아가고 싶다.

삶이란 우리가 스스로에게 반응하며 걸어가는 길이 아
닐까?

Spiritual process as a musical instrument, which
if the strings are all good and strong, produces a
harmonious and pleasing sound….

If, then, the strings are not good, and it is
necessary to adjust one and another, one has to keep

busy adjusting the insreument all the time and never
gets to play it…

Instrument is our Life

태양이 유난히 밝고 아름다운 아침. 나는 태양의 빛을
가리기 위함이 아니라, 그 태양을 바라보며 느끼기 위해
선글래스를 쓴다.

에필로그

돌이켜보면, 내가 원했던 선택뿐 아니라 어쩔 수 없었던 선택, 혹은 전혀 예기치 않았던 선택들까지 모두 하나가 되어 내 삶을 이끈 것이 아닌가 싶다. 그리고 지금의 자리에 서서 나는 감사한 마음으로 주변을 둘러보며 깨닫는다. 간절하게 원하는 무언가를 얻기 위해 감당해야만 하는 인내의 시간이 바로 우리들의 인생이라고. 인내라는 강을 건너지 못하고 포기했던 시간들도 있었지만, 버려진 시간이라고 생각했던 그 시간들마저도 나의 미래를 구성하는 소중한 한 조각이었음을 이제야 느낀다.

대학을 졸업하고 일말의 의심도 없이 선택했던 안정된 직장, 무엇이든 열심히 하면 되는 줄 알았던 시간들이 지나고 은행이라는 직장에 대한 회의로 힘들었던 날들, IMF가 발생하고 운명적으로 만난 사회 선배의 추락을 옆에서 바라보아야만 했던 순간 ···. 그 모든 시간들이 결국 내 인생에 새로운 길을 열어주었다. 물론 은행을 사직하고 5년이라는 세월을 나는 홀로서기 위하여 몸부림쳐야 했지만 말이다.

초등학교부터 대학교까지 조직을 우선으로 하는 교육과 조직형 인간으로 살았던 직장을 떠나온 내게도 새로운 적응기간이 필요하였다. 세상에 쉬운 일이 있겠는가만, 무엇을 해도 힘들었던 시간들은 나를 참으로 초라하게 만들었다. 자괴감 그리고 이어지는 좌절. 당시 초등학생이었던 두 딸에게 나는 해줄 수 있는 것이 아무것도 없었다. 물론 아내와의 관계도 원만하지 못했다. 뒤늦게 안 사실이지만, 그때 아내에게 느꼈던 알 수 없는 감정들은 결국 나의 모습이 투영되었던 것뿐이었다.

나는 다시 일어서야 했다. 가족을 위해 나는 살아남아야 했다. 절박한 생존의 길 위에 서자, 하지 못할 일도, 부끄러운 일도 없었다. 나는 사무실을 떠나 삶의 수단으로써 육체노동을 선택했다. 많이 힘들었지만 조금씩 적응해 갔고, 예전보다 부족한 생활이었지만 우리 가족은 함께 이겨내고자 했다.

그 시절 누구보다 나를 슬프게 했고 동시에 나에게 용기를 준 사람은 아내였고, 아이들이었다. 경제적으로 많이 궁핍해 졌는데도 같이 있는 시간이 많아져서인지, 나는 처음으로 딸들에게 "사랑해, 아빠!", "고마워, 아빠!"라는 소리를 들을 수 있었다. 나는 이것이 우리 가족에게 펼쳐진, 진정한 새로운 출발점이었다고 생각한다. 딸들은 어렸지만, 그들이 아빠보다도 더 가족을 사랑하고 있었다는 걸 느꼈다. 힘든 시간이었지만, 그 시간이 있었기에 나는 아내와 딸들을 위하여 가장으로서 내가 어떠한 모습으로 살아가야 하는지를 깨달았다.

아빠의 개인적인 꿈과 욕심으로 인하여 가족이, 특히 딸들의 미래와 희망이 방해 받아서는 안 되었다. 함께 걸어가 줄 아내가 있었기에, 나는 딸들을 위하여 기꺼이 용기를 내어보기로 결심했다. 동충하초는 씨앗 포자가 애벌레 속에 기생하고 있다가 발아하는데, 이때 애벌레는 동충하초를 위한 영양분 역할을 한다. 나 또한 영양분이 되고 싶었다.

세월이 많이 흘러간 지금, 나는 주위의 지인들과 친구들을 보며 과거의 나를 떠올린다. 변호사로서, 의사로서, 고위 공무원으로서, 혹은 기업가로서의 지위와 경제적인 여유가 가족 간의 행복과 소통을 담보할 수 있는 필요조건이라고 생각하는 그들의 생각에 나는 완전히 동의할 수 없다. 그들이 사회적 위치를 지키기 위해 혹은 더 많은 경제적 부를 창출하기 위해 하는 노력은 가족을 위한 측면도 있겠지만, 엄밀히 따지자면 그들 스스로를 위한 이기심에 근거할 뿐이다.

대한민국 1%의 삶을 살고 있다는 그들이 자녀를 대하는 모습을 바라보자면 나는 솔직히 화가 난다. 그들은 자녀들의 꿈이나 미래보다는 부모들의 모습을 세습하기 위해 교육시키고, 사회적 계층의식을 주입시키고 있는 것이 아닌가 싶기 때문이다.

그들은 끊임없이 사회로부터 존경과 보상을 받아야 한다고 생각하는 한편, 경제적 부를 증가시키는 것이야말로 가족을 지키는 방법이라고 생각하고 있다. 물론 전부가 그러하다는 말은 아니다. 하지만 내가 느끼고 있는 대한민국 1%의 삶의 모습은 그렇다.

요즘 한국인 친구들이 하는 이야기가 있다. 자식들은 성장하여 분가하면 그만이니, 자식들을 위하여 모든 것을 희생하지 말라고 한다. 분명 내가 느끼는 대한민국의 사회적 분위기 중 하나임에는 틀림없다. 나는 이러한 사회적 분위기가 매우 이기적이며, 부모자식 간의 관계에서 바람직하다고 생각하지 않는다. 이러한 사회적 분위기가 100세 시대를 살아야 하는 현실적 상황으로부터 기인한다는 것은 알겠다. 하지만 나의 생각은 조금 다르다.

나는 우리의 노후를 모아놓은 경제력에 의존하려고 하기보다는, 노후에 할 수 있는 일을 미리 준비하여야 한다고 생각한다. 물론 우리가 노후에 할 수 있는 일들이 현재와 동일할 수는 없다. 하지만 주어진 상황에서 보람과 행복을 느낄수 있는 일이 존재한다면, 지금부터라도 준비를 해야 하지 않을까? 그것이 우리의 노후이며, 우리의 자녀들과 함께 걸어갈수 있는 길이라고 생각한다.

아무리 세월이 흐른다고 해도, 나는 부모자식 간의 모습은 분리가 아니라 동행의 개념이어야 한다고 생각한다. 그것이 가족의 모습이다. 가족 안에서 각자 도생을 생각하다니, 이 얼마나 불행한 일인가. 나는 우리 아이들에게 '가족의 힘은 그 어떠한 것보다도 강하다'는 믿음을 심어주고 싶다. 그것이 우리 아이들에게 실현 가능한 꿈과 희망을 펼칠 밑거름이 될 것이라고 믿기 때문이다. 부모의 용기와 도전은 자녀들에게도 그대로 전염되어, 비록 세상의 변화 속에서 힘들게 걸어가야 할지라도 용기를 내어 도전할 것이라고 믿는다. 기성세대인 우리가 먼저 변화하고 용기 있는 실천을 구하여야 할 때이다.

준비하는 삶에는 핑계가 있을 수 없다. 현실이 각박하고 힘들어서 준비하지 못한다는 핑계는 설득력이 없다. 나 또한 직장시절에는 피곤하다는 이유로, 스트레스를 받는다는 이유로, 무의미하고 무기력한 주말을 보냈던 시절이 있었다. 지금 생각해 보면 너무도 아깝고 소중한 시간들이었는데, 나는 그 시간들을 잃어버린 것이다.

물론 준비하는 삶이 아무것도 안 하는 삶보다 더 피곤할 수는 있다. 하지만 미래에 발생할 수 있는 '시간의 단절'을 직접 경험하는 것보다는 훨씬 효율적이고 안전한 장치다. 나의 경우에는 힘든 시절에도 책을 가까이 하였고, 영어라는 언어를 잊지 않기 위하여 노력하였다. 변화하는 세상을 알기 위해서는 독서가 필요했고, 하나가 된 세계 속에서 살아남기 위해서는 영어라는 언어가 필요하다고 느꼈기 때문이다.

준비하는 삶은 결국 변화와 변곡점에서 부드럽게 대응할 수 있다. 나 또한 이민이라는 변화의 상황에서, 이민의 조건인 영어시험에 합격하고 어렵지 않게 호주 영주권을 취득할 수 있었으니 말이다. 또한 어려움은 있었어도, 짧은 기간 동안 호주 내의 생활에 적응할 수 있었던 것도 깨어 있는 준비 과정의 결과라고 생각한다.

준비 과정과 관련하여 한 가지 예를 들고자 한다.

이민 후 한국으로 휴가를 나올 때면 항상 만나는 대학 후배가 있었다. 그와 나는 일식을 아주 좋아해서 우리는 언제나 일식집에서 만나곤 하였다. 대기업에 근무하고 있던 그는, 여느 한국의 직장인들처럼 항상 미래를 불안해 하였다.

"일식을 좋아하니까, 일식조리사 자격증 한 번 따보지 그래?"

바쁘다는 핑계 말고, 조금 피곤하더라도 주말반을 이용하여 시간을 가지고 자격증에 도전해 보라고 했다.

"형, 내가 자격증을 어떻게 따? 그리고 딴다고 해도 따서 뭐하게?"

"일단 네가 일식요리 매니아니까 좋아하는 일을 해보라는 거지. 또 옵션 하나 더 갖고 살아가는 게 안전하니까."

나는 덧붙여서 자격증을 따고 부업을 하고 싶으면, 직장생활을 하며 부업을 시작하라고도 말했다. 실패를 하더라도 복구할 시간이 있고, 주말에는 주방에서 직접 컨트롤 해보며 경험을 쌓을 수 있다면, 미래 어떠한 순간이 왔을 때 당황하지 않고 그 시련을 극복할 수 있을 것이라는 생각 때문이었다.

그는 현재 서울에서 조그만 일식집을 운영하며, 평범한 제 2의 인생을 살고 있다. 이는 앞에서도 이야기했듯이 '길 위에서 길을 물어보자'의 연장이다.

나는 한국의 후배들에게 '희망과 도전'을 전하고 싶다.

"세계는 넓고 할 일은 많다."

대우그룹의 전 김우중 회장의 이 말이 벌써 30년이라는 세월을 뒤로하고 있다. 김 회장은 당시 젊은 우리들에게 도전을 강조하였고, 그 무대는 한국이 아니라 세계라는 것을 보여주었다. 하지만 30년이 지난 현재, 당시의 청년이었던 우리는 어디에 서 있는가? 그리고 대한민국의 미래인 현재의 후배들은 어디로 향하여 가고 있는가?

우리 기성세대는 후배들에게 긍정적인 경험과 도전을 선물하지는 못하였다. 오히려 30년 전보다 더 불안하고 보이지 않는 미래를 위하여 몸부림치는 후배들을 보면 안타까운 마음뿐이다. 하지만 용기와 도전은 주어지는 것이 아니라, 여러분의 선택이다. 기존의 관념과 질서, 조직에 안주하기 위해 여러분의 소중한 시간을 소비하는 대신, 거칠고 힘들지라도 하고 싶은 일이 있다면, 주저하지 말고 도전하여 보기를 권하고 싶다. 그리고 그 도전에는 한계를 두지 말고 거침없이 세계로 눈을 돌리기 바란다.

여러분은 사회와 국가를 구성하는 중요한 인재이고 미래이다. 하지만 언제까지 사회와 정부가 여러분을 위하여 무언가 해주기를 기대하며 수동적인 자세로 기다리고자 하는가? 세계는 갈수록 가까워지고 있고, 물질적 이동뿐만이 아니라 인적 자원의 이동도 보편화되고 있다. 여러분 스스로가 사회와 정부를 선택하겠다는, 주체적이고 도전적인 사고의 전환이 필요한 시점이다.

물론 정부의 역할이 중요하지 않다는 말은 절대 아니다. 여러분이 사회 및 정부로부터 바라는 미래가 있다면, 여러분은 여러분을 위한 정부를 선택하고 비판을 주저하지 말아야 한다. 적극적인 정치 참여는 매우 중요한 권리이며, 여러분의 미래이기도 하다. 작금의 한국의 상황을 볼 때, 한국의 미래는 여러분의 적극적인 정치 참여에 달려 있다고 해도 과언이 아닌 듯싶다. 또한 여러분의 도전과 용기를 발판으로 하여 주체가 존재하는 삶, 그리고 삶이 존재하는 가족의 꿈을 이루기 바란다.

만약에 남들이 걸어가는 길을 아무런 의문 없이 받아들이고 적응하며 살아왔다면, 아마도 나는 지금 이 자리에 있지 않았을 것이다. 세상의 보편적 관념이 모두를 위한 삶의 기준이 될 수는 없다. 다만 한 가지 분명한 것은, 우리가 어떠한 길을 선택하더라도 그 중심에는 스스로를 존중하고 사랑하는 마음과 가족이 존재하여야 한다는 사실이다.

세상에서 가장 존중받아야 할 사람은 나 자신이라는 것을 잊지 말자. 자신을 존중하지 않으면 가족을 존중할 수 없고, 그 어떤 상대도 존중할 수 없기 때문이다. 또한 무엇보다 '가족'이라는 신의 선물을 사랑의 울타리로 지켜내야 한다는 사실을 잊지 말자. 우리의 꿈이 자라고, 도전을 키우고, 용기의 바탕이 되는 실체가 바로 가족이기 때문이다.

"여기 모든 이들에게 사랑과 평화가 함께하기를 빕니다."

나는 호주의 행복한 버스 드라이버

초판발행 | 2017년 5월 30일

지은이 | 김일연

펴낸곳 | 리즈앤북
펴낸이 | 김제구
인쇄·제본 | 한영문화사

출판등록 제2002-000447호(2002년 11월 15일)
주소　121-842 서울시 마포구 잔다리로 77 대창빌딩 402호
전화　02)332-4037
팩스　02)332-4031
이메일 ries0730@naver.com

ISBN 979-11-86349-62-5 (03810)